ちくま学芸文庫

宋詩選

小川環樹 編訳

筑摩書房

宋詩選【目次】

宋詩選

北宋

徐鉉（じょげん）

九一六—九九一。字（あざな）は鼎臣（ていしん）。広陵（江蘇省揚州市）の人。唐末の江南に割拠した南唐の国に仕え、大臣となったが、南唐の後主（こうしゅ）（李煜（りいく））が宋の太祖に降ったとき（九七三）これに従って宋に仕え、左散騎常侍（ささんぎじょうじ）（政治の過失を諫める門下省の高官）となった。詩文集は「徐公文集」（徐騎省集ともいう）三十巻。そのうち、末の十巻が宋に仕えた後の作である。

1　送王四十五(1)歸東都(2)（王（おう）四十五の東都（とうと）に帰るを送る）

海內兵方起
離筵涙易垂
憐君負米(3)去
惜此落花時
想憶望來信

海内（かいだい）　兵（へい）　方（まさ）に起こり
離筵（りえん）　涙　垂（た）れ易し
君が　米を負（お）うて去ることを憐（あわ）れみ
此の　落花（らっか）の時を惜しむ
想憶（そうおく）して　来信を望み

相寛指後期
殷勤手中柳
此是向南枝

相寛(あいなぐさ)めて　後期(こうき)を指(さ)す
殷勤(いんぎん)なり　手中(しゅちゅう)の柳(やなぎ)
此(これ)は是(こ)れ　南に向かえる枝(えだ)

国のうちに　戦乱がひろがり始めた今
送別の席では　つい　涙がこぼれがち
郷里の親御への君の孝養ぶりは　人を感動させ
この花ちる時節をおしむ心は　ひとしお　深い
忘れないで　たよりをほしいと　希望し
またあうのは近いうちだと　なぐさめる
手にする柳のひとえだは私の心持を見せる　これこそ
南のわが故郷　あの方へ　のびている　ひとえだ

注　(1)王四十五　四十五は同族内・同世代の年齢順のよび名。(2)東都　南唐は今の南京(ナンキン)を都とし揚州を東都と称した。この詩は南唐時代の作。(3)負米　孔子の弟子の子路は両親のために米を背負うて百里も運んだという(孔子家語(けご))。孝行の故事。

楊徽之

九二一―一〇〇〇。字は仲猷。浦城の人。五代（後周）顕徳二年（九五五）進士。宋に仕えて、翰林侍読学士となった。

2 寒食(1) 寄鄭起侍郎(2)（寒食 鄭起侍郎に寄す）

清明時節出郊原
寂寂山城柳映門
水隔淡煙修竹寺
路經疏雨落花村
天寒酒薄難成醉
地迥樓高易斷魂
回首故山千里外
別離心緒向誰言

清明の時節 郊原に出ずれば
寂寂たる山城 柳 門に映ず
水は隔つ 淡煙 修竹の寺
路は経たり 疏雨 落花の村
天寒く酒薄うして酔を成し難く
地は迥かに楼は高うして魂を断ち易し
回首すれば 故山 千里の外
別離の心緒 誰に向かってか言わん

清明の野あそびの季節だ　私もいなかへ出かけてみた
さびしいさびしい山の町　柳が城門にかげをおとす
川をへだてた竹やぶにうすもやがこもる寺があり
小雨ふり花びらの散りしく村を私はとおりすぎる
まだ寒いのに酒の味はうすく酔ごこちにもなれず
たかどののながめはとおく、心をしめつけられる
見はるかす故郷の山は千里のかなたなのだし
友に別れた胸のうちを、さて誰に語ればよいのか

注　(1)寒食　冬至から百五日め。この日から三日間火をつかった食事をしない。これがすぎると清明の日で、墓参りと野あそびをする。(2)鄭起は人名。侍郎は官名。各省次官の格。寄はそこへ詩を送ったこと。この詩は「瀛奎（えいけい）律髄」に見える。

王禹偁（おううしょう）

九五四—一〇〇一。字は元之（げんし）。鉅野（きょや）（山東省の県）の人。太平興国二年（九七七）進士。

翰林学士（詔勅の起草官）となった。「小畜集」三十巻がある。

3　村行

馬穿山徑(1)竹初黄
信馬悠悠野興長
萬壑有聲含晩籟
數峯無語立斜陽
棠梨葉落胭脂色
蕎麥花開白雪香
何事吟餘忽惆悵
村橋原樹似吾郷

馬は山径を穿ち　竹初めて黄なり
馬に信せて　悠悠　野興長し
万壑　声有って　晩籟を含み
数峯　語無く　斜陽に立つ
棠梨　葉落ちて　胭脂の色あり
蕎麦　花開いて　白雪　香ばし
何事ぞ　吟余　忽ち惆悵たる
村橋　原樹　吾が郷に似たり

山みちへ馬を乗り入れた　竹の葉は黄ばみそめたばかりだ
馬のあゆみのままに　私ののどかな心はとおくひろがる
夕ぐれのざわめきが　谷谷にこもりつつひびき
無言のみねみねは　傾いた日ざしの中にそそり立つ

からなしの葉がおちたのは　えんじの色にそまり
そばの花がさいていて　香気たかい雪のようだ
詩を吟ずるうち　ふと悲しみにおそわれたのはなぜか
村の橋も野原の木木も　ふるさとのさまに似ているためか

注　（1）竹の字は菊になっているテクスト（四部叢刊本小畜集）もある。

4　對雪（雪に対す）

帝郷(1)歳云暮
衡門(2)晝長閉
五日免常參(3)
三館(4)無公事
讀書夜臥遲
多成日高睡
睡起毛骨寒
窓牖(5)瓊花墜

帝郷　歳　云に暮る
衡門　昼　長えに閉ざす
五日　常参を免ぜられ
三館　公事　無し
書を読みて　夜臥すこと遅く
多くは　日高けて睡ることを成せり
睡より起くれば　毛骨　寒し
窓牖に　瓊花　墜つ

披衣出戸看
飄飄滿天地
豈敢患貧居
聊將賀豐歲
月俸雖無餘
晨⑥炊且相繼
薪芻未缺供
酒肴亦能備
數杯奉親老
一酌均兄弟
妻子不飢寒
相聚歌⑦時瑞
因思河朔民
輸挽供邊⑧鄙
車重數十斛
⑨路遙數百里
羸蹄凍不行

衣を披て　戸を出でて看れば
飄飄として　天地に満つ
豈に敢て　貧居を患えんや
聊か将って　豊歳を賀す
月俸は余無しと雖も
晨炊　且相継ぐ
薪芻　未だ供を欠かず
酒肴も亦能く備われり
数杯　親老に奉じ
一酌　兄弟に均しゅうす
妻子　飢寒せず
相聚まって　時瑞を歌う
因って思う　河朔の民の
輸挽して　辺鄙に供することを
車は重し　数十斛
路は遥かなり　数百里
羸蹄　凍って行かず

死轍⑩氷難曳
夜來何處宿
闃寂荒陂⑪裏
又思邊塞兵
荷戈禦胡騎
城上卓⑫旌旗
樓中望熢燧⑬
勁弓添氣力
甲寒侵骨髓
今日何處行
牢落窮沙際
自念亦何人
偸安得如是
深爲蒼生蠹
仍尸⑭諫官位
謇諤⑮無一言
豈得爲直士

死轍(してつ)　氷に曳(ひ)き難し
夜来　何(いず)れの処にか　宿(やど)れる
闃寂(げきじゃく)たり　荒陂(こうひ)の裏(うち)
又思う　辺塞(へんさい)の兵(へい)の
戈(ほこ)を荷(にな)いて　胡騎(こき)を禦(ふせ)ぐことを
城上に　旌旗(せいき)　卓(たか)く
楼中に　熢燧(ほうすい)を望む
弓は勁(つよ)うして　気力を添えしめ
甲(よろい)は寒うして　骨髄(こつずい)を侵(おか)す
今日(こんにち)　何れの処にか　行く
牢落(ろうらく)たり　窮沙(きゅうさ)の際(きわ)み
自(みず)から念(おも)う　亦何(またなん)の人(ひと)ぞ
安きを偸(ぬす)みて　是(かく)の如きを得たる
深く　蒼生(そうせい)の蠹(と)を為し
仍(な)お　諫官(かんかん)の位(くらい)を尸(し)す
謇諤(けんがく)たるは　一言(いちげん)も無し
豈(あ)に　直士(ちょくし)たるを得んや

褒貶[16]無一詞
豈得爲良史
不耕一畝田
不持一隻矢
多慚富人術
且乏安邊議
空[17]作對雪吟
勤勤謝知己

褒貶には　一詞も無し
豈に　良史たるを得んや
一畝の田をも　耕さず
一隻の矢をも　持せず
多く慚ず　人を富ましむる術に
且つ　辺を安んずるの議に乏し
空しく　対雪の吟を作りて
勤々たる　知己に謝す

今年も　都に住んで　歳暮をむかえた
丸木の門は　ひるまでも閉じたままだ
五月のあいだ出勤が休みになったうえに
修史局のしごとは　まったく　ひまだ
書物にふけって夜ふかしするから
たいていは　日が高くなるまでねむる
けさ起き出したら　骨にしみる寒さ
窓の外を　玉のはなびらが落ちている

上衣をひっかけ　戸口へ出てながめると
ひるがえる雪片は天地をみたしている
私のまずしい暮しに　不平は言うまい
豊年のめでたさを　まず　ことほごう
私の月給は余りが出る　ほどでもないが
炊(かし)ぎの煙をたやした　ということはない
たきぎも　どうやら　まにあうのだし
酒や肴(さかな)も　なんとか　ことたりている
何杯かを　老人たちにささげたうえで
兄弟たちにも　酒は　十分ゆきわたる
妻や子が　飢えこごえることもなく
一家そろって　瑞兆をよろこびあう
それにつけ　思い浮かべるのは　河朔(かさく)の人民が
辺境への運送に　かり出されていることだ
数十石の食糧をつんだ車は　重く
その路は　何百里もつづいている
やせ馬のひづめはこおりついて　行きなずみ

氷の上のかたいわだちの跡をひきずる苦しさ
昨夜からいったいどこに寝たろうか　たぶん
人けのさらにない　沼沢地の中だろう
それに又　思いやるのは　辺境の兵士たち
やりを肩に　えびすの侵入に備えをかため
城壁のうえには　旗が高くつき立てられ
やぐらの中から　遠いのろしを見つめる
こわばった弓は　ひくにもいっそう力がいり
よろいの冷たさは　骨のずいまでしみる
今日はどのあたりを行軍しているのだろう
それは　砂漠のはて　でもあろうか
私自身のことを考えると　何の幸（さいわ）いか
こんなに安楽をむさぼっていられるとは
ほんとうは　人民の米を食う害虫なのに
おまけに　御意見役の位にさえついている
正論なんて　ひとことも述べたことはなく
これがまっすぐな人間だと言えるものか

史実にきびしい筆をおろしたこともない
それでりっぱな修史官だと言えるものか
一反の畑をたがやしたことさえなく
一本の矢をにぎったことだってない
人民を富ませる政策に貢献したことはなく
辺境の平和を守る言論もこれといってない
無益なことだが　この雪見の詩を吟じて
友人の期待にそむくのを　私はわびる

注　(1)帝郷　天子のおわすところ、みやこ。(2)衡門　衡は、よこ。丸木をよこにしただけの門。「詩経」陳風（ちんぷう）に見えることば。(3)常参　官吏の毎日出勤するものを常参官という。(4)三館　皇帝直属の編修官の役所。昭文・集賢・史館の三つに分れるが、主な職務は国史の編集であった。(5)瓊　玉の光彩あるもの。(6)薪芻　芻は牛や馬に食わせる草、ほし草。ここでは燃料をさす。(7)河朔　河は黄河。黄河以北の地方。(8)斛　容量の単位、十斗。日本で石の字をかくもの。(9)羸　やせていること。(10)死轍　二字未詳。訳文のように解したが、或いは「轍に死し」とよむべきかもしれない。轍はわだち。馬がわだちのあとで死んだことを言うかもしれぬ。(11)陂　二義ある。一は沼沢。他は坂道。いま前説によって解する。(12)卓　ぬきんでて高いさま。(13)熢燧　熢は烽ともかき、のろし。燧は、たいまつの類。(14)尸　尸位素餐というときの尸。職務を怠っていること。(15)謇諤　君主におもねらず正論をはく形容。(16)褒貶　中国では歴史は史実を伝えるだけでなく、倫理的評価を示すべきものとされた。(17)勤勤　厚意あるさま。

寇準（こうじゅん）

九六一―一〇二三。字は平仲（へいちゅう）。華州（陝西省華県）の人。宋の真宗皇帝の宰相で、萊国（らい）公に封ぜられたが、のち雷州（広東省海康県）に流されて死んだ。謚（おくりな）は忠愍（ちゅうびん）。「寇忠愍詩集」三巻がある。

5　書河上亭壁(1)（河上（かじょう）の亭（てい）の壁に書（しょ）す）

暮天寥落凍雲(2)垂　　暮天（ぼてん）　寥落（りょうらく）として　凍雲（とううん）は垂（た）る
一望欲下危亭遲　　一望して　危亭より下（くだ）らんと欲して遅（ためろ）う
臨水數村誰畫得　　水に臨（のぞ）める数村（そん）　誰（たれ）か画（えが）き得ん

淺山寒雪未消時　　　浅山の寒雪　未だ消せざる時

夕ぐれの空はわびしく　こおりついた雲がたれさがる
高いあずまやからながめていたが　おりようとしてしばしためろう
流れにそうたいくつかの村　この風景を画にできる人があるだろうか
近くの山山はまだ寒げに　雪の消えやらぬ　この時

注（1）河上　河はたぶん黄河。上はその岸べをいう。（2）危亭　危はそばだつ義。展望台のたぐい。

林逋

九六七―一〇二八。字は君復。諡は和靖先生。銭唐（浙江省杭州市）の人。杭州の西湖に住み、隠者として一生をすごした。「林和靖詩集」四巻がある。

6　山園小梅[1]（山園の小梅）

衆芳搖落獨嬋妍[2]
占斷風情向小園
疎影横斜水清淺
暗香浮動月黄昏
霜禽欲下先偸眼
粉蝶如知合斷魂
幸有微吟可相狎
不須檀[3]版與金尊

衆芳　揺落して　独り嬋妍たり
風情を占断して小園に向こう
疎影は横斜　水は清浅
暗香　浮動し　月　黄昏
霜禽　下らんと欲して　先ず眼を偸らせ
粉蝶　如し知らば　合に魂を断つべし
幸いに微吟の相狎る可きあり
須いず　檀版と　金尊とを

花花の散りはてたのち　ただ一つのあでやかな姿
この小さな庭のふぜいは　すべてこの花のものだ
清く浅い水のほとり　まばらな影をななめに落し
月の光あわいたそがれ　どことは知れず香気がただよう
霜に打たれた鳥は　おり立とうとして　そっと目をやる
もしも白い蝶が出あったら　魂も消える思いだろうに

私の低い吟声が　ちょうど似合いの相手だと思う
美女の拍子（ひょうし）や金の酒器は　まったく無用のことだ

注　(1)原作二首の第一首。(2)嬋は暄となっている本がある。暄は日ざしの暖かなこと。(3)檀版　版は板と同じ。音楽の拍子をとる道具。金尊の尊は酒のいれもの。金は金ぞうがんであろう。

7　梅花

吟懷長恨負芳時
爲見梅花輒入詩
雪後園林纔半樹
水邊籬落忽橫枝
人憐紅艷多應俗
天與清香似有私
堪笑胡雛(1)亦風味(2)
解將聲調(3)角中吹

吟懐（きんかい）　長（つね）に恨（うら）む　芳時（ほうじ）に負（そむ）きしことを
梅花（ばいか）を見しがために　輒（すなわ）ち詩に入る
雪後（せつご）の園林（えんりん）　纔（わず）かに　半樹（はんじゅ）
水辺（すいへん）の籬落（りらく）　忽（たちま）ち　横枝（おうし）
人（ひと）は紅艶（こうえん）を憐（あわ）れむこと　多く応（まさ）に俗なるべし
天（てん）の清香（せいこう）を与えしは　私（し）有（あ）るに似たり
笑うに堪（た）えたり　胡雛（こすう）の亦風味（またふうみ）ありて
声調（せいちょう）を将（も）って角中（かくちゅう）に吹くを解（かい）せんとは

詩情をいだきつつ　春のさかりをすごしたのが心のこりだから
梅の花を見るたびに　私は　詩の中へ書き入れてゆく
雪がやんだ庭のかたすみ　やっと半分だけ花をつけた木
川のほとりのまがきのあいだに　ふいにさし出たひと枝
はでなべに色をこのむのは　俗人にきまっているのだが
清らかなかおりは　天もこの花にへんぱな愛をそそぐのか
えびすの若ものでさえ心をひかれるとは　笑止千万な話
かれらが梅の曲を　よくも角ぶえにのせて吹こうとは

注　(1)胡雛　雛はひよこであるが、この場合、年のいかないものの義。(2)風味は風趣。ふつう名詞であるが、ここでは風趣を解する意。風咏となっているテクストもある。咏は詠に同じ。(3)声調　メロディ、曲をさす。

8　自作壽堂因書一絶以誌之（自から寿堂を作り　因りて一絶を書して以て之を誌す）

湖(1)上青山對結廬

湖上の青山　対して廬を結ぶ

墳前修竹亦蕭疎
茂陵(2)他日求遺稿
猶喜曾無封禪(3)書

墳前(ふんぜん)の修竹(しゅうちく)　亦蕭疎(またしょうそ)たり
茂陵(もりょう)　他日(たじつ)　遺稿(いこう)を求めなば
猶喜(なおよろこ)ぶ　曾(かつ)て封禅(ほうぜん)の書無(しょな)きことを

みずうみのほとりの青い山　その向いにいおりを結び
私の墓前にうえたむら竹は　ささやかながらさわめく
もう一つのじまんは　司馬相如(しばしょうじょ)のように　死んだあと
天子様のお祭りをほめたたえる草稿なんか残さぬこと

注　(1)湖は杭州の西湖。今も林逋の遺跡がある。(2)茂陵は漢のみやこ長安の郊外の地名。司馬相如（前?—一一八）は晩年ここに住んだ。死後、天子（武帝）が遺稿はないかと問うたとき、妻が封禅に関する著述を取り出してたてまつった。(3)封禅は天子が神神に祈る大儀式で、泰山（たいざん）でおこなわれる。稀にしか挙行されない。林逋がその著述を作らなかったのは、天子にこびへつらうことを軽蔑したのである。この二句は林逋自身の時代の政界の要路にあった人およびそれにへつらう文人への皮肉をふくみ、節義を守った自分のほこりを歌う。

司馬池

九八〇—一〇四一。字は和中。司馬光の父。陝州夏県（山西省）の人。各地の知事となった。

9 行色(1)

冷于陂水(2)淡于秋
遠陌初窮到渡頭
賴是丹青不能畫
畫成應遣一生愁

陂水よりも冷やかに　秋よりも淡し
遠陌　初めて窮まり　渡頭に到る
頼わいに是れ　丹青も画く能わざること
画いて成らば応に一生をして愁えしむべし

沼の水よりつめたく　秋よりもあわやかな　景色
遠いあぜみちがつきはてたあたりの　わたし場
画にかいてもかけそうもないのは　しあわせだ
画が万一できたら　一生つきぬうれいに閉じられるだろう

注　（1）行色　たびじのさま。この詩は司馬池が安豊（あんぽう）（安徽省寿県の西南）の酒税監督官であったときの作といい、かれの作品中もっともよく知られていた（「宋詩紀事」巻八）。（2）陂水　陂は沼沢地。

晏殊（あんしゅ）

九九一―一〇五五。字は同叔（どうしゅく）。臨川（江西省）の人。景徳元年（一〇〇四）進士。枢密使（参謀総長）、中書門下平章事（宰相）となり、諡は元献（げんけん）。詩文集は詞集「珠玉詞」ほか多かったが今は伝わらない。

10　寓意（ぐうい）(1)（意を寓す（こころよ））

油壁香車不再逢
峡(2)雲無迹任西東
梨花院落溶溶月

油壁（ゆうへき）の香車（こうしゃ）　再（ふたた）び逢（あ）わず
峡雲（きょううん）　迹無（あとな）く　西東（せいとう）するに任（まか）す
梨花（りか）　院落（いんらく）　溶溶（ようよう）たる月（つき）

柳絮池塘淡淡風
幾日寂寥傷酒後
一番蕭索禁煙(3)中
魚書(4)欲寄何由達
水遠山長處處同

柳絮　池塘　淡淡たる風
幾日ぞ寂寥たる　酒に傷める後
一番　蕭索たり　禁煙の中
魚書　寄せんと欲すれども何に由ってか達せん
水遠く山長うして　処処　同じ

油塗りのかぐわしい馬車に　もはや出あうことはない
わが思う人は巫山の雲に似て東西をさだめずさすらうのか
梨の花さく中庭では　あふれるほどの月の光
柳のわたは池にちり　かろやかな風のけわい
深酒に体をそこねてしまった幾日かのわびしい心
寒食の禁制でひとしきり煙も見えぬ　さびれた街街
たよりをことづけようにも　よすがとてはない
なかを隔てる山と川はどこまでも同じようにつづく

注　(1)この題をみると、裏面に隠されたことが有るに相違ないが、今はわからない。詩の表面に現わされたところは第一の句や末の二句で分るように恋のうたである。(2)峡雲　峡は三峡。その谷あいにある巫山に女神がいて朝には雲となり、夕には雨となった伝説によって女神に比すべき美女をいう。(3)禁煙　寒食（一一ページの注参照）のとき煮たきしないこと。
(4)魚書　魚の腹の中に手紙が入れてあった故事（古詩十九首）から、手紙のことをいう詩語。

梅堯臣

一〇〇二―一〇六〇。字は聖兪。号は宛陵先生。宣城（安徽省）の人。進士の資格をえたのは四十九歳で、国子監直講（大学講師）となった。詩名は早くから高かった。「宛陵先生集」六十巻がある。

11　秋雨(1)

雨後秋氣早
涼歸室廬清
既摧蚊蠅勢
任壯蛩蟬聲

雨後　秋気早し
涼帰って　室廬清し
既に蚊蝿の勢いを摧き
蛩蟬の声を壮んならしむるに任す

石榴墜枝熟　　石榴（せきりゅう）　枝を墜（お）ちて熟し
蒼蘚縁階生　　蒼蘚（そうせん）　階（かい）に縁（よ）りて生ず
閉門且高臥　　門（もん）を閉じて且（しば）らく高臥（こうが）せん
畏向泥塗(2)行　　泥塗（でいと）に向かって行かんことを畏（おそ）る

雨があがると　早くも秋のけわいがする
涼しさが立ち帰ったへやの　清らかさ
蚊や蝿の気勢をくじいたばかりか
こおろぎやせみも存分に声をたてる
ざくろの実は枝からおちんばかりに熟し
あおい苔は石段にそうて生いまつわる
私は門をとざしてまずゆっくり寝よう
泥のふかい往来へ出たくはないから

注　(1)天聖九年（一〇三一）ごろの作。梅堯臣が河南府（洛陽）主簿（属官）であったころの作。(2)泥塗　塗は途に同じ。道路。この二字はけがれた世の中をさすことが多く、ここもその含みがあるようである。それに反し前の句の高臥は世の中へ出ないことを言うのが常である。

12 和才叔岸傍古廟(1)（才叔の「岸傍の古廟」に和す）

樹老垂纓亂
祠荒向水開
偶人經雨踣
古屋爲風摧
野鳥棲塵坐
漁郎奠竹杯
欲傳山鬼(2)曲
無奈楚辭哀

樹は老いて　纓を垂るること乱れ
祠は荒れて　水に向かって開く
偶人　雨を経て　踣れ
古屋　風のために摧かる
野鳥　塵坐に棲み
漁郎　竹杯を奠す
山鬼の曲を伝えんと欲すれども
奈んともするなし　楚辞の哀しみを

老いた木は　ごたごたと　ふさを垂らし
荒廃したほこらが　川岸に門をひらく
木像は　雨もりのせいか　横へたおれ
建物の大破は　風がつよいためであろう
ほこりだらけの神の座に　野鳥がすくい

漁夫が　ささげた　竹のさかずきがある
私は「山鬼」の歌を　村人に伝えようとも思うが
「楚辞」の哀調がこもるのは何ともならない

注（1）明道二年（一〇三三）の作。才叔は不明。石蒼舒（九九ページ注（1）参照）の字が才叔で、あるいはこの人であろうか（夏敬観氏の説）。（2）山鬼　戦国時代の屈原（くつげん）らが作った韻文「楚辞」の中の一篇。

13 范饒州坐中客語食河豚魚(1)（范饒州の坐中の客　河豚魚を食することを語る）

春洲生荻芽
春岸飛楊花
河豚當是時
貴不數魚蝦
其狀已可怪
其毒亦莫加
忿腹若封豕(2)

春洲　荻芽を生じ
春岸に　楊花　飛ぶ
河豚　是の時に当たって
貴ときこと　魚蝦に数えられず
其の状は　已に怪しむ可し
其の毒は　亦加うるもの莫し
腹を忿らせては　封豕の若く

怒目猶呉蛙(3)
庖煎苟失所
入喉爲鏌鋣(4)
若此喪軀體
何須資齒牙
持問南方人
黨護復矜誇
皆言美無度
誰謂死如麻
我語不能屈
自思空突嗟
退之(5)來潮陽
始憚餐籠蛇
子厚(6)居柳州
而甘食蝦蟇
二物雖可憎
性命無舛差

目を怒らしむること　猶呉蛙のごとし
庖煎　苟くも所を失すれば
喉に入って　鏌鋣と為る
若し　此れ　軀体を喪ぼさば
何ぞ　歯牙に資することを須いん
持して　南方の人に問うに
党護して　復矜誇す
皆言う　美なること度無し　と
誰か謂わん　死すること麻の如きを
我　語りて　屈すること能わず
自から思うて　空しく突嗟す
退之の潮陽に来たるや
始め　籠蛇を餐するを憚かれり
子厚は柳州に居り
而も　甘んじて　蝦蟇を食えり
二物　憎む可しと雖も
性命に　舛差すること無し

斯味曾不比
中藏禍無涯
甚美惡亦稱
此言誠可嘉

斯(こ)の味は　曽(すなわ)ち比せず
中(うち)に蔵す　禍(わざわ)いの涯(かぎ)り無きを
甚(はなは)だ美なれば　悪(あく)も亦(また)称(かな)う　と
此の言　誠(まこと)に嘉(よみ)す可し

春の川すなに　あしが芽をふき
春の川べりに　柳のわたが飛ぶ
このときこそ　ふぐが珍重され
魚やえびの仲間にかぞえられない時だ
その形は　たしかに奇怪なうえに
これにます毒をもつものもいない
腹をふくらませたところは　大昔の大ぶたの化物にも似
目をいからせたさまは　呉の国のかえるを思わせる
料理のしかたに　少しでも　手落ちが　あろうなら
食った人に　莫邪(ばくや)の剣ほどの害をする
こんなふうに　人の身をほろぼすものだからには
口に入れるべきものでは　さらさらあるまい

私の意見を　南方の人に　問うてみると
ふぐの肩をもち　いっそう　ほめちぎる
誰もが言うのだ　あんなうまい物はない　と
命を落す人が無数にあることなど　考えもしない
私は　口さきでは　とうてい　かなわないので
じっと考えこみ　ためいきをつくばかりだ
むかし韓愈（かんゆ）は　潮州（ちょうしゅう）の知事になってみると
へびの料理に　へきえきした　ということだ
ところが　柳宗元（りゅうそうげん）は　柳州へ流され
ひきがえるを　うまい食物だと　言っていた
この二つは　形こそ　いやらしいものだが
食べる人の　命には　別条がない
ふぐは　それとは　とても比べものにならない
体のおくに　測り知れぬ　わざわいをかくしている
「美しすぎるものは　害もまた　大きい」
このことばは　至極　ただしいと　私は　思う

注　(1)范饒州　范沖淹（はんちゅうえん）をさす。饒州（江西省鄱陽〔はよう〕県）の知事であった。この詩は景祐四年（一〇三七）、梅堯臣が建徳県（安徽省）知事であった時の作。この詩は政治上の党派・党人の害毒をふぐに比したものだとの解釈がある（夏敬観・劉子健の説）。(2)封豕　古い伝説に出る大きなぶた。左伝に見える。(3)呉蛙　戦国時代の楚の王がかえるを見て、兵士たちもあのようないきごみがあればよいと言った話（韓非子〔かんぴし〕）にもとづく。(4)鏌鋣　莫邪とも書く。春秋時代の呉の国の刀鍛冶干将（かんしょう）の妻の名。またその名を取った剣の名。(5)退之　唐の詩人韓愈（かんゆ。七六八―八二四）の字。韓愈は罪をうけ潮州（広東省潮陽県）に左遷されたとき、土地の住民が蛇を食べるのを見て驚いたことを詩に書いた。(6)子厚　唐の詩人柳宗元（七七三―八一九）の字。かれも柳州（広西省）に左遷されたが、土地の人の食物である蝦蟇（ひきがえる）を平気で食べたことは韓愈がかれに与えた詩に見える。

14　至香山寺報秀叔(1)（香山寺（こうざんじ）に至りて　秀叔（しゅうしゅく）に報ず）

家近心還速
川長馬易疲
望山孤寺出
渡水夕陽遅

家近うして　心は還（また）速やかなり
川（せん）長うして　馬　疲（つか）れ易し
山を望めば　孤寺　出で
水を渡れば　夕陽（せきよう）　遅し

來向林間宿
歸須月上時
只應庭際鵲(2)
已報汝先知

来（き）たって　林間（りんかん）に向かって宿（しゅく）し
帰るは　須（かなら）ず月の上る時ならん
只応（ただまさ）に　庭際（ていさい）の鵲（かささぎ）の
已（すで）に汝（なんじ）に報じて先ず知らしめしなるべし

家が近づけば　心は又してもせかせかするのに
谷あいの路は長く　馬はとかくくたびれるのだよ
向うの山を見れば　一軒の寺が　あたまを出し
川をわたるとき　夕日はまだのろのろしている
これから　林のあたりに　宿をとるのだが
明日つくのは　どうしても月がのぼるころにはなるだろう
けれども庭さきのかささぎは　もうとっくに
私の帰りを　知らせてくれているだろうね

注　(1)康定元年（一〇四〇）の作。香山寺は所在不明。秀叔は梅堯臣の長男（名は増）の幼名。(2)鵲　かささぎ。この鳥が鳴くのは幸福の前兆で、とくに旅行者が帰ってくる知らせだとされていた。

15　書哀(1)（哀(かな)しみを書(しょ)す）

天既喪我妻
又復喪我子
兩眼雖未枯
片心將欲死
雨落入地中
珠沈入海底
赴海可見珠
掘地可見水
唯人歸泉下
萬古知已矣
拊膺當問誰(2)
憔悴鑑中鬼

天(てん)　既(すで)に　我が妻を喪(ほろ)ぼし
又復(またまた)　我が子を喪ぼせり
両眼(りょうがん)は　未だ枯(か)れずと雖(いえど)も
片心(へんしん)は　将(まさ)に死せんと欲す
雨　落ちては　地中に入り
珠(たま)　沈んでは　海底に入る
海(うみ)に赴けば　珠(たま)を見るべし
地(ち)を掘れば　水を見るべし
唯(ただ)人は　泉下(せんか)に帰すれば
万古(ばんこ)　知る　已(や)んぬることを
膺(むね)を拊(う)って　当(まさ)に誰にか問うべき
憔悴(しょうすい)す　鑑中(かんちゅう)の鬼(き)

天は　私の妻を死なせた　そのうえに

こんどは又　私の子も死なせてしまった
私の両眼の涙は　枯れつくしたのではないが
私の小さな心は　今にも動かなくなりそうだ
ふった雨が　地の中へと　しみこんでゆき
真珠が　深い海底に　落ちこんだのでさえ
海へもぐれば　真珠はいつか見つかるだろう
地を掘って行けば　水にも出あうことができよう
ただ人間だけは　ひとたび地下に帰ったが最後
永久に　永久に　おしまいになったのである
私は胸を打ちつける　だが問うべき人もない
鏡にうつるのは　やつれはてた　幽霊のような顔

注　(1)書哀　妻の死をかなしむ詩。妻謝氏は慶暦四年（一〇四四）三十七歳で死んだ。そののちも梅堯臣はこの妻をおもう詩をたびたび作っている。この詩の作られた年月ははっきりわからない。(2)鑑中　鑑は鏡に同じ。宋の皇帝の先祖の名が敬であるので、敬と同音の鏡の字を用いることをはばかる習慣であった。

16 小村(1)（小さき村）

淮濶洲多忽有村
棘籬疏敗謾爲門
寒雞得食自呼伴
老叟無衣猶抱孫
野艇鳥翹唯斷纜
枯桑水齧只危根
嗟哉生計一如此
謬入王民版籍(2)論

淮は濶く　洲は多くして　忽ち村有り
棘籬　疏敗して　謾しく門を為す
寒鶏　食を得て　自から伴を呼び
老叟　衣無く　猶孫を抱く
野艇　鳥の翹れるは　唯断纜あり
枯桑を水の齧みて　只危根あるのみ
嗟哉　生計　一に此の如きに
謬って　王民の版籍に入れて論ぜんとは

淮河はひろく　砂洲も多い　そこにひょっくり村が見える
いばらのかきねはやぶれ　門口とは名ばかり
やせこけた鶏は　えさを見つけて　なかまをよび集め
満足な着物もない年よりが　やはり孫をだいている
鳥がしっぽをもたげてとまるのは　そまつな船のきれぎれの縄
枯れたくわの木の根もとは　水に洗われ　あやうげだ

なげかわしいことだ　こんなふうのくらしをするものまで
天子様の戸籍には　つけこまれている　このまちがいは

注　(1)慶暦八年（一〇四八）作。(2)版籍　戸籍簿。戸籍は税金などを取りたてるためだから、謬入の二字が加えられた。

歐陽修（おうようしゅう）

一〇〇七—一〇七二。字は永叔、号は酔翁（すいおう）、六一居士（ろくいちこじ）、諡は文忠。盧陵（ろりょう）（江西省吉安県）の人。枢密副使（参謀次長）、参知政事（副宰相）となった。全集は「欧陽文忠公全集」一五三巻。そのうち詩は「居士集」の一四巻および「外集」の七巻。

17　夢中作（夢中の作）

夜涼吹笛千山月
路暗迷人百種花

夜（よ）涼（すず）しく　笛（ふえ）を吹く　千山（せんざん）の月（つき）
路暗（みちくら）く　人を迷わしむ　百種（ひゃくしゅ）の花

棊罷不知人換世
酒闌無奈客思家

棊(き)罷(おわ)りて　知らず　人の世を換えしことを
酒闌(さけたけな)わにして　奈(いか)んともする無し　客の家を思うを

夜のすずしさの中を　笛の音がきこえ　山山に月がかかり
路のくらさに　咲きにおう　種種(くさぐさ)の花は　人の目を迷わす
碁の一局をおえたとき　人の世界は代換りしてたとは気づかずにいた
酒宴の興(きょう)がたけたのち　家をおもう客の心は　何としようもない

18　戯答元珍(1)（戯(たわぶ)れに元珍(げんちん)に答う）

春風疑不到天涯
二月山城(2)未見花
残雪壓枝猶有橘
凍雷驚筍欲抽芽
夜聞啼雁生郷思
病入新年感物華
曾是洛陽花下客

春風(しゅんぷう)　疑うらくは　天涯(てんがい)に到らざるか
二月(がつ)　山城(さんじょう)　未だ花を見ず
残雪　枝(えだ)を圧して　猶橘(なおきつ)あり
凍雷(とうらい)　筍(じゅん)を驚かして　芽(め)を抽(ぬき)でんと欲す
夜(よる)　啼雁(ていがん)を聞きて　郷思(きょうし)を生(しょう)じ
病(や)んで新年に入って　物華(ぶっか)に感ず
曽(かつ)て是れ　洛陽(らくよう)　花下(かか)の客(かく)たりき

野芳雖晩不須嗟　　野芳（やほう）晩し（おそし）と雖も（いえども）　嗟く（なげく）を須いず（もちいず）

春風はこの空のはてまでやって来ないのでもあろうか
二月（きさらぎ）というのに　山の町では　花もまだ見えない　でも
残雪におさえられた枝枝に　みかんがなっているし
冬の雷の音に驚かされた竹の子が芽を出そうとする
雁（がん）の鳴き声を聞く夜は　くにのことが思い出され
病中に新年を迎えた身は　季節の移り行きに感慨をおぼえる
君も　洛陽の都で花見の客だったこともあるのだから
いなかの花がおそいからとて　歎くにも及ぶまい

注　(1)元珍は丁宝臣のあざな。欧陽修が左遷されて夷陵県（今湖北省宜昌県）の知事をしていたときの作。景祐四年（一〇三七）である。(2)山城は夷陵をさす。

19　水谷夜行寄子美聖兪(1)（水谷（すいこく）の夜行（やこう）　子美（しび）・聖兪（せいゆ）に寄（よ）す）

寒雞號荒林　　寒鶏（かんけい）は荒林（こうりん）に号び（さけび）

山壁月倒掛
披衣起視夜②
攬轡念行邁
我來③夏云初
素節④今已屆
高河瀉長空
勢落九州⑤外
微風動涼襟
曉氣清餘睡
緬懷京師友
文酒邈高會
其間蘇與梅
二子可畏愛
篇章富縱横⑥
聲價相磨蓋
子美⑦氣猶雄
萬竅號一噫

山壁に　月倒しまに掛る
衣を披て　起って夜を視
轡を攬りて　行邁せしを念う
我が来たりしとき　夏　云に初なりき
素節　今　已に届れり
高河　長空に瀉ぎ
勢い九州の外に落つ
微風　涼襟を動かし
暁気　余睡を清うす
緬かに懐う　京師の友
文酒　高会　邈たるを
其の間　蘇と梅と
二子　畏愛す可し
篇章　縦横に富み
声価　相磨蓋す
子美　気　猶雄なり
万竅　一噫に号ぶ

有時肆顛狂
醉墨洒霶霈⑧
譬如千里馬
已發不可殺
盈前盡珠璣⑨
一一難柬汰⑩
梅翁事清切
石齒漱寒瀬
作詩三十年
視我猶後輩
文詞愈清新
心意雖⑪老大
譬如妖韶女
老自有餘態
近詩尤古硬
咀嚼苦難嘬⑫
初如食橄欖

時(とき)有りて　顛狂(てんきょう)を肆(ほしい)ままにすれば
醉墨(すいぼく)　洒(そそ)いで霶霈(ほうはい)たり
譬(たと)えば　千里の馬(うま)の
已(すで)に発しては　殺(そ)ぐ可からざるが如し
前(まえ)に盈(み)つるは　尽(ことごと)く珠璣(しゅき)なり
一一　柬汰(かんた)し難し
梅翁(ばいおう)　清切(せいせつ)を事(こと)とす
石歯(せきし)　寒瀬(かんらい)に漱(くちすす)ぐ
詩を作ること三十年
我(われ)を視ること　猶(なお)後輩のごとし
文詞(ぶんし)　愈(いよ)いよ　清新なり
心意　老ゆと雖(いえど)も　大なり
譬えば　妖韶(ようしょう)たる女(じょ)の
老いて自(なお)　余態(よたい)有るが如し
近詩(きんし)　尤(こと)に古硬(ここう)
咀嚼(そしゃく)するに　嘬(さい)し難きに苦しむ
初めは　橄欖(かんらん)を食うが如し

眞味久愈在
蘇豪以氣轢
擧世徒驚駭
梅窮獨我知
古貨今難賣
二子雙鳳凰
百鳥之嘉瑞
雲烟一翺翔
羽翮一摧鎩⑬
安得相從遊
終日鳴噦噦⑭
問胡苦思之
對酒把新蟹

真味　久しゅうして愈いよ在り
蘇は豪にして　気を以て轢ぎ
挙世　徒だ　驚駭す
梅の窮は　独り我の知るのみ
古貨　今は売れ難し
二子は　双つの鳳凰にして
百鳥の嘉瑞なり
雲烟に一たび翺翔せしも
羽翮　一に　摧鎩せらる
安んぞ　相従遊して
終日　鳴くこと噦噦たるを得ん
胡ぞ苦ろに之を思うやと　問わば
酒に対して　新蟹を把る

にわとりは　荒れはてた林の中でさけび
山壁には　月がつりさげたようにかかる
上衣をはおり　起き上がって　夜空を見ると

馬にまたがり　旅をつづけたのを想い出す
僕が来たときは夏もはじめのころだった
今は早くも　秋の季節に入ったのだ
天の河は　高い空から流れくだる勢いで
その末は　わが国のはてへ　落ちて行く
そよ風が　えりもとを動かしてすずしく
夜明けのさわやかさに　睡気も　さめた
はるかに思うのは　都にのこった友人たちのこと
酒と詩のうたげからも　僕は遠くへだたっている
だが　友人の中でも　蘇君と梅君のふたりこそ
ほんとうに　敬愛すべきひとだ
制作はゆたかで　縦横の意気おおく
名声もまた　たがいに甲乙はない
子美（蘇君）の気魄はいっそうはげしい
地上のくぼみすべてを　一息に吹きならそうとする
そして感興がわくと　狂気のように
酔余の筆をふるい　大雨のように墨をぶちまける

それは　千里を走る名馬の足が　いったん
駆け出しては　引きとめようがないのに似ている
僕の前にある詩篇は美しい真珠をならべたようで
とうてい選びすてることなどできないほどだ
梅君の詩には　清らかなひびきがこめられる
つめたい急流に口をゆすぐと歯にしみとおるようだ
詩を作り始めて　もう三十年になる　だから
僕などは　まったく後輩あつかいにする
一首ごとに　ことばはいよいよあたらしく
心ばえは　年おいても　ますます大きい
ちょうど　たおやかな美女が
年をとっても風情を失わぬのにも似る
近ごろの詩は古代的なかたさをそなえ
かみくだこうとしても歯が立たない
かんらんの実を口に入れた初めの苦さ　それは
いつとはなく　甘さに変わっていつまでもある
蘇君の豪気は　人を圧倒する　だから

世の人は　ただおどろきあきれるばかりだ
梅君の貧困を知るのは　僕だけだろう
古めかしい品物は　今の世では売れにくい
二人はまるで　つがいの鳳凰のようだ
鳥の種族の中で　めでたい瑞兆なのだ
ひとたびは雲の上たかく　かけりのぼったのに
いまは　羽を切られ　飛ぶ力もないかのよう
いつの日に又君たちといっしょになって
一日じゅう楽しいさえずりを聞けるだろうか
なぜ　そんなにまで思いなやむのか　と問われれば
僕は　ただ　酒を前に　新しい蟹の肉をむく

注　(1)水谷は地名、未詳。子美は蘇舜欽、聖兪は梅堯臣。(2)行邁　邁は大またに歩くこと。二字で長い旅行をいう。「詩経」王風黍離篇のことば。(3)素節　秋。五行説で秋は白色にあたるから素秋という。(4)高河　あまのがわ。(5)九州　太古の禹王が天下を九州に分けたというので、中国全土をさす。(6)磨蓋　磨はふれあう。競争状態にあること。蓋はおおいかくす、一方が他を追いこした状態。(7)万竅　竅はあな、くぼみ。噫はおくび。風は地のおくびであって、それが吹きおこるとあらゆるくぼみが音を発すると、「荘子」斉物論篇に見える。(8)霶霈　大雨がざあざあふりそそぐさま。(9)珠璣　珠は真珠。璣は真珠の形が円くないもの。(10)柬汰　柬はよいものを選び出すこと。汰は悪いものを洗い流すこと。(11)この句の雖の字が難となっているテクストもある。どちらでも、肉体は老いても精神は衰えない意味であろう。(12)嘬　一口に平らげてしまうこと。(13)二句　一羽は雲の上、一羽は羽を切られている意味にも取れる。しかしこのときたぶん二人とも志をえない時だから、訳文のように解した。(14)嘰嘰　鳥のなきかわす擬声語。

蘇舜欽(そしゅんきん)

一〇〇八―一〇四八。字は子美(しび)。本籍は梓州(ししゅう)（四川省三台県）。景祐年間（一〇三四―三七）の進士。罰をうけて官を免ぜられ、蘇州の滄浪亭(そうろうてい)に住むこと数年、湖州の地方官に任ぜられたが蘇州で病死した。「蘇学士文集」十六巻がある。

20 哭曼卿(1)（曼卿(まんけい)を哭(こく)す）

去年春風百花開　　去年　春風(しゅんぷう)　百花　開くとき

與君相會歡無涯
高歌長吟插花飲
醉倒不去眠君家
今年慟哭來致奠
忍欲出送攀魂車
春輝照眼一如昨
花已破類(2)蘭生芽
唯君顏色不復見
精魂飄忽從朝霞
歸來悲痛不能食
壁上遺墨如棲鴉(3)
嗚呼死生遂相隔
使我雙淚風中斜

君と相会(あいかい)して　歓(よろこ)び　涯無(かぎりな)し
高歌　長吟(ちょうぎん)し　花を挿(さ)して飲み
酔い倒れて去らず　君が家に眠れり
今年　慟哭(どうこく)し　来(き)たって　奠(てん)を致し
忍(しの)んで出(い)で送りて　魂車(こんしゃ)を攀(よ)じんと欲す
春輝(しゅんき)　眼(め)を照らして　一(いつ)に昨(きのう)の如し
花は已(すで)に破類(はらい)して　蘭は芽を生ぜり
唯(ただ)　君の顔色(がんしょく)は　復(また)見ず
精魂　飄忽(ひょうこつ)として　朝霞(ちょうか)に従(したが)う
帰り来(き)たれば　悲痛して　食(くろ)う能わず
壁上(へきじょう)の遺墨(いぼく)　棲鴉(せいあ)の如し
嗚呼(ああ)　死生(しせい)　遂(つい)に相隔(あいへだた)れり
我をして　双涙(そうるい)　風中(ふうちゅう)に斜めならしむ

去年の春風に　花花のさきにおうたとき
君と出会った楽しさは　はてもなかった
歌をうたい詩を吟じ　花をかんざしにして飲み

僕は酔いつぶれて　そのまま君の家でねていた
今年は君を慟哭しつつ　霊前へやって来た
なげきをかくし　野べの送りに出て　霊柩車にすがりつく
目にまばゆい春の光は　去年とかわりがない
花はすでにつぼみを破り　蘭も芽をふき始めた
君の顔色　それだけは　もはや見るよしもない
君のたましいは　朝やけ雲といっしょに消えてゆくのか
僕は家へ帰ったが　食事もできぬ　心の痛み
壁にかけた君の筆の跡は　からすのように黒い
ああ　かくて生死の世をへだてる身となったのか
と思うと　二すじの涙が風に吹かれつつ落ちる

注　(1)曼卿は石延年の字。康定二年（一〇四一）に死んだ。欧陽修が作った「墓表」によって略歴を知ることができる。(2)纇は玉のきず、われめのこと。つぼみのほころびを玉のわれめにたとえたのである。(3)棲鴉はねぐらにつどうからす。

21 淮中晩泊犢頭(1)（淮中　晩に犢頭に泊す）

春陰垂野草青青
時有幽花一樹明
晩泊孤舟古祠下
滿川風雨看潮生

春陰　野に垂れて　草は青青たり
時に幽花の一樹に明らかなる有り
晩に孤舟を泊す　古祠の下に
滿川の風雨　潮の生ずるを看る

・

どんよりした春のかげが野原にかぶさり　草はあおい
人知れず花をたわわにつけた木の明るさが　おりふし目にうつる
夕ぐれ　古びた社のあたりに舟をつないだ私は
川原いちめんの風雨のなか　汐がさすのを　見つめる

注　(1)淮は淮河。宋代では開封の都から江南に達する重要な水路であった。犢頭は地名。確かな所在は不明。

趙抃

一〇〇八―一〇八九。字は閲道。衢州西安（浙江省衢県）の人。進士及第ののち、神宗のとき、宰相となり、太子少師を死後おくられた。諡は清献。「清献集」十巻がある。

22 和宿峡石寺下(1)（「峡石寺の下に宿する」に和す）

淮岸浮圖半倚天
山僧應已離塵緣
松關暮鎖無人跡
惟放鐘聲入畫船

淮岸の浮図　半ば天に倚る
山僧　応に已に塵縁を離れしなるべし
松関　暮に鎖して　人の跡　無し
惟だ鐘声を放って画船に入らしむ

淮河の岸の塔　なかぞらにそびえ立つ
坊さんは浮世のわずらいを絶ち切ったのだろう
松林の門は夕ぐれ錠をおろし　人の足あともなく
鐘の声だけが　遊山の船にはいってくる

注　(1)峡石寺　所在は不明。第一句から淮河の河岸にあったと知られる。和は他人の作と同じ題で作って唱和すること。だから「宿峡石寺下」までは、先に作ったある人の詩の題である。

邵雍

一〇一一—一〇七七。字は堯夫。門人の諡は康節先生。河南（河南省洛陽市）の人。道学者で、一生仕官しなかった。通常の詩人とは異なった特色ある詩をつくった。「伊川撃壌集」二十巻がある。

23　安樂窩(1)

半記不記夢覺後
似愁無愁情倦時
擁衾側臥未欲起
簾外落花撩亂飛

半ば記すれども記せざるは　夢覚めし後
愁い有るに似て　愁い無し　情の倦みし時
衾を擁して側臥し　未だ起きんと欲せず
簾外の落花は　撩乱として飛ぶ

おぼえてるようでもあり　おぼえがないようでもある　さめたのちの夢のここち
何か気がかりな——というほどのこともない——もうたくさん　そんな心のひととき
ふとんをかぶり　横をむいて　起きる気にはまだならない
すだれの外では　花びらが　ばらばらと飛んでゆく

注　(1)安楽窩　邵雍が洛陽のすまいにつけた名。

文同(ぶんどう)

一〇一八—一〇七九。字は与可。笑笑居士と号した。梓潼(しどう)（四川省の県）の人。詩人としてよりむしろ画家として知られる。蘇軾の親戚で親友。「丹淵集(たんえんしゅう)」四十巻を著わした。

24 新晴山月（新晴の山月(さんげつ)）

高松漏疎月
落影如畫地

高松　疎月(そげつ)を漏(も)らし
影を落して　地(ち)に画(えが)けるが如し

徘徊愛其下
及久不能寐
怯風池荷捲
病雨山果墜
誰伴余苦吟
滿林啼絡緯(1)

徘徊(はいかい)して　其の下(もと)を愛し
久しきに及んで　寐(い)ぬる能わず
風を怯(おそ)れて　池荷(ちか)　捲(ま)き
雨に病んで　山果(さんか)　墜(お)つ
誰(たれ)か　余(よ)の苦吟に伴(ともな)わん
満林に　絡緯(らくい)　啼(な)く

高い松のこのまからさす　まばらな月光
落した影は　地面に絵をかいたようだ
そのこのもしさに　ゆきつもどりつして
いつまでいても　寝ることはできそうもない
風におびえるように　池の荷(はす)の葉はまくれあがり
雨にいためられて　山の木の実がぽたりと落ちる
私の苦吟の仲間入りをしてくれるのはだれかといえば
林いっぱいにすだく　くだむしの声

注　(1)絡緯　和名、くだまき・くだむし・いとむし。きりぎりすに似て小さい昆虫。絡糸娘などの別名があり、詩経に見える莎雞（さけい）はこれだという説がある。

25 早晴至報恩山寺（早晴　報恩山寺に至る）

山石巉巉磴道微
拂松穿竹露沾衣
煙開遠水雙鷗落
日照高林一雉飛
大麥未收治圃遠
小蠶猶臥斫桑稀
暮煙已合牛羊下
信馬林間步月歸

山石　巉巉　磴道　微なり
松を払い　竹を穿って　露　衣を沾おす
煙　開いて　遠水　双鷗　落ち
日は高林を照して　一雉　飛ぶ
大麦　未だ収めず　圃を治むること遠く
小蚕　猶臥し　桑を斫ること稀なり
暮煙　已に合し　牛羊　下る
馬に信せて　林間に月に歩して帰る

山の岩は切り立てたごとく　石だたみの道はかぼそく
松の枝をはらい　竹の葉をかきわける内に　露は上衣をぬらす
霧があけると　遠くの川に　かもめが二羽舞いおりるのが見え
日がのぼって　山の木木を照らすとき　きじが一羽　飛んでいた

大麦は取り入れ時がこない　農夫は遠くの畑をたがやしている
蚕は眠っている時だろう　桑をつむ人も　まれだ
いつしか夕もやが立ちこめて　牛や羊は山をおりて来た
私は林間を馬の足のままに　月光をふんで　帰途につく

劉敞

一〇一九―一〇六八。字は原父。新喩（江西省の県）の人。慶暦六年（一〇四六）進士。翰林学士となった。博識な学者で文章家として知られた。門人の諡は公是先生。「公是集」五十四巻がある。

26 微雨登城（微雨　城に登る）

雨映寒空半有無
重樓閑上倚城隅
淺深山色高低樹

雨は寒空に映じて　半ば有無
重楼　閑に上って　城隅に倚る
浅深の山色　高低の樹

一片(1)江南水墨圖

一片の江南水墨の図なり

寒ぞらにくっきりうつる雨の足も　なかばは消え去ってゆく
私はひまにまかせ城壁のすみにそそり立つやぐらにのぼる
あさくふかき　山の色　たかくひくく　つらなる木木
これこそ　江南をえがく一幅の水墨画の風景

注　(1)一片一句　この城がどこであったか不明であるが、この句にいう江南は実景でなく想像中の風景であることは確かである。

曾鞏

一〇一九―一〇八三。字は子固。南豊（江西省の県）の人。嘉祐二年（一〇五六）進士。中書舎人（詔勅の起草官）となった。散文の大家として知られる。詩は「元豊類稿」五十巻の中にある。

27 西楼（せいろう）

海浪如雲去却回
北風吹起數聲雷
朱樓四面鈎疏箔(1)
臥看千山急雨來

海浪（かいろう）　雲の如く　去って却（ま）た回（かえ）る
北風　吹き起こす　数声の雷（らい）
朱楼　四面　疏箔（そはく）を鈎（こう）し
臥（ふ）して看（み）る　千山（せんざん）　急雨の来（き）たるを

雲のような海の大波　去ったと思うと　またもどって来る
北風が吹きおこり　幾声か　かみなりも　聞こえだした
朱ぬりの二階　四方のすだれを　まきあげて
寝ころんだまま　私は山山からはげしい雨がやってくるのをながめる

注　(1)疏箔　箔は竹すだれ。疏は疎と同じで目のあらいこと。

28 城南

雨過横塘(1)水滿堤

雨は横塘（おうとう）を過ぎ　水は堤（つつみ）に満つ

亂山高下路東西
一番(2)桃李花開盡
惟有青青草色齊

乱山（らんざん）　高下（こうげ）し　路（みち）は東西
一番の桃李（とうり）　花開き尽（つ）くし
惟（た）だ　青青（せいせい）たる草色（そうしょく）の斉（ひと）しき有り

横塘のあたり　雨がとおりすぎたあと　水はつつみまでひたす
山山が高く低く　ふぞろいにつらなる中　路は東西にのびる
桃やすももの　花期もすぎ　すっかり散りはてた　のちは
ただ　いちめんに　あおあおとした　草のひといろ

注　(1)横塘　地名であろうが、塘は堤防のこと。堤防に囲まれた池なども塘ということがある。(2)一番　人（兵隊など）の一交代を一番という。それから転じて一つの種類の花がさいている期間をいう。春さく花の主なものを数えた「二十四番花信風」という言葉もある。

王安石（おうあんせき）　一〇二一—一〇八六。字は介甫（かいほ）。慶暦二年（一〇四二）の進士。神宗の宰相となり、新法といわれる大改革を断行した政治家であるが、学者であり、詩も散文も大家である。荊国公に封ぜられ、諡は文。詩は「臨川集」一百巻に収め、その注「王荊公詩註」五十巻（李壁の注）もある。

29 自遣[1]（自から遣る）

閉戸欲推愁
愁終不肯去
底事[2]春風來
留愁愁不住

戸を閉じて　愁いを推さんと欲すれども
愁い　終に　肯えて去らず
底事ぞ　春風の来たれば
愁いを留むるも　愁いは住まらざるは

門をしめきって　私は愁いをおし出そうとする
それでも　愁いは　出て行こうともしない
だが　どうしたことだ　春風がやって来ると
とめておこうとしても　のこっちゃいないのは

注　(1)自遣　心のうさをはらす。(2)底事　底は疑問代名詞で、やや古い俗語。

30 送和甫(1)至龍安暮歸（和甫を送りて竜安に至り　暮に帰る）

隱隱西南月一鉤
春風落日澹如秋
房櫳半掩(2)無人語
鼓角聲中始欲愁

隠隠たり　西南の　月　一鉤
春風　落日　澹として秋の如し
房櫳　半ば掩いて　人の語る無し
鼓角声中　始めて愁えんと欲す

西南のかた　かすかに見える　月は釣針の形
日は落ち　春風がわたり　秋のように淡い景色
格子窓は半分とじて　誰も語るべき人もない
夕ぐれの角ぶえの声ひびくとき　私は始めて悲しみのわくのを感ずる

注　(1)和甫　王安石の弟、安礼。(2)半掩　軽くしめるのを掩という。

31 送和甫至龍安微雨因寄吳氏女子(1)
（和甫を送りて竜安に至る　微雨あり　因りて呉氏の女子に寄す）

荒煙涼雨助人悲
涙染衣巾不自知
除却東風沙際緑
一如看汝過江時

荒煙　涼雨　人の悲しみを助く
涙は衣巾を染めて　自から知らず
東風と沙際の緑を除却すれば
一に汝が江を過るを看し時の如し

さびしいもやと　つめたい雨が　私の悲しみをいやます
私は涙に着物をぬらしつつ　それとも気づかずにいた
ひがし風が水ぎわを緑に色どることを　別にすれば
何もかも　おまえが川をわたって行くのを見たあの日と同じだ

注　(1)王安石の長女は呉安持（ごあんじ）の妻となった。それに与えた詩。

32　寄呉氏女子(1)（呉氏の女子に寄す）

伯姫不見我
乃今始七齢

伯姫の我を見ざること
乃今　始めて七齢なり

家書無虚月
豈異常歸寧(2)
汝父綴卿官
汝兒亦搢綎(3)
兒已受師學
出藍而更靑
女復知女功
婉嫕(4)有典型
自吾捨汝東
中父繼在廷
小父數往來
吉音汝每聆
既嫁所願懷(5)
孰如汝所丁
而吾與汝母
湯熨(6)幸小停
丘園祿一品(7)

家書　虚しき月無し
豈に　常に帰寧するに異ならんや
汝が夫は　卿官に綴なりて
汝が児も　亦搢綎す
児は已に　師より学を受け
藍を出でて　而うして更に青し
女は復　女功を知り
婉嫕にして　典型有り
吾が　汝を捨てて東せしより
中父は継いで廷に在り
小父　数しば往来し
吉音を　汝は毎に聆かん
既に嫁して　願う所懐きこと
孰か汝が丁る所の如くならんや
而うして吾と汝の母とは
湯熨　幸いに小しく停む
丘園ありて　禄は一品

吏卒給使令
膏粱以晩食
安歩而車軿⑧
山泉皋壤間
適志多所經
汝何思而憂
書毎説涕零
吾廬所封殖
歳久愈華菁⑨
豈特茂松竹
梧楸亦冥冥
芰荷美花實⑩
瀰漫爭溝涇
諸孫肯來遊
誰謂川無舲⑪
姑示汝我詩
知嘉此林坰⑫

吏卒　使令に給す
膏粱　晩く食するを以てし
安歩して　而うして車軿とす
山泉　皋壌の間
　志に適いて　経る所　多し
汝　何をか思いて　憂うる
書　毎に　涕　零つと説う
吾が廬の封殖する所は
歳久しゅうして　愈いよ華菁なり
豈に特り　松竹の茂れるのみならんや
梧楸も　亦冥冥たり
芰荷　花実　美わしく
瀰漫して　溝涇を争そう
諸孫　肯えて来たり遊ばば
誰か　川に舲無しと謂わん
姑らく　汝に我が詩を示し
此の林坰を嘉みすることを知らしむ

末有擬寒山(13)
覺汝耳目熒
(14)因之授汝季
季也亦淑靈

末(すえ)に　寒山(かんざん)に擬(ぎ)せるもの有り
汝が耳目(じもく)を　熒(あき)らかに覚らしめん
之に因りて　汝が季(き)にも授く
季也(きや)　亦淑霊(しゅくれい)なり

長女よ　おまえにあえなくなってから
ことしで　もう七年になるのだが
手紙は毎月　よこさぬ月はないのだし
しじゅう　帰って来るのと同じだよ
おまえの夫は　高等官の列に入り
おまえの子も　官位をさずけられた
男の子は　もう勉強を始めたそうだね
親より出藍(しゅつらん)のほまれがあることだろう
女の子も　針仕事を習いおぼえたとか
しとやかな資質は　母親ゆずりだからね
私が　おまえを残して　東(こちら)へ来たあとも
おじさんは　相変らず朝廷に出仕している

末のおじさんとも　たえず往き来していれば
いつも　よいたよりが　聞けることだろう
嫁に行って　何もかも　思いどおりになった
おまえのような女は　めったにありはしまい
ところで　私とお母さんは　ありがたいことに
薬や療治も　今は　やめてしまった
つとめはひいたが　一位のくらいを授かり
従卒や下役人が　使い走りをしてくれる
腹をすかして食べれば　粗食もご馳走だし
ゆっくり歩いていれば　乗り物も不用だ
山や　川や　沼池のあたりを
気が向くままに　ずいぶん歩きまわった　それに
おまえは　何をくよくよ思いつづけているのか
手紙のたんびに　涙がこぼれると　言ってくる
私の家の　植木のるいは
長いあいだに　ますます　すばらしくなった
松や竹が　しげったばかりじゃない

あおぎりや　ひさぎも　こんもりしてきた
はすや　ひしの　花も実も　みごとで
堀いっぱいに　なるほどだ
孫たちも遊びには来ないのか
便船がないわけじゃあるまい　だが
まず　おまえに　この詩を書きつけてやるわけは
この村ずまいが　私の気に入っていると　知らせるためだ
それから「寒山詩（かんざんし）」にまねて作った詩もある
これを見れば　きっと　目の前が開ける思いがするだろう
これは　ついでに　妹にも　見せてやってくれ
あの子も　才たけた女なのだから

注　(1)呉氏女子　前の詩の題と同じく王安石の長女で呉安持の妻。第一句の伯姫も長女の義。(2)帰寧　嫁にいったむすめが里へ帰り親の安否をたずねること。詩経に見えることば。(3)揩綎　揩は帯のあいだにはさむこと。綎は印章などにつけるひも。二字で官吏として責任ある地位にあることを表わす。「後漢書」蔡邕伝に見える。(4)婉嫕　婉は従順、嫕は平静。女のしとやかなさま。(5)所願懐　願は思、懐は安に同じ意味。詩経の用例に従ったもの。(6)湯熨　湯は煎じ薬、熨はぬり薬。(7)一品　中国では位階を一品から九品までに分ける。日本の一位にあたる。(8)軿　おおい(ほろの類)のある馬車。(9)菁　花をつけたありさま。(10)涇　川の名であるが、ここでは堀割の意に用いたらしい。(11)舲　小船。窓のある船だともいう。それならばやや大きい。(12)林坰　郊外をいう。(13)寒山　唐代後半(八・九世紀)の僧で、寒山詩約三百首が伝わり、禅宗的な哲理を説く。王安石はそれを模倣したのである。(14)季　ここでは妹むすめ。王安石の次女は蔡卞(さいべん)の妻。

33 吾心(吾が心)

吾心童稚時
不見一物好
意言有妙理
獨恨知不早
初聞守善死
頗復吝肝腦
中稍歷艱危
悟身非所保
猶然謂俗學

吾が心　童稚の時
一物の好きを見ざりき
意に言えらく　妙理　有らんと
独り　知ることの早からざるを　恨む
初めは聞く　善を守りて死せよ　と
頗る復　肝脳を吝めり
中ごろ　稍　艱危を　歴て
身の　保つ所に非ざるを　悟れり
猶も俗学なりと謂いて

有指當窮討　10
晩知童稚心
自足可忘老

指の　当に窮め討ぬべき有りとせり
晩にして知る　童稚の心の
自から　老を忘る可きに足ることを

幼いころの　私の心は　この世の中に
何一つ完全なものはない　と感じていた
すばらしい真理は　きっとどこかに有るはずだ
情けないことに　私の手にはとどかない　と思った
善と信ずるところを守って死ね　と教えられたことがある
が　私には　肉体を失う勇気が　欠けていた
やがて　さまざまな　にがい経験をしてからは
一身の安全は　とても望めぬことだと　知った
それでも　私の考えはまだ俗学なのだ　そのほかに
きわめるべきことがあるに違いない　そう思っていた
晩年に近づいて　ようやく気づいた　あの幼なかった心こそ
まさに　それだけで　わが老年を忘れさせるものであることを

34 初夏即事（しょかそくじ）

石梁茅屋有彎碕
流水濺濺度兩陂
晴日暖風生麥氣
綠陰幽草勝花時

石梁（せきりょう）　茅屋（ぼうおく）　彎碕（わんき）　有り
流水　濺濺（せんせん）として　両陂（りょうひ）を度（わた）る
晴日（せいじつ）　暖風（だんぷう）　麦気（ばっき）を生ず
緑陰（りょくいん）　幽草（ゆうそう）　花時（かじ）に勝（まさ）れり

石橋のほとり　草ぶきの家　川岸の曲がりこんだ処
二つの池のあいだを　さらさらと流れすぎる水
晴れた日ざし　風はあたたかく　麦の香りが息づく
新緑の木かげのふかぶかとした草地は花の季節よりなお美しい

35 江上（こうじょう）

江北秋陰一半開
曉雲含雨却低回
青山繚繞疑無路

江北（こうほく）の秋陰　一半（いっぱん）　開く
暁雲（ぎょううん）　雨を含んで　却（かえ）って低回（ていかい）す
青山（せいざん）　繚繞（りょうじょう）して　路無（みちな）きかと疑えば

忽見千帆隱映來　　　忽(たちま)ち見る　千帆(ぱん)の隠映(いんえい)して来(き)たるを

大川の北をおおった秋のくもり空の　なかばは晴れた
雨気をふくんだ朝雲は　まだ去りもやらず　ただよう
青い山山がとりまいて　もう路は無いのかと疑われたとき
にわかに　無数の帆影が　見えがくれしつつ　現われていた

36 夜直(1)

金爐香燼漏聲(2)殘　　　金炉(きんろ)　香(こう)は燼(もえ)つきて　漏声(ろうせい)は残(ざん)す
翦翦輕風陣陣寒　　　剪剪(せんせん)たる　軽風(けいふう)　陣陣(じんじん)に　寒し
春色惱人眠不得　　　春色(しゅんしょく)　人を悩(なや)まして　眠り得ざらしむ
月移花影上欄干　　　月は花影(かえい)を移して　欄干(らんかん)に上(のぼ)る

黄金の香炉のけむりはつきはて　漏刻の音もおとろえつつ
しずかに吹く風の　ひとしきりごとに覚える　うすら寒さ
春の景色は　ひとをなやまし　とても寝つかれそうにもない

ふと気づけば　月はずっと遠のき　花の影はらんかんにとどく

注　(1)夜直　宮中の宿直。(2)漏声　水時計によって知らせる時を打つ音。

37 悟眞院(1)

野水従横漱屋除
午窓殘夢鳥相呼
春風日日吹香草
山北山南路欲無

野水(やすい)　従横(じゅうおう)　屋除(おくじょ)を漱(あら)い
午窓(ごそう)　殘夢　鳥相呼(とりあいよ)ぶ
春風(しゅんぷう)　日日(にちにち)　香草(こうそう)を吹き
山北(さんぼく)　山南　路(みち)　無(な)からんと欲(ほっ)す

縦横に交差し　家の石段を洗ってゆく　野中の小川
窓近く　ひるねの夢を破って　鳴きかわす鳥の声声
日日(ひび)吹きわたる春風に　かぐわしい草はいきおいづき
山の北も南も　人のかよう路という路を　うめつくす

注　(1)悟真院　寺の名。南京(ナンキン)の鍾山(しょうざん。紫金山)にあったという。

38　書任村馬舗(1)（任村の馬舗に書す）

兒童繋馬黄河曲
近岸河流如可掬
任村炊米(2)朝食魚
日暮滎陽驛中宿
投老經過身獨在
當時洲渚今平陸
秫黍冥冥十數家
仰視荒蹊但喬木
氷盤鱠美客自知
起看(3)白水還東馳
爾來百口皆年少
歸與何人共此悲

児童たりしとき　馬を黄河の曲に繋げり
岸に近き河流は　掬す可きが如し
任村に米を炊ぎ　朝に魚を食し
日暮　滎陽駅中に　宿す
老に投りて経過すれば　身独り在り
当時の洲渚は　今は平陸
秫黍　冥冥たり　十数家
仰いで　荒蹊を視るに　但だ　喬木あり
氷盤の鱠の美なるは　客自から知る
起って　白水を看れば　還　東馳す
爾来　百口　皆　年少なり
帰って　何人とか此の悲しみを共にせん

わかかったとき　馬を黄河の曲りかどに　つないだ

岸に近い川の流れは　手にむすんで飲めそうな　清らかさだった
任村では　朝おきて米をたき　魚もたべたし
その日のくれ　滎陽（けいよう）の宿場に　やどを取った
年老いて　またここを通る私は　ただひとりの旅路
そのかみの川中の砂地は　今は平らな陸つづき
もちきびや　きびのしげったなかに　十数軒の家
荒れはてた路の上　ふりあおげば　木立ちがただ高くそびえ
氷を入れた皿にもるさしみのうまさに昔の味を知るのは私ひとり
立ち上がってながめやる　白い川すじはなおも東へとかけて行く
近ごろ　わが家（や）の大ぜいは　みんな　私より年下ばかりだ
帰ったあとでも　誰と　この悲しみを語りあえるだろう

注　(1)任村　今河南省滎沢県付近の地名。馬舗は乗ってきた馬をとりかえる所。(2)滎陽　河南省の県の名。今の鄭州市の西にある。(3)爾来　ふつうはそれ以来の義であるが、宋代の詩では、近ごろ、このごろの意に用いられることが多い。たぶん邇来（じらい）と同音で通用したのであろう。

39 君難託[1](君 託し難し)

槿花朝開暮還墜
妾身與花寧獨異
憶昔相逢倶少年
兩情未許誰最先
感君綢繆逐君去
成君家計良辛苦
人事反覆那能知
讒言入耳須臾離
嫁時羅衣羞更著
如今始悟君難託
君難託
妾亦不忘舊時約

槿花(きんか) 朝(あした)に開いて 暮に還(また)墜(お)つ
妾(しょう)が身は 花と寧(なん)ぞ独り異ならんや
憶(おも)う昔(むかし) 相逢(あいあ)いしとき 倶(とも)に少年なりき
両情 未だ許さず 誰(たれ)か最も先なりしを
君が綢繆(ちゅうびょう)たるに感じ 君を逐(お)うて去り
君が家計を成すこと 良(まこと)に辛苦なりき
人事の反覆(はんぷく) 那(なん)ぞ能(よ)く知らん
讒言(ざんげん) 耳に入って 須臾(しゅゆ)に離る
嫁(か)せし時の羅衣(らい)は 更(さら)に著(つ)くるを羞(は)ず
如今(じょこん) 始めて悟る 君(きみ)の託し難きを
君は 託し難し
妾(しょう)は亦 旧時の約を忘れざるに

むくげの花は朝ひらき 夕方にはもう落ちます
わたくしも その花と どこが違うでしょう

思い出せば　出あった初めは　どちらも若うございました
どちらのほうが　まっさきに　愛情をおぼえたでしょう
あなたの愛の深さに感じたからこそ　いっしょになったのでした
あなたと家のやりくりは　なみたいていのことじゃありませんでした
ですが　人の心がわりは　予想もつかないものです
告げ口をする人があったら　たちまち別れ話になりました
嫁に来たときの晴着をもう一度着るのははずかしくてできません
今になってやっとわかりました　あなたがあてにならぬ人だということが
あてにはできませんのね
わたくしは昔の約束を　けっして忘れちゃいませんのに

注　(1)王安石は神宗皇帝の宰相であった。この詩は皇帝の信任が少し衰えたときの作だろうとの説がある（李壁の注）。清朝の学者も、この詩には皇帝を恨む心持がこめられているとする（沈欽韓〔しんきんかん〕の補注）。

鄭獬（ていかい）

一〇二二―一〇七二。字は毅夫（きふ）。安陸（湖北省の県）の人。皇祐五年（一〇五三）進士。神宗の時、翰林学士となったが王安石と意見が合わず、地方へ転出した。「鄖溪集（うんけいしゅう）」二十八巻がある。

40 滞客（滞（とど）おれる客（かく））

五月不雨至(1)六月
河流一(2)尺青泥渾
舟人擊鼓挽舟去
牛頭刺地挽不行
我舟繫岸已七日
疑與綠樹同生根
忽驚黑雲湧西北
風號萬竅秋濤奔
截斷雨脚不到地

五月（ごがつ）　雨ふらず　六月に至る
河流　一尺　青泥（せいでい）　渾（にご）る
舟人（しゅうじん）　鼓（つづみ）を擊って　舟（ふね）を挽（ひ）いて去る
牛頭（ぎゅうとう）　地を刺（さ）し　挽けども行かず
我が舟の岸に繫（つな）ぐこと　已（すで）に七日なり
疑うらくは　緑樹（りょくじゅ）と同じく根を生（しょう）ずるか　と
忽ち驚く　黒雲（こくうん）の西北に湧（わ）くに
風は万竅（ばんきょう）に号（さけ）び　秋濤（しゅうとう）奔（はし）る
雨脚（うきゃく）を截断（せつだん）して　地に到らしめず

半夜霹靂空殺人
須臾雲破見星斗
老農歎息如銜寃
高田已槁下田痍
我爲滯客何足言

半夜の霹靂　人を空殺す
須臾にして　雲破れて　星斗を見る
老農　歎息して　寃を銜むが如し
高田は已に槁れ　下田は痍なるを
我が滞おれる客たる　何ぞ言うに足らん

五月に雨がふらず　六月になっても　ひでりがつづき
川の水の深さはわずか一尺　それさえ泥ににごっている
船頭は太鼓を打ちたてて　船をひかせようとする
ひく牛は頭が大地にくいこむほどりきんでも　船は動かない
私が船を岸につないでから　もう七日になるのだが
緑こい木といっしょに　根をはやしたかと　思うくらいだ
とつぜん　西北に　黒雲がわきおこり
風はすさまじい音をたて　波もさかまき走ったが
雨の足は中途でくいとめられ　地面までとどかず
夜半に落雷があって　人を驚かせただけだった
まもなく　雲は切れ　星が見えだした

老いた農夫はためいきをつき　ぐちをこぼす
高い田は枯れきって　低い田でも病害が多い　と言う
私の行きなやむ旅なんか　何も言うほどのことはない

注（1）青泥　青が清となっている本があるが、今銭鍾書氏に従う。（2）撃鼓　船を動かす合図に太鼓をうつのは晋（しん）の時代からの習慣で宋代の詩文にも見える。

劉攽（りゅうひん）

一〇二二―一〇八八。字は貢父（こうほ）。新喩（しんゆ）（江西省）の人。兄の劉敞（りゅうしょう）と同じ年（慶暦六年、一〇四六）の進士。秘書少監・中書舎人となった。門人の諡は公非先生。「彭城集（ほうじょうしゅう）」四十巻がある。

41　新晴（1）

青苔満地初晴後

青苔（せいたい）　地に満ちて　初めて晴れし後

綠樹無人晝夢餘
惟有南風舊相識
偸開門戶又翻書

緑樹 人無く 昼夢の余
惟だ 南風の旧相識なる有り
偸かに門戸を開き 又書を翻えす

雨があがったばかり 庭いっぱいの苔の青さ
とう人もない新緑の木かげ ひる寝の夢は長かった
やってくるのは おなじみの 南風だけで
こっそり戸をあけ おまけに 書物までひっくりかえしていった

注 (1)新晴 雨あがり。

42 城南行

八月江湖秋水高
大堤夜坼聲嘈嘈
前村農家失幾戶
近郭扁舟屯百艘

八月 江湖 秋水 高し
大堤 夜坼けて 声 嘈嘈たり
前村の農家 幾戸を失し
近き郭の扁舟 百艘を屯す

蛟龍蜿蜒水禽白
渡頭老翁須雇直(1)
城南百姓多爲魚(2)
買魚欲烹輒悽惻

蛟竜(こうりょう)　蜿蜒(えんえん)として　水禽(すいきん)白し
渡頭(ととう)の老翁　須(すべから)く雇直(こちょく)すべし
城南の百姓　多くは魚(うお)と為(な)れり
魚を買い烹(に)んと欲して　輒(すなわ)ち悽惻(せいそく)たり

八月　江南の湖水では　秋の出水期
夜　土手が切れ　ごうごうと　音がした
前方の村では　農家が幾軒となく流されてしまった
すぐ近くの城壁には　百そうもの小船がかたまっている
みずちのあれくるう激流のなか　水鳥の白さ
渡し番のじいさんも　今日は渡船料を要求する
城の南の百姓たちは水にのまれて魚になったものが多いと聞くと
魚を買って煮ようとするときも　私の胸はいっぱいになる

注　（1）須雇直　雇直は金を出してやとうこと。「水が出るまでは、渡し賃はとらなかったのである」（銭鍾書氏の説）。（2）為魚　「魚になった」とは水死をあらわす慣用語。

王令

一〇三二―一〇五九。字は逢原。江都（江蘇省揚州市）の人。きわめて異色ある詩を作り王安石に推賞されたが、若くして死んだ。詩文集は「広陵先生文集」三十巻。

43 餓者行(1)

雨雪不止泥路迂
馬倒伏地人下扶
居者不出(2)行者止
午市不合人空衢
道中獨行乃誰子
餓者負席緣門呼
高門食飲豈無棄
願從犬馬求其餘
耳聞門開身就拜

雪を雨らすこと止まず　泥路　迂なり
馬は倒れて地に伏し　人下りて扶く
居者は出でず　行者も止まれり
午市　合に人の衢を空しゅうすべからざるに
道中　独り行くは　乃ち誰が子ぞ
餓者　席を負うて　門に縁りて呼ぶ
高門の食飲　豈に棄つること無からんや
願わくは　犬馬に従って其の余を求めん　と
耳に門の開くを聞けば　身就ち拝す

拝伏不起呵群奴　　拝伏して起たず　群奴に呵せらる
喉乾無聲哭無涙　　喉は乾きて声無く　哭するに涙無し
引杖去此他何如　　杖を引いて此を去る　他は何如
路旁少年(3)無所語　　路旁の少年　語る所無し
歸視紙上還長吁　　帰りて紙上を視て　還長吁す

雪がやまないので　町の路はどこまでも　ぬかるみつづき
馬がすべってたおれると　乗り手がおりてひきおこす
家にいる人は外出せず　旅行者も足をとめた
昼の市場は　いつもと違って　まるで　がらあき
ひとり　この道をとぼとぼ行くのは　いったい　どこのものか
餓えた人だ　むしろを背に　門ごとに　よびかけて行く
「おやしきのお食事には　余りものがございましょう
どうぞ　犬や馬にやる残り物でも　くださいませ」
門が開くのを聞きつけるや　すぐさま体を投げ出す
しばしは起きあがらず　下男たちに　どなりつけられる
のどは乾ききって声も出ず　泣く涙も出ない

杖をひきずり又さきの家へ行くが　そこでも　どうであろう
路に立って見ていた若ものがある　誰にも語る人はないから
家へ帰って　ひろげた紙を見つめ　ふたたび　長いためいきをつく

注（1）餓者行　うえたるもののうた。（2）不合　そうあるべきではない、こんなはずでない、が原義。（3）少年　「王令自身」（銭鍾書氏の説）。

44　雑詩

古人重非道
飢不苟豆羹(1)
有爲非其心
或不脱冕(2)行
如何後世人
以官業其生
鄙哉樂欺人
猶以學爲名

古人は　道に非ざるを重る
飢ゆれども　豆羹をも苟くもせざりき
為せることの其の心に非ざる有れば
或いは　冕を脱せずして行けり
如何ぞ　後世の人は
官を以て其の生を業とするや
鄙なる哉　人を欺くを楽しむこと
猶　学を以て名と為す

いにしえの人は　道にはずれたおこないを　はじとした
うえに苦しんでも　豆の汁さえ　故（ゆえ）なく他人から受けようとはせず
もし己（おのれ）のしわざが　心にそむいたまちがいだと　気がつけば
冠（かんむり）もぬがず　そのまま　勤めを離れることも　あったのである
どうしたことだ　後の世の人人は
官につくことを　生活のたし　とだけ　考えるのか
いやしむべきことではないか　人をあざむいて満足し
それでいて　おれは学者だと　ほこるとは

注　(1)豆羹　豆の葉を煮た汁。(2)脱冕　冕（べん）は冠と同じで、冠をかぶるのは官にあるしるし。だから官吏をやめることを挂冠（けいかん）という（挂はひっかける、使わないでおく意）。

呂南公（りよなんこう）

生歿年不明。字は次儒。南城（江西省の県名）の人。曽鞏の友人。集は「灌園集」二十巻がある。

45 勿願壽（寿を願う勿れ）

勿願壽
壽不利貧祇利富
君不見生平齷齪南鄰翁
綺紈合雜歌鼓雄
子孫奢華百事便
死後祭葬如王公
西家老人曉稼穡
白髮空多缺衣食
兒孱妻病盆甑乾
靜臥藜牀冷無席

寿を願う勿れ
　寿は　貧に利あらず　祇だ富を利す
君見ずや　生平　齷齪たる　南隣の翁の
綺紈は合雑し　歌鼓は雄なりしを
子孫は奢華にして　百事便に
死後の祭葬は　王公の如くなりき
西家の老人は　稼穡を暁せしも
白髪　空しく多うして　衣食を欠けり
児は孱く　妻は病んで　盆甑は乾く
静かに藜床に臥せば　冷やかにして席無し

ながいきを望んだって　だめだよ

ながいきは金持にはよかろう　びんぼう人のとくにはならない
まあ見たまえ　あのふだんはむさくるしかった南どなりの年よりが
あや錦を着かざって　歌や太鼓の大さわぎ
息子や孫まで　おごりちらし　何もかも　思いのまま
そして　死んだあとの葬式・供養は　大名みたいだったじゃないか
西の家のじいさんは　農事にたいそうくわしいのだ　が
しらがむやみにふえるばかり　衣食にも事を欠く
子どもはよわよわしく　かみさんは病気　釜の中はからっぽ
今はじっと床につき　つめたい寝台に敷き物さえない

蘇軾（そしょく）

一〇三六―一一〇一。字は子瞻（しせん）。号は東坡居士（とうばこじ）。眉山（びざん）（四川省眉山県）の人。嘉祐二年（一〇五七）進士で、中書舎人・翰林学士・礼部尚書などの要職についた。そのあいだに二度流罪となった。北宋第一の詩人。諡は文忠。「東坡全集」百十五巻があり、詩集の注（南宋にできた）も二種ある。

46 辛丑十一月九日既與子由別於鄭州西門之外馬上賦詩一篇寄之[1]

（辛丑十一月九日　既に子由と鄭州西門の外に別れ　馬上　詩一篇を賦して之に寄す）

不飲胡爲醉兀兀
此心已逐歸鞍發
歸人猶自念庭闈
今我何以慰寂寞
登高回首坡隴隔
惟見烏帽出復沒
苦寒念爾衣裘薄
獨騎痩馬踏殘月
路人行歌居人樂
僮僕怪我苦悽惻
亦知人生要有別
但恐歳月去飄忽

飲まざるに　胡為ぞ　酔うて兀兀たる
此の心　已に帰鞍を逐うて発す
帰人　猶自から　庭闈を念う
今我何を以てか　寂寞を慰めん
高きに登って首を回らせば　坡隴　隔たる
惟だ見る　烏帽の出でて復没するを
苦寒には　爾が衣裘の薄くして
独り痩馬に騎って　残月を踏みしを念う
路人は行歌し　居人は楽しむ
僮僕は怪しむ　我が苦だ悽惻たることを
亦知る　人生　要ず別有ることを
但だ恐る　歳月の去って飄忽たるを

寒燈相對記疇昔
夜雨何時聽蕭瑟
君知此意不可忘
愼勿苦愛高官職
〔原注〕(2)嘗有夜雨
對床之言故云爾

寒灯に相対して　疇昔を記す
夜雨　何の時か　蕭瑟たるを聴かん
君　此の意の忘る可からざるを知らば
慎しみて苦だ高官職を愛すること勿れ
〔原注〕嘗て夜雨対床の言あり　故に爾云う

酒も飲まなくて　どうして　こんな酔心地なのだろう
僕の心は　帰って行った君の馬のあとを　追ってゆく
君も　故郷の家を　ひとり思いつづけているだろうが
僕は今　このさびしさを　何によって　なぐさめようか
高みから　ふりかえる視界を　丘のでこぼこが　さえぎり
わずかに　君の黒い帽子のさきが　見え隠れする
寒さにつけ　気がかりなのは　君の外套の薄いこと　と
独りぽっち　やせ馬の背に　残月の光をあびているすがた
往来の人人は鼻歌をうたい　家居の人人はたのしげで
ボーイは　僕がくよくよするのに　けげんな顔をする

僕だって承知している　人の一生に別離は　つきものだ　と
恐れるのは　歳月が過ぎてゆく　あわただしさ　だ
夜ふけの灯下に語りあった　ついこのあいだを　思い出す
ベッドをならべ　夜の雨を聞こうとの約束は　いつはたせよう
その約束は忘れまいと　君も思ってはいるだろう　だが
高い官職にたましいを奪われぬよう　気をつけたまえ

注　(1)辛丑　嘉祐（かゆう）六年（一〇六一）、二十六歳の作。この年蘇軾は鳳翔（ほうしょう。陝西省）の地方官となって赴任した。(2)夜雨対床　唐の詩人韋応物（いおうぶつ。七三六―七九〇）の詩のことば。床をならべて寝ながら雨をきく意。

47　和子由澠池懐舊(1)（子由が「澠池にて旧を懐える」に和す）

人生到處知何似
應似飛鴻(2)踏雪泥
泥上偶然留指爪
鴻飛那(3)復計東西

人生到る処　知んぬ　何にか似たる
応に似たるべし　飛鴻の雪泥を踏むに
泥上に　偶然　指爪を留めしも
鴻　飛んでは　那ぞ復　東西を計らん

老僧已死成新塔
壊壁無由見舊題(4)
往日崎嶇(5)還記否
路長人困蹇驢(6)嘶
〔原注〕往歳馬死
二陵(7)騎驢至澠池

老僧は已に死して　新しき塔と成り
壊壁には　旧題を見るに　由無し
往日の崎嶇　還記するや　否や
路長く人困じて　蹇驢は嘶けるを
〔原注〕往し歳　馬は二陵に死し
驢に騎りて澠池に至れり

人生のさすらいは　何に似ているだろう
それは　雪の泥土に舞いおりた雁のあし
泥の上に　たまさか　爪のあとをとめても
飛び去った雁は　西東をも　わきまえない
老いた法師はみまかって　今は新しい石塔
くずれた壁に書いた僕らの筆跡は　消えた
あの日の旅の苦しさ　君はおぼえているか知ら
路の遠さ　人のつかれ　しきりといなないたろばの声も

注　(1)澠池　洛陽の西、約六〇キロにある県の名。前の詩の直後の作。(2)鴻　雁に似た大きな水鳥。(3)那　なんぞ、どうして。(4)題　詩などを書きつけること、何月何日に誰が来たと名だけをしるす（題名）場合も多い。(5)崎嶇　山路のけわしいさま。(6)蹇　足なえ、びっこ。(7)二陵　澠池の西にある崤山（こうざん）のこと。

48 大秦寺(1)

晃蕩平川盡
坡陀翠麓橫
忽逢孤塔迥
獨向亂山明
信足幽尋遠
臨風却立驚
原田浩如海
袞袞盡東傾

晃蕩として　平川　尽き
坡陀として　翠麓　横たわる
忽ち　孤塔の迥かなるに　逢う
独り　乱山に向かって　明らかなり
足に信せて　幽尋すること遠し
風に臨んで　却立して　驚く
原田　浩として　海の如し
袞袞として　尽く東に傾く

ひろびろとした川原の平地が　つきるところ
うねうねと　みどりの丘のすそがよこたわる

ふと　かなたに　塔が一つ　ぽつりと離れたのが
乱山のかさなる中に　くっきりと目にうつる
足のむく先へ先へと　景勝をたずねて来た　私の
風に向かって　じっと　たたずむ　驚きの思い
田や畑は　海の大波の打ちかえすにも似て
たぎり流れつつ、東のほうへと　傾いている

注　(1)大秦寺　陝西省盩厔（ちゅうちつ）県の南の山中にある。「大秦景教流行中国碑」で知られた景教（ネストリウス派の基督教）の寺院で、唐代に建てられたが、宋代以後は仏教の寺であった。治平元年（一〇六四）鳳翔在任中の作。

49 石蒼舒醉墨堂(1)（石蒼舒（せきそうじょ）の酔墨堂（すいぼくどう））

人生識字憂患始
姓名粗記可以休
何用草書誇神速
開巻惝怳令人愁

人生（じんせい）　字を識（し）るは　憂患（ゆうかん）の始め
姓名　粗（ほ）ぼ記すれば　以て休（や）む可し
何ぞ用いん　草書の神速（しんそく）を誇（ほこ）るを
巻（かん）を開けば　惝怳（しょうきょう）として人を愁（うれ）えしむ

我嘗好之毎自笑
君有此病何能瘳
自言其中有至樂
適意無異逍遙遊
近者作堂名醉墨
如飲美酒消百憂
乃知柳子[2]語不妄
病嗜土炭如珍羞
君於此藝亦云至
堆牆敗筆如山丘
興來一揮百紙盡
駿馬倏忽踏九州
我書意造本無法
點畫信手煩推求
胡爲議論獨見假
隻字片紙皆藏收
不減鍾張[3]君自足

我嘗て之を好み　毎に自から笑う
君　此の病有り　何ぞ能く瘳さん
自から言う　其の中に至楽有りて
意に適すること　逍遥の遊に異なること無し　と
近者　堂を作って　酔墨と名づく
美酒を飲んで　百憂を消するが如し　という
乃ち知る　柳子が語の妄ならざることを
病んで土炭を嗜み　珍羞の如し　とは
君　此の芸に於いて　亦至れりと云う
牆に堆せる敗筆は　山丘の如し
興来たって一たび揮えば　百紙も尽く
駿馬　倏忽として　九州を踏む
我が書は　意造にして　本と法無し
点画　手に信せて　推求を煩わす
胡為れぞ　議論　独り仮されて
隻字片紙も　皆　蔵収せらるる
鍾・張に減ぜざるは　君　自から足れり

下方羅趙(4)我亦優
不須臨池更苦學
完取絹素充衾裯

下（しも）羅（ら）・趙（ちょう）に方（くら）ぶれば　我も亦優（ゆう）ならん
須（もち）いず　池（いけ）に臨（のぞ）んで更に苦学することを
絹素（けんそ）を完取（かんしゅ）して　衾裯（きんちゅう）に充（あ）てよ

文字をおぼえることから　人間のうきめは始まる
姓名をしるせたら　ほかはいらぬことじゃあるまいか
達筆の草書さらさらと神速をほこるには及ぶまい
巻を開いたものの　何と読むのか　人はとまどいする
とはいえ　僕も書はすきで　我ながらおかしいのだが
君の病癖（くせ）は　わをかけたものだ　とてもなおせまいね
この楽しみにかなうものがないと　口ぐせのように
自由無礙（むげ）の理想郷に遊ぶ　ゆかいさだ　とさえ言う
最近　君が建てた書斎に　酔墨堂なんて名をつけたのも
うまい酒にあらゆる心配事を洗い流すのと　同じだからだって
してみると　柳宗元（りゅうそうげん）のことばも　でたらめじゃなかったわけだ
山海の珍味に見むきもせず、炭を食う病気に　たとえたのだが
君がこの芸術に打ちこんだ熱は　まったく大したものさ

ちびた筆は　かきねの隅っこに　山とつまれ
興にのって筆をふるえば　ひといきに百枚も書きつくす
一瞬に全世界をかけめぐる名馬のいきおいさながらだ
僕は書がすきだといったって　手本もなしのにじり書き
一点一画でまかせで　何の字とも人にはわからぬほどだ
それを　どうしたことか　ほめちぎるばかりか
一字一行のこらず　保存しておいてくださるとは
魏(ぎ)の鍾繇(しょうよう)・晋(しん)の張芝(ちょうし)に劣らぬ名筆は　君のほうじゃないか
趙襲(ちょうしゅう)や　羅暉(らき)ぐらいなら　僕も負けないつもりだけれど
そのうえ池の水が黒くなるまでけいこにはげむなんて
あたら白絹を　ふとんの表に取っておいたほうが　とくだろうに

注　(1)熙寧（きねい）二年（一〇六九）、三十四歳の作。蘇軾は中央政府の官吏であった。石蒼舒は長安の人で、古い筆跡の収集家であり、自身も草書をよくした。酔墨堂はその家のざしきの名。(2)柳子　唐の柳宗元（七七三—八一九）。このことば、その友人に与えた手紙の中に見える。(3)鍾・張　鍾繇と張芝。ふたりとも魏晋時代の有名な書家。(4)羅・趙　羅暉と趙襲。張芝と同じころの書家。

50 出潁口初見淮山是日至壽州(1)

(潁口を出でて　初めて淮山を見る　是の日寿州に至る)

我行日夜向江海
楓葉蘆花秋興長
平淮忽迷天遠近
青山久與船低昂
壽州已見白石塔
短棹未轉黃茅岡
波平風軟望不到
故人久立煙蒼茫

我が行　日夜　江海に向かう
楓葉　芦花　秋興　長し
平淮　忽ち迷う　天の遠近に
青山　久しく　船と低昂す
寿州　已に白石塔を見れども
短棹は未だ黄茅岡を転ぜず
波平らかに風は軟らかに　望めども到らず
故人　久しく煙の蒼茫たるに立たん

昼夜をわかたず　海へ海へと　僕の旅路は向かってゆく
あしの花　もみじ葉の色　秋のよろこびは　つきない
淮水の流れ　ひろびろと　空もたちまち　近く又遠く
青い山山は　いつまでも　船といっしょに　低く高くゆれうごく

寿州は　もうそこだ　白石塔が見え出した　だが
さおを抜く手はいそがしく　黄茅岡のかどはまだ曲がりきらない
波も風もおだやかで　目ざす先へ着くのは　なかなかだ
夕もやの立ちこめる中に　友人たちは待ちくたびれているだろう

注　(1)熙寧四年（一〇七二）、蘇軾が杭州の副知事となり、都（開封）から赴任の途中の作。寿州は今安徽省寿県。淮山は淮河のあたりの山山。

51 戯子由(1)（子由に戯る）

宛丘先生(2)長如丘
宛丘學舍小如舟
常時低頭誦經史
忽然欠伸屋打頭
斜風吹帷雨注面
先生不愧傍人羞
任從飽死笑方朔(3)

宛丘先生　長なること丘の如く
宛丘の学舎　小なること舟の如し
常時　頭を低れて　経史を誦す
忽然として欠伸すれば　屋は頭を打つ
斜風は帷を吹き　雨は面に注ぐ
先生　愧じず　傍人　羞とす
飽死するものの方朔を笑うに任従さん

肯爲雨立求秦優④
眼前勃磔⑤何足道
處置六鑿須天遊
讀書萬巻不讀律⑥
致君堯舜知無術
勸農冠蓋鬧如雲
送老虀鹽甘似蜜
門前萬事不掛眼
頭雖長低氣不屈
餘杭別駕⑦無功勞
畫堂五丈容旂旄
重樓跨空雨聲遠
屋多人少風騷騷
平生所慚今不恥
坐對疲氓更鞭箠
道逢陽虎⑧呼與言
心知其非口諾惟

肯て雨立の為に　秦優に求めんや
眼前の勃磔は　何ぞ道うに足らん
六鑿を処置するは　天遊に須つ
書を読むこと万巻なれども　律を読まざれば
君を堯舜に致すこと　術無きを知る
農を勧むる冠蓋は　鬧がしきこと雲の如し
老を送る　虀塩は　甘きこと蜜に似たり
門前　万事　眼に掛けず
頭は長しえに低ると雖も　気は屈せず
余杭の別駕　功労無し
画堂　五丈　旂旄を容る
重楼　空に跨がって　雨声　遠し
屋　多く　人　少のうして　風　騒騒たり
平生の慚ずる所を　今　恥とせず
坐して疲氓に対して　更に鞭箠す
道に陽虎に逢えば　呼んで与に言う
心に其の非を知れども　口には諾惟す

居高志下眞何益
氣節消縮今無幾
文章小技安足程
先生別駕舊齊名
如今衰老倶無用
付與時人分重輕

居ること高きも　志　下らば　真に何の益ぞ
気節　消縮して　今は幾ばくも無し
文章は小技　安んぞ程るに足らん
先生と別駕と　旧名を斉しゅうせり
如今　衰老して　倶に用うる無し
時人に付与して　重軽を分たしめん

宛丘の先生　君は丘のように　のっぽだね　それに
宛丘の学舎は　せまくるしくて　船室みたいだね
いつも頭をさげて　経史の古典に読みふけっているが
とつぜん　のびをすると　頭が天井にぶつかるだろう
窓のカーテンに風が吹きつけると　雨は顔にふりそそぐ
先生は気にとめない　見ているもののほうが気はずかしい
東方朔じゃないが　死ぬほど食いあきたやつらには　笑わせておく
雨にびしょぬれの衛兵のすがただろうとも、優旃に泣きごとは言わぬのだ
女どもが目の前でいさかいを始めようが　不平はならべない
感情を処理する法は　心を自由の境地に遊ばせるほかはない

万巻の書物を読破したものの　法律書だけは　のぞかなかったから
天子様をたすけて堯（ぎょう）・舜（しゅん）の世にかえそうにもその術はないと承知している
農業奨励だといって　お歴歴が集まって　にぎやかなことだが
君は一人年よるまで菜食し焼塩一味でも蜜より甘いとやせがまんし
門の外のできごとには　何一つ　目もくれず
年じゅう　頭をひくくしても　意気はくじけない
杭州の副知事となった僕に　功績なんぞは　さらにない
広間のまえに　五丈の旗をなびかせる　空地があって
空にそびえる高どのずまいの耳に　雨の音は聞こえないものの
室の数がいやに多く　家族は少なく　風がざわざわ吹くばかり
昔は恥かしく思ったことで　今じゃ　なれっこになったのは
疲れきった人民をにらみつけ　したたか鞭を食わせて平気な顔さ
孔子様をばかにした陽虎みたいに　いばりちらす上役に出あっても
いやなやつだと　腹では思いながら　口ははいはいと応対する
身分が高くなったとて　志が卑しくなれば　何の役に立つ
気節はすり切れてしまって　もう何がしも残っちゃいない
文学なんて　小手さきの技（わざ）を　いまさらくらべるのもおこがましいが

君と僕とは　もともと　世間の評判だけは　同じくらいだった
おたがいに年を取ったものだ　もう物の用にも立ちはすまい
どっちが上か　なんてことは　今の人の批評にまかせよう

注　(1)子由　蘇軾の弟蘇轍。このとき蘇轍は陳州（河南省淮陽県）の教授であり、蘇軾は杭州在住中であった。熙寧四年（一〇七二）の作。(2)宛丘先生　宛丘は陳州に近い地名。蘇轍をさす。(3)方朔　漢の武帝時代の東方朔。学問があるのに重く用いられず、小人の道化役者にばかにされた。(4)秦優　優は俳優、道化役者。秦の始皇の世の優旃（ゆうせん）が、宴会のとき階下の衛兵が雨の中で立っているのをあわれんだ話。(5)勃磎　家の女たちがいさかいすること。荘子に見えることば。次の六鑿も荘子に見え、六種の感覚から生ずる感情のみだれ。(6)不読律　王安石が法律をきびしくし、その学問を奨励したことへの諷刺。(7)別駕　州の通判すなわち副知事の別名。蘇軾自身のこと。(8)陽虎　陽貨に同じ。孔子のころの魯（ろ）の国の大夫（家老）。孔子はその無礼をにくんだ。「論語」陽貨篇に見える。

52 飲湖上初晴後雨二首(1)（湖上（こじょう）に飲（うたげ）せしが初めは晴れ後（のち）は雨ふれり）（その一）

朝曦(2)迎客艶重岡　　朝曦（ちょうぎ）は客（かく）を迎えて　重岡（ちょうこう）　艶（えん）なり

晩雨留人入醉鄉
此意自佳君不會(3)
一盃當屬水仙王

晩雨(ばんう)　人を留(とど)めて　醉郷(すいきょう)に入らしむ
此の意　自(おのず)から佳(か)なるに　君は会(え)せずや
一盃(ぱい)　当(まさ)に属(ぞく)すべし　水仙王(すいせんおう)に

朝日がのぼり客を迎えるとき　たたなわる山のすがたはいとも艶に
くれ方の雨は　人をひきとめ　酔郷のかたへと　いざなう
この心地の　おのずからなるめでたさを　君はさとりたまわぬか
なみなみとたたえた盃を　水仙の神にささげて　喜びとしよう

注　(1)熙寧六年（一〇七三）正月の作、湖は杭州の西湖。(2)曦　日の光りかがやくさま。(3)東坡の自注に「湖上に水仙王廟あり」といい、西湖のまんなかの孤山（島の名）のふもとにあったという。水仙は水神。

53　（その二）

水光瀲灔晴方好
山色空濛雨亦奇

水光(すいこう)　瀲灔(れんえん)として　晴れて方(まさ)に好(よ)し
山色(さんしょく)　空濛(くうもう)として　雨も亦奇(またき)なり

欲把西湖比西子(1)
淡粧濃抹總相宜

西湖を把って　西子に比せんと欲すれば
淡粧　濃抹　総て相宜し

さざなみを浮かべた水の光は　晴れた日の　こよない美しさ
きりのように山をとざした　雨のけしきも　またひときわのながめ
西湖のすがたを　そのかみの西施に　たとえて見ようならば
あわきよそおい　濃い化粧　なべてみな　風情がある

注　(1)西子　西施に同じ。戦国時代(前五世紀)の越(えつ)の国(今の浙江〔せっこう〕地方)の美女。

54　新城道中(1)(新城の道中)

東風知我欲山行
吹斷簷間積雨聲
嶺上晴雲披(2)絮帽
樹頭初日挂銅鉦

東風は我が山行せんと欲するを知りて
簷間の積雨の声を　吹き断てり
嶺上の晴れたる雲は　絮帽を披ぶり
樹頭の初日は　銅鉦を挂けたり

野桃含笑竹籬短
溪柳自搖沙水清
西崦(3)人家應最樂
煮芹燒筍餉春耕

野桃は　笑いを含みて　竹の籬は短く
溪柳は　自から揺れて　沙の水は清し
西崦の人家は　応に最も楽しかるべし
芹を煮　筍を焼きて　春の耕しに餉す

僕が山あるきに出るのだと　東風も知ってくれたのか
のきばの雨だれの音を吹きはらってしまった　この朝
とうげには　ちぎれ雲が　綿帽子のようにかぶさり
こずえに昇りはじめた日は　どらみたいな形でかかる
道ばたのももの花は　低い竹のまがきに笑みをたたえ
谷川の柳はひとり揺れ動いて　砂を流れる水の清らかさ
西の果ての山べの家家は　この僕より　なお楽しかろう
せりを煮こみ竹の子をたいて　耕作の人へ中食の支度に忙がしい

注　(1)熙寧六年（一〇七三）杭州在任中、公務で新城県へ出張したときの作。二首のうちの第一首。(2)披は「ひらき」と訓ぜられることが多いが、上衣などをひっかけることも言う。かぶさるようにすること。(3)西崦の崦は、崦嵫（えんじ）と同じく世界の西のはてに在るとされた想像上の山の名。ここは日のしずむあたりの現実の山の義であろう。

55 山村（さんそん）五絶（1）（その三）

老翁七十自腰鎌
慚愧（2）春山筍蕨甜
豈是聞韶（3）解忘味
爾來三月食無鹽（4）

老翁（ろうおう）　七十　自（なお）鎌（れん）を腰（こし）にす
慚愧（ざんき）す　春山（しゅんざん）　筍蕨（じゅんけつ）の甜（あま）きを
豈（あ）に是れ　韶（しょう）を聞いて　解（よ）く味（あじ）わいを忘れしならんや
爾来（じらい）　三月（さんげつ）　無塩（ぶえん）を食すとも

七十歳の年よりでも　曲った腰に　かまをさして出る
山の竹の子　わらびのうまさは　さても　ありがたい
孔子さまは韶の音楽に聞きほれ　肉の味も忘れるくらいじゃったげな　いや　とんでもない
この三月（みつき）のあいだ　塩気なしの食事をしていましたのじゃに

注　（1）熙寧六年の作。前の詩と同じとき巡察中の所見をスケッチした五首の連作。（2）慚愧　はじ入る義から転じて、宋代以後の俗語ではうれしさを表わす語となった。（3）韶は古代の聖天子舜（しゅん）が作った音楽の曲の名。孔子がそのすばらしさに感動して食物の味もわからなかったことは論語に見える。(4)塩は専売品で、密売を禁ぜられていた。王安石が宰相であったこのころ、とくに厳重に取り締まったため、貧しい人人の口に入らなくなった。この詩はその政策へのあてこすりである。

56 (その四)(1)

杖黎裏飯去匆匆
過眼青銭轉手空
贏得児童語音好
一年強半在城中

黎を杖つき　飯を裹んで　去ること匆匆たり
眼を過ぐれば　青銭　手を転じて空し
贏ち得たり　児童の語音の好きことを
一年の強半は　城中に在ればなり

あかざの杖つき　弁当をこさえて　あわてて出かけたが
やっと手に入った青ざしの銭は　見るまに人手にわたってゆく
くたびれもうけといえば　せがれの口が町の風になったことばかり
それもそのはずさ　一年の大かたは　城内ぐらしじゃもの

注　(1)王安石の新政策の一つ、青苗銭をあてこすったもの。青苗銭とは作物がまだみのらぬ前に農民に資金を貸しつけ、収穫の後に利子と合わせて返させる。その手つづきがわずらわしく、農民たちは城内へ行ってむだに日をついやさねばならなかったらしい。

57 病中遊祖塔院(1)（病中　祖塔院に遊ぶ）

紫李黄瓜村路香
烏紗白葛道衣涼
閉門野寺松陰轉
欹枕風軒客夢長
因病得閑殊不惡
安心是藥更無方
道人不惜(2)階前水
借與匏樽自在嘗

紫李(しり)　黄瓜(こうか)　村路(そんろ)　香(かん)ばし
烏紗(うしゃ)　白葛(はっかつ)　道衣(どうい)　涼し
門(もん)を閉(と)ざせる野寺　松陰(しょういん)に転じ
枕(まくら)を風軒(ふうけん)に欹(そばだ)てて　客夢(かくむ)　長し
病(やまい)に因(よ)りて閑(かん)を得たるは　殊(こと)に悪(あ)しからず
心を安んずること是れ薬(くすり)なり　更(さら)に方無(ほうな)し
道人(どうじん)は　階前(かいぜん)の水を惜しまずして
匏樽(ほうそん)を借与(しゃくよ)して　自在に嘗(な)めしむ

熟したすもも　きゅうりの香気は　あぜ路にあふれ
黒い紗(しゃ)の帽子　白い葛布(くずぬの)の道服は　はだにすずしい
松の木かげのまがりかど　門をとじた寺院でひと休みすると

風吹きとおる窓べ　枕をななめにうたたねの夢は　さまたげるものもない
病気のおかげで　ひまができたのは　何よりうれしい
心を安らかにもつ　それにまさる薬の処方があろうか
庭前にわき出る水を　法師は惜気もなく
ひしゃくと器(うつわ)を貸し　存分のむようにと言ってくれる

注　(1)やはり熙寧六年の作。祖塔院は西湖の西にあり、今は大慈寺という。虎跑泉という名水で知られる。(2)匏はひょうたん、これを二つにわったものをひしゃくとして用いる。樽は酒や水の入れもの。たるというほどの大きなものではない。

58　宿海會寺(1)（海会寺(かいえじ)に宿る）

籃輿三日山中行
山中信美少曠平
下投黄泉(2)上青冥
線路毎與猿猱(3)争
重樓束縛遭澗坑

籃輿(らんよ)三日(さんじつ)　山中(さんちゅう)に行く
山中　信(まこと)に美なれども　曠平(こうへい)なること少なし
下(しも)は黄泉(こうせん)に投じ　上(かみ)は青冥(せいめい)
線路　毎(つね)に　猿猱(えんどう)と　争う
重楼(ちょうろう)　束縛して　澗坑(かんこう)に遭(お)う

兩股酸哀飢腸鳴
北度飛橋踏彭鏗(4)
繚垣百歩如古城
大鐘横撞千指(5)迎
高堂延客夜不扃
杉槽漆斛傾江河(6)
本來無垢洗更輕
倒床鼻息四隣驚
紞如五鼓天未明
木魚呼粥亮且清
不聞人聲聞履聲

両股　酸哀にして　飢腸　鳴る
北のかた飛橋を度り　彭鏗たるを踏む
繚垣　百歩　古城の如し
大鐘　横さまに撞いて　千指　迎う
高堂　客を延いて　夜　扃さず
杉槽　漆斛　江河を傾く
本来　無垢　洗って更に軽し
床に倒れて　鼻息　四隣　驚く
紞如たる五鼓　天　未だ明けず
木魚　粥を呼び　亮として且つ清し
人声を聞かず　履声を聞く

手ごしに乗った山あるきは　もはや三日になる
山のけしきは　いかにもうるわしいが　平地が少ない
大地の底へ入りこむかと思えば　青空のうえまで　よじのぼり
糸すじほどの細路をつたい　尾ながざるを　おしわけて通った
谷あいに　かけ出し造りの楼閣を　見つけたときは

両ももは　うずき　空き腹は　ぐうぐう　いっていた
高橋をわたれば　歩み板は　からからと鳴りひびく
寺のぐるり　百歩の土べいは　古城のごとく　いかめしい
大鐘（おおがね）をつきならし　百人の法師たちが　出迎え
堂上に請（しょう）ぜられ　夜がふけて　戸じまりもせぬ心安さ
漆（うるし）ぬりのおけから　杉の湯舟へ　滝のように水をつぎこみ
本来無垢の身にかえり　ひとしお軽軽とした心地
寝床にたおれた僕のいびきは　隣室を驚かすばかり
たんたんと　五更の太鼓が響いて　空はまだ明けない
法師を朝の粥に呼びつどえる　木魚のすみきった余韻
人声はまるでなく　くつの音だけが　あたりに聞こえる

注　(1)海会寺　杭州の西方臨安県の山中にある。五世紀に建立された由緒ふるい寺である。前の詩と同じ年の作。(2)黄泉　地下の死人の世界。(3)猱　猿の一種。尾ながざる。(4)彭鏗　音の形容、擬声語。(5)千指　人の手の指は十本だから、百人を千指という。「史記」貨殖伝に見える。(6)江河　揚子江と黄河で大きな川を代表させた言い方。

59 除夜野宿常州城外(1)

行歌野哭兩堪悲
遠火低星漸向微
病眼不眠非守歳(2)
郷音無伴苦思歸
重衾脚冷知霜重
新沐頭輕感髮稀
多謝殘燈不嫌客
孤舟一夜許相依

（除夜　常州の城外に野宿す）

行歌　野哭　両つながら悲しむに堪えたり
遠火　低星　漸く微に向かう
病眼　眠らざるは　歳を守るに非ず
郷音　伴無く　苦ろに帰るを思う
重衾　脚は冷やかにして　霜の重きを知る
新たに沐せる頭は軽うして　髪の稀なるに感ず
多謝す　残灯の　客を嫌わずして
孤舟　一夜　相依るを許すことを

道ゆく人の鼻歌　荒野にひびく慟哭の声　みなわが悲しみをそそり
遠い家の火かげも　地平に近い星の光も　よわよわしくなってゆく
いねがてにするのは　眼病のせい　みそかの夜明しはここではしない
故郷の国なまりを聞く相手もなく　わが家のしたわしさがひとしおます
夜着をかさねてもまだ足は冷え　霜の厚さがひしひしと感ぜられ
洗ったばかりの頭の軽さに　髪がうすくなったと　気がつく

有明の灯火よ　おまえだけだ　この旅人のそばにいて
わびしい船路のひとよさを　よりそっていてくれるのは

注　(1)野宿　城外で宿泊すること。この詩は熙寧六年（一〇七三）の作。公務で杭州から出張中であった。二首の第一。(2)守歳　除夜（大みそかの夜）寝ずに夜明しする行事。

60 和孔密州(1)五絶　東欄梨花（孔密州の五絶に和す　東欄の梨花）

梨花淡白柳深青
柳絮飛時花満城
惆悵東欄(2)二株雪
人生看得幾清明(3)

梨花は淡白にして　柳は深青なり
柳絮の飛ぶ時　花は城に満つ
惆悵す　東欄の二株の雪に
人生　幾たびの清明をか　看得ん

あわい白色のなしの花　そして深いみどりの柳
柳のわたが飛びかうころ　花は城のうち一面にさきみだれる
庭の東のかこいの中　二ほんの木の雪をあざむく白さに見とれつつ　私はものおもいにふける

人の一生に　清明の風物を　思いのままにながめることが　いったい幾度あるものだろうか

注　(1)孔密州　蘇軾が密州（山東省諸城県）知事の任期みちたとき、後任として着任した孔宗翰。この詩は熙寧十年（一〇七七）の作。(2)東欄　たぶん密州官舎の庭にあったであろう。欄は花の周囲にめぐらした柵。二株は一株となっているテクストもある。(3)清明　一一ページの注参照。

61 正月二十日往岐亭郡人潘古郭三人送余於女王城東禪莊院(1)

（正月二十日　岐亭に往く　郡の人潘・古・郭の三人　余を女王城の東なる禅荘院に送る）

十日春寒不出門
不知江柳已搖村
稍聞決決流氷谷
盡放青青沒燒痕(2)
數畝荒園留我住
半瓶濁酒待君溫

十日の春寒に　門を出でず
知らざりき　江柳の已に村に揺るることを
稍聞く　決決として　氷谷に流るるを
尽く青青たるをして　焼痕を没せしむ
数畝の荒園は　我を留めて住せしめ
半瓶の濁酒は　君を待って温む

去年今日關山路（3）
細雨梅花正斷魂

去年の今日（こんにち）　関山の路（かんざんのみち）
細雨（さいう）　梅花（ばいか）　正（まさ）に魂（こん）を断（た）つ

十日つづいた余寒のあいだ　ひとあしも出なかった私は
村村の川柳が　ゆらぎそめた　とも知らずにいた
谷まをくだる流水の音が聞こえると　思ったのは　つかのま
野火のあとは　もう一面のみどりに　おおわれている
いささかの荒地に開いた畑が　私の足をひきとめ
瓶（かめ）のなかばをみたす濁り酒は　諸君のために暖める
思えば去年のちょうど今日だ　関所をこえる路ばたで
そぼふる雨の中　梅の花が　私の心をゆり動かしたのは

注　（1）元豊四年（一〇八一）四十六歳、黄州（湖北省黄岡県）に流されていたときの作。岐亭は黄州から少し離れた処で、蘇軾の友人陳慥（ちんそう）が住んでいた。郡人の郡は黄州のこと。女王城も黄州の郊外にあった古跡。（2）荒園　自分がひらいた畑。（3）関山　蘇軾が都開封から黄州へ来る途中通過した関所。

62 伯父送先人下第歸蜀詩云人稀野店休安枕路入靈關穩跨驢安節將去爲誦此句因以爲韻作小詩十四首送之(1)

(伯父なりしひとの先人の下第して蜀に帰るを送れる詩に云う「人は稀なれば野店に枕を安んずるを休めよ　路　霊関に入れば　穏かに驢に跨がらん」と　安節の将に去らんとするや　為に此の句を誦し　因りて以て韻と為し小詩十四首を作りて之を送る)(その十四)

萬里却來日
一庵仍獨居
應笑謀生拙
團團如磨驢(2)

万里　却来の日
一庵に仍お独り居る
応に笑うべし　生を謀ることの拙なくして
団団として　磨ひく驢の如くなるを

おまえは万里の路をはるばる来てくれた　その日
わしは　ひとりぽっちで　いおりにすまっている
何てくらしがへたなんだと　おまえは笑うだろう
いつまでも　ぐるぐると　臼をまわっているろば　それがわしだ

注　(1)元豊四年（一〇八一）四十六歳の作。やはり黄州にいた。蘇安節は東坡のいとこの子。この年の冬十一月にたずねて来て、一カ月ほどして帰っていった。題に伯父とあるのは安節の祖父にあたる人。伯父の詩句の意味は「いなか宿（野店）はとても落ちついて眠れそうにもないが、霊関のせきしょを越したら故郷への路はやすらかになるだろう」。(2)ろばを臼につなぎ、ぐるぐるまわらせて臼をひかせる方法は、今も中国の農村でおこなわれている。

63　正月二十日與潘郭二生出郊尋春忽記去年是日同至女王城作詩乃和前韻(1)

（正月二十日　潘・郭の二生と郊に出でて春を尋ねしに　忽なくも去年の是の日　同に女王城に至りて詩を作りしことを記いいで　乃ち前韻に和す）

東風未肯入東門
走馬還尋去歳村
人似秋鴻來有信
事如春夢了無痕
江城白酒三杯釅
野老(2)蒼顔一笑溫

東風は未だ肯えて東門に入らず
馬を走らせて還尋ぬ　去歳の村
人は秋鴻に似て　来たること信有り
事は春夢の如く　了に痕無し
江城の白酒は　三杯にして釅に
野老の蒼顔は　一笑して温なり

已約年年爲此會
故人不用賦招魂(3)

已に年年 此の会を為さんと約したれば
故人 用いず 招魂を賦することを

ことしの春風は まだ城門まで はいって来ない
私は馬をとばして 去年のあの村を またたずねて来た
われわれは秋の雁のごとく 時をたがえず着いたのだが
往事は春の夜の夢にも似て まるで あとかたもない
川ぞいの城あとで飲む酒は 三杯をかさねるほどに 味もこく
老いたあるじの顔にも 笑いとともに 温かみが のぼる
この会合は 毎年 ひらくことに 約束をきめたのだから
友人諸君よ 招魂の賦を作って ご催促には及びますまいよ

注 (1)元豊五年(一〇八二)黄州での作。(2)野老 たぶん蘇軾自身をさす。(3)招魂 たましずめ。ここでは蘇軾の体から去った魂をよびもどすこと。つまり流刑人である蘇軾を都へよびもどそうと友人たちが計画したのであろう。

64 泗州除夜雪中黄師是送酒二首(1)
（泗州にて除夜の雪中に黄師是が酥酒を送られしに）（その一）

暮雪紛紛投碎米
春流活活走黄沙
舊遊似夢徒能說
遷客(2)如僧豈有家
冷硯欲書先自凍
孤燈何事獨成花(3)
使君(4)半夜分酥酒
驚起妻孥一笑譁

暮雪は紛紛として砕けし米を投じ
春流は活活として黄沙を走る
旧遊は夢に似て　徒能く説くのみ
遷客は僧の如く　豈に家有らんや
冷やかなる硯は　書せんと欲して　先ず自から凍り
孤灯は　何事ぞ　独り　花を成せる
使君　半夜に　酥酒を分つ
驚き起てば　妻孥は　一笑して譁すし

くれがた　降りみだれた雪は　くだけ米を投げ散らすようだった
春の川水は　いきおいよく　黄色な砂の上を　流れる
昔の思い出は　夢にも似て　話の種にしかならないし
流罪人の身は　法師の如く　家らしい家とてはない
つめたい硯は　筆とるさきに　こおりついてしまうのに

わびしい灯火が　何の知らせか　丁字(ちょうじ)の形をつけた
それは　夜半に局長どのが　酥(クリーム)と酒とを　おすそ分けくださったのだ
驚いて起きあがると　妻子たちは　笑いさざめいている

注　(1)元豊七年（一〇八四）四十九歳の作。作者は罪を赦され黄州から揚子江をくだり、淮河（わいが）まで来た。泗州は今の江蘇省泗陽（しよう）県、宋代の都開封に通じた運河の岸にある。黄師是の名は寔（しょく）、この年に淮南東路の権提点常平公事（地方物価管理局長心得）であった。(2)遷客は逐客となっているテクストがある。東坡はこのとき正確にいえば減刑され居住の自由をえたのみであった。(3)灯花は灯心のもえさしの頭にできた塊。日本でいうちょうじがしらであり、これができるのは吉事の前兆だといわれていた。(4)使君は黄師是をさす。ふつう州の長官（刺史〔しし〕・知州）をいうが、黄師是は中央から派遣された職についていたから、かくよんだのであろう。

65　恵崇春江晩景二首(1)（恵崇(えすう)の春江晩景(しゅんこうばんけい)）（その一）

竹外桃花三兩枝
春江水暖鴨先知

竹外(ちくがい)の桃花(とうか)　三両枝(さんりょうし)
春江(しゅんこう)　水暖(みずあた)たかにして　鴨(おう)　先ず知る

蔞蒿滿地蘆芽短　　蔞蒿(ろうこう)は地に満ち　芦芽(ろが)は短かし
正是河豚欲上時　　正に是れ　河豚(かとん)の上(のぼ)らんと欲する時

竹があり　その向うには　桃の花の二枝三枝(ふたえだみえだ)
春の川水のぬるみを　いちはやく知る　かもの群
一面の白よもぎ　草よもぎ　まだ短かい　あしの芽
そうだ　これこそ　ふぐがのぼってくるときだ

注　(1)元豊八年、五十歳の作。恵崇は北宋初の画僧で、がちょう・がん・さぎなど鳥をえがくのに妙をえたと言われ、詩をもよくし、九僧の一人に数えられる。これはその画に題した詩で、実景ではない。

66　書李世南(1)所畫秋景（李世南(りせいなん)の画く所の秋景に書す）

野水參差落漲痕　　野水　参差(しんし)たり　落漲(らくちょう)の痕(あと)
疎林欹倒(2)出霜根　　疎林(そりん)　欹倒(きとう)して　霜根(そうこん)を出だす
扁舟一櫂歸何處　　扁舟(へんしゅう)　一櫂(とう)　何の処にか帰る

家在江南黄葉村　　家は　江南　黄葉の村に在り

交錯した野なかの水路　潮のみちひきのあとが　くっきりのこり
まばらな林のあいだから　ななめに倒れかかる　霜をかぶった木の根
こぶねをこぐ一ぽんのさお　人はどこへ向かって　帰るだろう
家は江南のかなた　木の葉の色の黄に染まった　村ざと

注（1）李世南　蘇軾と同じころの画家。これは元祐二年（一〇八七）都での作。二首の第一首。（2）一櫂　櫂は棹に同じ。船をこぐさお。

67 書鄢陵(1)王主簿所畫折枝（鄢陵の王主簿の画く所の折枝に書す）

論畫以形似　画を論じて　形似を以てするは
見與兒童隣　見　児童と　隣りす
賦詩必此詩　詩を賦するに　此の詩を必するは
定非知詩人　定めて　詩を知る人に非じ
詩畫本一律　詩　画　本と律を一にす

天工與清新
邊鸞(2)雀寫生
趙昌花傳神
何如此兩幅
疎淡含精勻(3)
誰言一點紅
解寄無邊春

天工と　清新となり
辺鸞の　雀の生を写せる
趙昌の　花の神を伝えたる
何ぞ如かんや　此の両幅の
疎淡にして　精を含んで勻なるに
誰か言う　一点の紅のみと
解く　無辺の春を寄せたり

形が似ているかどうか　それでもって絵画の品評をするなんて
まるで　子どもの見かたとかわりはない　あさはかなことさ
詩を作る場合にも　ただ一人の作の　まねをする
それは　けっして　詩がわかっているんじゃなかろう
詩も　絵画も　原理は　もともと　一つなのだ
天然のたくみと　新鮮さと　かんじんなことはそれだけだ
名手といわれた　唐の辺鸞が　かいた雀の写生画や
またわが朝では　趙昌の花の絵の　生気をつたえた　みごとさも
君のこの　二枚の作の　淡彩で

わずかな線の中にまで　心をこめた周到さには及ぶまい
たった一つぶの紅と　ひとは　よし言おうとも
広大無辺の春光を　凝縮させてあるのだもの

注　(1)鄢陵　地名。王主簿の出身地。この画家の名は不明。主簿は官名。この詩も同じころ都での作。やはり二首の第一首。(2)辺鸞　唐代の画家。花鳥画に長じていた。趙昌は宋代の画家。(3)含精匀　匀は平均していること、むらのないこと。

68　書王定國所藏烟江疊嶂圖(1)〔王晉卿畫(2)〕

（王定国が蔵する所の烟江畳嶂図に書す〔自注〕王晋卿が画なり）

江上愁心(3)千疊山
浮空積翠如雲煙
山耶雲耶遠莫知
煙空雲散山依然
但見兩崖蒼蒼暗絶谷
中有百道飛來泉

江上の愁心　千畳の山
空に浮かべる積翠は　雲煙の如し
山か　雲か　遠うして知る莫し
煙空しく　雲散じて　山は依然たり
但だ見る　両崖蒼蒼として絶谷の暗きことを
中に百道飛来の泉有り

縈林絡石隱復見
下赴谷口爲奔川
川平山開林麓斷
小橋野店(4)依山前
行人稍度喬木外
漁舟一葉江呑天
使君(5)何從得此本
點綴毫末分清妍
不知人間何處有此境
徑欲往買二頃田(6)
君不見武昌樊口(7)幽絶處
東坡先生留五年
(8)春風搖江天漠漠
暮雲卷雨山娟娟
丹楓翻鴉伴水宿
長松落雪驚晝眠
桃花流水(9)在人世

林を縈り　石に絡わり　隠れて復見われ
下　谷口に赴きて　奔川と為る
川平らかに　山開けて　林麓は断え
小橋　野店　山前に依る
行人　稍度る　喬木の外
漁舟　一葉　江　天を呑む
使君　何よりか　此の本を得たる
毫末を点綴して　清妍を分つ
知らず　人間　何の処か　此の境　有る
径ちに往いて　二頃の田を買わんと欲す
君見ずや　武昌　樊口　幽絶の処
東坡先生　留まること　五年なりき
春風　江を揺がして　天　漠漠
暮雲　雨を巻いて　山　娟娟
丹楓　鴉を翻えし　水宿に伴い
長松　雪を落して　昼眠を驚かす
桃花　流水　人世に在り

武陵(10)豈必皆神僊
江山清空我塵土
雖有去路尋無縁
還君此畫三嘆息
山中故人應有招我歸來篇(11)

武陵　豈に必ずしも皆神仙ならんや
江山は清空なるに　我は塵土にあり
去路有りと雖も　尋ぬるに縁なし
君に此の画を還して　三たび嘆息す
山中の故人　応に我を招く帰来の篇有るべし

大川のほとり　愁いをいだく心　たたなわる山の数数
深いみどりが　空にうかび　雲か煙とも見える
山なのか　雲なのか　遠くてさだかに知れない　だが
煙が消え　雲は散っても　山のすがたは相変らずだ
と見ると　両方の絶壁が青黒くせまる深い谷は　暗黒にとざされ
そこに天上から落ちて来る　百すじのたきがかかり
その水は　林をくぐり　岩石をぬい　見え隠れしつつ
谷の出口へくだるとき　ほとばしる急流となる
川は平らに　山も開け　ふもとの林も　たち切られると
山の前景には　小さな橋と　ささやかな宿屋とが　ある
高い木木のかなたを越えてゆく　幾人かの旅行者

水平線が空をのみこむほうへ向かう　一葉の　いさり舟
王君　君は　どこから　この絵を手に入れたのかしら
毛すじより細い墨のあとに　清くうるわしい景色が描きわけられた
けれど　人間世界のいったいどこに　こんな場所があるのだろう
もしあれば　僕はすぐにも出かけて行って田地を買うのだが
ところで君は知らないか　あの武昌・樊口（はんこう）の幽邃（ゆうすい）きわまりない土地で
この東坡先生が　五年も　足をとめていたことを
春風が長江の波をゆらめかすとき　そらは重たげにくもり
暮れ方の雲がにわか雨をまきこんだあと　山はひときわたおやかに
色づいたかえでの木の間を舞っていたからすは私の船中の夜のとも
高い松から落ちてきた雪が　昼寝の夢をおどろかした
桃花　流水の静寂境　といっても　この世にあるのだし
武陵　桃源のさとに住むのは　仙人ばかりじゃなかった
こんな清らかな山水があるのに　僕は　ごみの中でくらす
そこへ行く路はあるのだが　僕にその機縁はめぐまれない
君にこの画をかえそうとして　僕は三度めのためいきをもらす
山中の友人たちは　たぶん　僕に帰ってこいという　詩篇を作っている　ことだろうけ

れども

注 (1)元祐三年、五十三歳の作。王定国の名は鞏(きょう)、東坡の友人である。(2)王晋卿の名は詵(しん)、英宗皇帝の女(むすめ)と結婚した。やはり東坡の友人で詩をよくしたが、画家としての名声が高かった。(3)唐の張説(ちょうえつ)に「江上愁心の賦」という作がある。長江のほとりの高山、その四季の変態と、その風景に対する詩人の憂愁とをうたう。この一句は賦の題の四字を切り取って用いた。(4)野店は一二〇ページにも出たが、いなかの路旁にある小さな店で宿屋・酒屋などを兼ねたもの。宋以後の画の点景として、よく酒旗をたてた家が見られるのは、これであろう。(5)使君は前の詩にも出た。ここでは王定国をさすであろう。かれは、この前年に揚州の通判(副知事)に任命された。知事に準ずるものとして、かく呼んだのであろう。(6)二頃田　一頃は中国の面積の単位で百畝(ぽ)だから、今日では約六一四平方メートル。しかし実数ではなく、戦国時代の蘇秦(そしん)が「我をして洛陽負郭の田二頃あらしめば、あに六国の相印を帯びんや」と言ったことから、いささかの土地の意味で使われる。(7)武昌は湖北省鄂城県の旧名で、今の武漢市ではない。東坡が流されていた黄州の対岸にある町。樊口もその付近。(8)これ以下の四句は春夏秋冬の景色を一句ずつに述べてある。(9)「桃花流水　杳然(ようぜん)として去る、別に天地の人間に在らざる有り」は李白の詩句。李白では浮世の外の別天地をさすが、ここでは、それを逆用し、その別天地だって人の住めない処じゃないの意。(10)武陵は今の湖南省常徳県。晋の陶淵明の「桃花源の記」に見える別天地はこの付近にあったと言う。前の句と同じく逆用してある。(11)楚辞の招隠士篇に「王孫よ　帰り来たれ」とある。これも典故の逆用であって、楚辞では山中に隠れ去った人に都へ帰るようすすめるのであるが、ここは山中の隠者たちから都へ出た蘇東坡に山へ帰ることをすすめるだろうの意。

69 贈劉景文(1)（劉景文に贈る）

荷盡已無擎雨蓋
菊殘猶有傲霜枝
一年好景君須記
正是橙(2)黃橘綠時

荷は尽きて　已に雨に擎ぐる蓋無く
菊は残して　猶霜に傲る枝有り
一年の好景　君　須く記すべし
正に是れ　橙は黄に　橘は緑なる時

うらがれたはちす葉に　雨にさしあげる傘の勢いは　もはやなく
菊の花もおとろえた　でも　霜にめげぬ　一えだは　ある
一年のうち　ことにうれしい景物を　君はぜひおぼえてほしい
今こそ　ゆずの実は黄色に熟れ　たちばなはまだあおい　時節

注　(1)景文　名は季孫。詩人で王安石に推賞されたことのある人。この詩は元祐五年（一〇九〇）杭州の知事在任中の作。(2)橙　だいだいでなくゆず。

70　被酒獨行徧至子雲威徽先覺四黎之舍(1)

（酒を被りて独り行き　偏く子雲・威・徽・先覚　四たりの黎が舎に至れり）

半醒半醉問諸黎
竹刺藤梢歩歩迷
但尋牛矢覓歸路
家在牛欄西復西

半ば醒め　半ば酔い　諸黎を問えば
竹刺　藤梢　歩歩に迷う
但だ牛矢を尋ねて　帰路を覓めん
家は　牛欄の　西復西に在り

酒はさめぎわ　まだ酔いごこちで　黎家の人を　おとずれる
するどい竹の枝さきや藤のつるはからまってゆけばゆくほどあてどに迷う
だが帰り路をさがすのは何の造作もないことで牛の糞を目あてにする
私の家はどこかといえば牛の囲の西の辺　いやその西にあるのだから

注　(1)四黎之舎　四人の黎姓の家。黎はロイ族の姓。元符（げんぷ）二年（一〇九九）儋州（海南島）に流されていたときの作。三首の第一首。

71 澄邁驛通潮閣（1）（澄邁駅の通潮閣にて）

餘生欲老海南村
帝遣巫陽（2）招我魂
杳杳天低鶻沒處
青山一髮是中原

余生　老いんと欲す　海南の村
帝　巫陽を遣て　我が魂を招かしむ
杳杳たり　天低れ　鶻の没する処
青山　一髪　是れ中原

私の老後を　この南の島の村で送ろうと決心したが
天子様は巫陽のみこに魂をよびかえせと命ぜられた
とおくとおく　はやぶさのつばさがかくれる空のはて
髪ひとすじのような青い山　ああ　あれこそ中原だ

注　(1)元符三年（一一〇〇）の作。蘇軾は一〇九四年にふたたび流罪となり、恵州（広東省恵陽県）、ついで海南島へ流された。この詩は赦免されて長いあいだの流刑地から海をわたり、中国本土へ帰るときの所感。澄邁は今も海南島の地名。二首の第一首。(2)巫陽　楚辞に見えるみこの名。この招魂は、一二一ページと同じく、遠くにさまよっている魂をよびかえすこと、すなわち追放された蘇軾を都へよびもどすことを意味する。

黄庭堅(こうていけん)

一〇四五―一一〇五。字は魯直(ろちょく)、号は山谷(さんこく)道人。分寧(江西省修水県)の人。治平四年(一〇六七)進士。秘書丞として国史の編修にたずさわったが、政治上の争いのため、黔州・戎州(四川省南部)および宜州(広西省宜山県)などに流された。蘇軾の門人であるが、詩は別の特色をそなえ、いわゆる江西詩派の祖となった。「山谷詩集注」三十九巻(宋の任淵らの注)がある。

72 題落星寺(1)(落星寺(らくせいじ)に題す)

落星開士(2)深結屋
龍閣(3)老翁來賦詩
小雨藏山客坐久

落星(らくせい)の開士(かいし)　深く屋(おく)を結び
竜閣(りょうかく)の老翁　来たって詩を賦(ふ)せり
小雨　山を蔵(かく)して　客(かく)の坐すること久しく

長江接天帆到遲
宴寢清香與世隔
畫圖妙絕無人知
峰房各自開戸牖(4)
處處煮茶藤一枝

長江　天に接して　帆の到ること遅し
宴寢の清香　世と隔たり
画図の妙絶　人の知るもの無し
峰房は各自　戸牖を開き
処処　茶を煮て　藤一枝あり

落星寺の和尚様は　山のおく深く住む
竜閣のおきな（李常氏）も　ここで詩を作ったという
こさめが山のすがたをかくすとき　訪れた客は　ついすわりこみ
長江の流れが天に接するあたりから　白帆はのろのろやって来る
ざしきにたちこめた香気は　この世のものとも思われず
すばらしい画の収蔵を　だれ一人　知るものもない
別別に窓と戸口をひらく僧房は　蜂の巣のようだ
どの室でも茶を煎じ　ふじの杖が立ててある

注　(1)元豊三年（一〇八〇）三十六歳の作。この年吉州太和県の知事となり、都から郷里分寧（修水県）へ帰った途中の作。太和は分寧に近く、ともに今の江西省に属する。落星寺は廬山の東にある。（2）開士　僧侶の称。（3）竜閣　竜図閣の略。官名。山谷の妻（このときは死んだあと）の父李常は竜図閣学士であった。（4）この句を「枯れたふじを焼いて茶を煮る」意だと解する人がある（潘伯鷹氏説）。しかし藤は杖の意味に用いられるのが普通であり、この時の詩第一首にも「更に痩藤を借りて上方を尋ねん」とあるのは明らかに杖の意であるから、潘氏に従わない。

73 登快閣(1)（快閣に登る）

癡兒(2)了却公家事
快閣東西倚(3)晩晴
落木(4)千山天遠大
澄江一道月分明
朱絃已爲佳人絶(5)
青眼(6)聊因美酒横
萬里歸船(7)弄長笛
此心吾與白鷗盟

癡児　公家の事を了却して
快閣　東西　晩晴に倚る
落木　千山　天　遠大に
澄江　一道　月　分明なり
朱絃　已に佳人の為に絶す
青眼　聊か美酒に因って横にす
万里の帰船　長笛を弄す
此の心　吾　白鷗と盟わん

つとめの仕事を処理しおえた　と思ったのは　僕がおろかだからか
快閣にのぼり　東西をのぞみ　夕ばえの中に　ひとり立ちつくす
山山の木の葉は落ちて　天はいよいよ遠く大きく
すみきった長江の　ひとすじの流れの上に月がくっきり見える
古い琴(こと)の朱色の糸を切りすて　僕は二度と手にしまい　それは　もう世にない真の理解者
　の記念のためだ　だが
うまい酒があれば　やはり　目の色をかえようというものだ
万里のかなたへ帰って行く船の上で　長い笛を吹きすます
この心を　知ってくれるのは　白いかもめよ　おまえだけだね

注　(1)元豊五年（一〇八二）太和県での作。三十八歳。快閣は太和県にあったという。(2)癡児　おろかもの。しかし晋書（しんじょ）の傅咸（ふかん）伝に「子を生みて癡なれば、官事を了するも、官事は未だ了し易からざるなり。事を了して正に癡となる、復た快と為すのみ」とある典故を、快閣の名から想起して、この句ができたのだとすれば、一句の意味は「おろかな子はあっても、とにかくつとめだけはしおえる」（それもこころよいことだ）。(3)倚　よりかかる義。詩の中では、ただ立っていることを表わす場合がある。(4)落木　木落に同じく、木落は木葉落の省略で、詩語。(5)伯牙と鍾子期（しょうしき）の故事。伯牙は琴の名演奏家であった。鍾子期は伯牙が弾ずる曲の最もよい理解者だった。この友人が死んでのち、伯牙は一生琴を弾じなかったという（春秋時代の話で、呂氏春秋〔りょししゅんじゅう〕に見える）。しかしこの佳人は暗に死んだ妻をさすかも知れない。(6)青眼　晋の阮籍（げんせき）の故事。阮籍は気に入らぬ人間が来ると白眼をむき出し、気の合う友人にだけ青眼（くろめ）を見せた。この句はおそらく酒のことだけを言うのでなく、気の合う友人がないわけではないの意味を有するだろう。(7)万里の帰船というと非常に遠い処に黄庭堅の郷里があるように聞こえる。実際はかれの生地予章とこの太和とは、そんなへだたりはない。この句は早く故郷へ帰りたい。それは近い処だ。だが自分にはまるで万里の遠さに感ぜられるとの意味を含ませたのであろう。

74　夜發分寧寄杜澗叟(1)（夜(よる)　分寧(ぶんねい)を発し　杜澗叟(とかんそう)に寄(よ)す）

陽關一曲(2)水東流
燈火旌陽(3)一釣舟
我自只如常日醉
滿川風月(4)替人愁

陽関(ようかん)の一曲(きょく)　水(みず)は東(ひがし)に流る
灯火(とうか)　旌陽(せいよう)　一釣舟(いっちょうしゅう)
我自(おのず)から只常日(ただじょうじつ)の酔(すい)の如し
満川(まんせん)の風月(ふうげつ)　人(ひと)に替(かわ)って愁(うりょ)う

陽関の別れのひとふし　川の水はただ東へ流れるばかりです
灯火まばゆい旌陽の町から　一葉の釣舟をこぎ出して　私は来ました
いや　まったくのところ　私はいつもの酔心地と　かわりがないのです
愁わしげな顔つきは　私より　この川原にあふれる風の中の月　その方なのです

注　(1)分寧　今の江西省修水県で、黄庭堅の郷里。杜淵叟の名は槃（はん）。元豊六年（一〇八三）の作。この年に太和県から徳州徳平鎮（今の山東省徳県）へ転任した。おそらく一度郷里へ帰り、出発した時の作であろう。(2)陽関の曲は唐の王維の「渭城（いじょう）の朝雨（ちょうう）軽塵（けいじん）を浥（うる）おす」（元二〔げんじ〕の安西に使いするを送る）で始まる詩を音楽にのせたもの。送別の歌として広く唱われた。(3)旌陽　分寧県の東にある地名。ここから船に乗ったのである。(4)風月　ただ風景・風流の意味で使われることが多いが、風笛が風にのって聞こえる笛の音であるように、ここでは原義を全く失ってはいないと思われるので、原義のまま訳した。

75　寄黄幾復(1)（黄幾復（こうきふく）に寄す）

我居北海君南海　　我は北海（ほっかい）に居り　君は南海（なんかい）

寄雁傳書(2)謝不能
桃李春風一杯酒
江湖夜雨十年燈
持家但有四立壁(3)
治病不蘄三折肱
想得讀書頭(4)已白
隔溪猿哭瘴溪藤

雁（がん）に寄せて書（しょ）を伝えんとするに　能（よ）くせずと謝（しゃ）す
桃李（とうり）の春風（しゅんぷう）　一杯の酒（さけ）
江湖（こうこ）の夜雨　十年の灯（ともしび）
家（いえ）を持（じ）するに　但（た）だ四立（しりつ）の壁（かべ）のみあり
病（やまい）を治（いや）すに　蘄（もと）めず　三（み）たび肱（ひじ）を折ることを
想い得たり　書（しょ）を読んで　頭（かしら）已（すで）に白く
渓（たに）を隔てて猿（さる）は哭（こく）せん　瘴渓（しょうけい）の藤（ふじ）に

僕は北海に住み　君は南海にいる
雁にことづけをたのんだが　ことわられてしまった
ももやすももの花の下で　一杯の酒に春を楽しんだのも　今は昔
長江や湖にへだてられ　灯火を相手に夜の雨を聞いて早くも十年
僕はくらしがへたで　家といえば　四方の壁があるだけだし
名医になろうと望みもしないのに　ひじを三べんも折ってしまった
君は読書に明け暮れて　もう白髪頭になられたことだろう　そして
向うの谷間の猿が　蕃地の藤かつらのあいだで立てる悲しい声を聞いているのだろうね

注　(1)黄幾復の名は介（かい）。山谷のわかいころからの友人。四会県の知事であった。いま広東省に属する。黄庭堅は徳州にいた。北海はいまの渤海（ぼっかい）湾で徳州はその岸に近く、四会県は南シナ海に近い。元豊八年（一〇八五）の作。(2)桃李春風の句は過去、江湖夜雨は現在。そのあいだに十年が経過したのである。(3)三折肱は春秋左氏伝に見えることば、「三たび肱を折りて良医となるを知る」。左氏伝では三折肱が名医となるための必要条件である。ここでは作者がなめたさまざまの苦い経験をさす。この句の訳は潘伯鷹氏に従う。宋の任淵の注とは少しく異なる。(4)瘴　熱帯の風土病。その原因だと考えられたものが瘴気で、瘴渓は瘴気のたちこめた谷の義。藤はふじだけでなくひろく蔓生植物をいう。

76　次韻楊君全送酒(1)（楊君全が酒を送れるに次韻す）

扶衰却老世無方
唯有君家酒未嘗
秋入園林花老眼
(2)茗搜文字響枯腸
(3)醉頭夜雨排簷滴
盃面春風繞鼻香

衰を扶け老を却くるは　世に方無し
唯だ　君が家の酒の未だ嘗めざる有り
秋は　園林に入って　老眼を花ましめ
茗は　文字を捜らしめて　枯腸を響かしむ
酔頭の夜雨　簷を排して滴り
盃面の春風　鼻を繞りて香ばし

(4)不待澄清遣分送
定知佳客對空觴

澄清(ちょうせい)を待たずして　分送(ぶんそう)せしめなば
定めて知る　佳客(かかく)の空觴(くうしょう)に対することを

この世で　老衰の妙薬といっては　ほかにないだろう
君の家で醸(かも)した酒を味わうのは　これが始めてだ
庭の木木に秋が立ちそめ　私の老眼はいよいよかすみ
苦い茶を飲むと　すきばらは書物の重荷にぐうぐういう
酒をしぼるひびきは　のきばごとにしたたる夜の雨の音に似
さかずきにみなぎる春風の暖かさ　高い香気が鼻さきを包む
酒のにごりが澄むのも待たず　分けてくださったのはかたじけないが
将来お客が訪れた時　からっぽの杯をもたせることになりはしないか

注　(1)楊君全の名は琳（りん）。青神（今の四川省の県）の人。この詩は元符三年（一一〇〇）九月の作。当時作者は青神に滞在していた。(2)この句は唐の盧仝（ろどう）の茶の歌に、三椀　枯腸を捜す、唯文字五千巻有り、という句をふまえてある。文字は書物をさす。(3)醡は酒のかすをしぼる道具。(4)この二句は潘伯鷹氏の注解に従って訳した。「酒がすみきらないうちに早く送ってほしい、私は空の杯をもって待ちこがれてるのだから」とも解せられようが、題がすでに酒をくれた（それといっしょに詩も贈られた）ことだから、潘氏に従うべきである。

77 雨中登岳陽樓(1)望君山二首（雨中　岳陽楼に登り　君山を望む）（その一）

投荒萬死鬢毛斑
生出瞿唐(2)灩澦關
未到江南先一笑
岳陽樓上望君山

荒に投ぜられ　万死して　鬢毛　斑なり
生きて出でたり　瞿唐・灩澦の関を
未だ江南に到らざるに　先ず一笑す
岳陽楼上に　君山を望む

蕃地に流され生死のさかいをうろつき髪の毛はまだらになった
でも　生きながらえて　瞿唐・灩澦の難処も　無事に越したのだ
江南の故郷へは　まだ少し先だけれど　おぼえず笑いが顔に出る
岳陽楼の上で　君山を向うにながめている　このとき

注　（1）岳陽楼　湖南省の岳州にある高楼。君山は洞庭湖の中にある島の名。黄庭堅は紹聖二年（一〇九五）に涪州（ふしゅう。今四川省涪陵県）へ流され、さらに戎州へ移された。どちらも四川の南のへんぴな蕃族の多い土地である。六年めの元符三年に罪をゆるされ、翌年四川を出て沙市（湖北省）へ来て冬をすごし、あくる年、崇寧元年（一一〇二）の春はじめて故郷へ帰った。その途中の作。（2）瞿唐　いわゆる三峡の険の一つ。その急流の中にある岩石の名が灎澦である。

78 武昌松風閣(1)（武昌の松風閣にて）

依山築閣見平川
夜闌箕斗插屋椽
我來名之意適然
老松魁梧數百年
斧斤所赦今參天
風鳴媧皇(2)五十弦
洗耳不須菩薩泉(3)
嘉二三子甚好賢
力貧買酒醉此筵
夜雨鳴廊到曉懸

山に依いて閣を築き　平川を見る
夜　闌けて　箕斗　屋椽に挿む
我　来たって　之に名づく　意　適に然り
老松　魁梧たり　数百年
斧斤の赦す所たり　今　天に参わる
風には鳴らす　媧皇の五十弦
耳を洗うに　須いず　菩薩の泉を
嘉きかな　二三子の甚だ賢を好むこと
貧を力めて酒を買い　此の筵に酔う
夜雨　廊に鳴り　暁に到るまで懸れり

相看不歸臥僧氈
泉枯石燥復潺潺
山川光輝爲我妍
野僧旱飢不能饘
曉見寒谿[4]有炊煙
東坡[5]道人已沈泉
張侯[6]何時到眼前
釣臺[7]驚濤可晝眠
怡亭[8]看篆蛟龍纒
安得此身脱拘攣
舟載諸友長周旋[9]

相看て　帰らず　僧の氈に臥す
泉　枯れ　石　燥きしも　復潺潺たり
山川の光輝　我が為に　妍なり
野僧は　旱飢ありて　饘すること能わず
暁に見る　寒谿の　炊烟有るを
東坡道人　已に泉に沈めり
張侯　何の時にか　眼前に到らん
釣台の驚濤　昼眠す可く
怡亭に篆を看れば　蛟竜纒われり
安んぞ　此の身　拘攣を脱して
舟に諸友を載せて　長えに周旋するを得ん

山にそうて築いた二階屋から　ひろい川原を見わたす
夜がふけると　箕や斗の星は　屋根のたるきに引っかかったようだ
私がつけた閣の名が　いかにも　うってつけだと　わかるだろう
いよよかに立つ　数百年の　老いた松は
斧に切り残されたおかげで　今は　中空にまでとどく

風がわたれば　太古の女媧氏(じょかし)の五十弦の琴をかきならすか　と聞こえ
山に菩薩泉もあるが　俗塵にまみれた耳を洗うには　これで充分
二三の諸君の　傾倒のこころざしは　まことに　かたじけない
まずしい中から　酒を買い　ここに宴席をひらいてくださった
夜中に降りだした雨は廊下をとよもし　明け方まで降りそそいだが
われわれは顔を見合わせ　帰ろうとはせず　坊さんの毛布にくるまっている
枯れていた泉が　かわいた石の上を流れる音が　ひびいてくるし
山や川のかがやきも　われわれのために　あざやかさを増した
坊さんたちは　凶作のせいか　粥(かゆ)も満足には取れぬらしいが
この朝　寒渓のあたり　人家の炊事の煙が立つのが　見えた
ああ　東坡道人(とうばどうじん)は　泉下の人となってしまわれた
張耒(ちょうらい)氏にも　いつの日に　あえるのだろうか
ここには唐の元結(げんけつ)が釣りをした古跡があって　立ちさわぐ波を聞きつつ昼寝の夢をむすぶ
　によく
怡亭(いてい)の銘をながめると　篆書(てんしょ)の筆勢は　みずちがまつわりついたようだ
私は　世事の束縛から　のがれ出て　友人たちを船にのせ
いつまでも　いっしょにくらす身に　はたしてなれるものだろうか

注　(1)前の詩と同じく崇寧元年の作であるが、庭堅は六月に太平州の知事となり、九日間で免職され、荊州に住むつもりで、ふたたび長江をさかのぼってこの武昌（今の鄂城県）まで来たのである。(2)媧皇は女媧氏。太古の伝説中の帝王の名。しかし女媧氏が五十絃のこと（瑟）を作ったとはたぶんあやまりで、ふつう伏羲氏（ふっき。同じく伝説中の帝王）が造り出したものだという。弦は絃と同じ。(3)菩薩泉　泉の名。蘇軾の銘によると武昌の西山寺にあった。この松風閣もたぶんその寺の中の建築の名であろう。(4)寒渓　谷の名。(5)東坡は蘇軾。この前の年に死んだ。(6)張侯は張耒。この年黄州に流され、この詩のときにはまだ到着していなかったらしいが、武昌と黄州とはきわめて近く、この年のうちに黄庭堅と面会している。張耒は蘇軾の門人。(7)釣台　武昌に近い樊山（はんざん）にあり、唐の元結が魚釣りをした古跡。(8)怡亭も近くの長江の中の小島にあり、唐の李陽氷（りようひよう）が書いた篆書の銘があった。(9)周旋　人とつきあうこと。

秦観（しんかん）

一〇四九—一一〇〇。字は少游、または太虚（たいきょ）。号は淮海居士（わいかい）。高郵（江蘇省の県）の人。蘇軾の門人。その推薦により太学博士・国史編修官などとなり、蘇軾が恵州に流されたとき郴州・雷州（広東省）へ流された。「淮海集」四十六巻がある。

79 春日(しゅんじつ)

一夕輕雷落萬絲
霽光浮瓦(1)碧參差
有情芍藥含春涙
無力薔薇臥曉枝

一夕(せき)の軽雷(けいらい)に　万糸(ばんし)　落つ
霽光(せいこう)は瓦に浮かび　碧(へき)　参差(しんし)たり
情(じょう)　有る芍薬(しゃくやく)は　春の涙を含み
力(ちから)　無き薔薇(しょうび)は　暁(あかつき)の枝を臥(ふ)す

よわい雷鳴があったひとよさ　幾万とも知れぬ雨の糸がおちた
今朝は晴れ上がって日光をうけた瓦はあざやかな色の縞(しま)もよう
しゃくやくの花は　情ありげに　春の涙をふくんでいるし
ばらはぐったりと　あけがたの枝を　寝かせたままだ

注　（1）浮瓦　「浮の字は太陽がつやつやした物の上に反射している有様をあらわす」（銭鍾書氏の説）。

80 秋日（しゅうじつ）

霜落邗溝(1)積水清
寒星無數傍船明
菰蒲深處疑無地
忽有人家笑語聲

霜（しも）落ちて　邗溝（かんこう）　積水（せきすい）　清し
寒星（かんせい）　無数　船に傍（そ）うて明らかなり
菰蒲（こほ）の深き処　地（ち）無きかと疑いしに
忽（たちま）ち　人家（じんか）の笑語（しょうご）の声　有り

霜がおりて　運河の水は深深と　すみきっている
さむい空の星の数数は船のすぐそばで光る
まこもやがまの生いしげる中　もう行きどまりかと思えたとき
にわかに人家があった　聞こえてくる　笑い声　話声

注　(1)邗溝　揚子江と淮河（わいが）をつなぐ運河。すなわち今の大運河の一部。邗溝というのは春秋時代の古い名である。

張耒（ちょうらい）

一〇五二―一一一二。字は文潜（ぶんせん）。号は柯山。ひとが宛丘先生とよんだ。淮陰（わいいん）（江蘇省清江市）の人。蘇軾の門人。秘書丞・太常少卿となったが、黄州に流されたことがある。「柯山集」五十巻がある。

81　感春（春に感ず）

浮雲起南山
冉冉(1)朝復雨
蒼鳩鳴竹間
兩兩自相語
老農城中歸
沽酒飲其婦
共言今年麥
新綠已映土
去年一尺雪
新澤至已屢

浮雲（ふうん）　南山（なんざん）に起こり
冉冉（ぜんぜん）として　朝（あした）に復（また）雨ふる
蒼鳩（そうきゅう）　竹間（ちくかん）に鳴き
両両（りょうりょう）　自（おの）おの相語る
老農　城中より帰り
酒を沽（か）いて　其の婦（つま）に飲ましむ
共に言う　今年の麦
新緑　已（すで）に土に映ぜり
去年　一尺の雪
新たなる沢（めぐみ）は　至ること已（すで）に屢（しば）しばなり

豊年坐可待　　豊年は　坐して待つべし
春服行欲補　　春服（しゅんぷく）　行くゆく補わんと欲すと

南の山から　雲が出て
おもたくひろがり　今朝もまた雨
はとが竹やぶで　鳴いているのは
二羽ずつ　それぞれ　話しあっているのだろう
城内（まち）から帰った　農家のじいさんが
酒を買って来て　ばあさんに飲ませ
二人の話といえば　今年の麦作のこと
「もう芽が青くなった　土の上にくっきり見える
去年は　一尺も雪がふったのだし
これでもう　お天道（てんと）さまのうるおいはたびたびあった
豊作は　だまっていても　やって来る
春着も　やがては買いそろえてやれるだろうさ」

注　(1)冉冉　いろいろな意味があるが、ここは「下垂」の義であろう。

82 海州道中(1)（海州の道中）（その一）

孤舟夜行秋水廣
秋風滿帆不搖槳
荒田寂寂無人聲
水邊跳魚翻水響
河邊守罾茅作屋
罾頭月明人夜宿
船中客(2)覺天未明
誰家鞭牛登隴聲

孤舟　夜行すれば　秋水広し
秋風　帆に満ち　槳を揺かさず
荒田　寂寂として　人声無し
水辺の跳魚　水を翻えして響あり
河辺　罾を守り　茅は屋と作る
罾頭　月明らかにして　人は夜宿す
船中の客は　天未だ明けずと覚ゆるに
誰が家ぞ　牛を鞭うって隴に登る声

ひろびろとたたえた秋の水　夜の旅をするのは　私の船だけだ
秋風が帆をふくらませ　かいをこぐにも及ばない
荒れた田地はさびれきって　人声もなく
はね上がった魚が　ぽちゃんと水をうちかえすひびき
川岸には　網番の小屋が　ちがやでふいてある

月光をあび　網のそばで　夜どおしする人がいるのだ
船の中で　旅人が　まだ夜は明けないと思っているときにも
どこのものか　牛に鞭をくれ　うねを歩く音がする

注　(1)海州　今江蘇省海連市付近。(2)船中客　この客は作者自身をいう。

83（その二）

秋野蒼蒼秋日黄
黄蒿満田蒼耳(1)長
草蟲咿咿鳴復咽
一秋雨多水満轍
渡頭鳴春村徑斜
悠悠小蝶飛豆花
逃屋(2)無人草満家
纍纍秋蔓懸寒瓜

秋野蒼蒼(しゅうやそうそう)として　秋日(しゅうじつ)黄なり
黄蒿(こうこう)　田に満ち　蒼耳(そうじ)は長し
草虫(そうちゅう)　咿咿(いい)と　鳴いて　復(また)咽(むせ)び
一秋　雨多く　水　轍(わだち)に満つ
渡頭(ととう)の鳴春(めいしょう)　村径(そんけい)斜めなり
悠悠(ゆうゆう)たる小蝶(しょうちょう)は　豆花(とうか)に飛ぶ
逃屋(とうおく)　人無く　草　家に満つ
纍纍(るいるい)として　秋蔓(しゅうまん)に　寒瓜懸(かか)る

色あせた秋の野原　黄色い秋の太陽
黄色なよもぎが田地をおおい　おなもみのたけは高い
草むらにすだく虫の　すすり泣きにも似た声
この秋は雨が多かった　わだちに水がたまっている
渡し場では　水車が臼をつく音　村への道が斜めに走る
小さなちょうちょうが　無心に　豆の花のあいだを飛ぶ
よそへ立ちのいた農夫のあき家では　草がいっぱいに生え
つるのさきに　いくつもいくつも　瓜がぶらさがる

注　(1)蒼耳　おなもみ。爾雅に見え、詩経では巻耳（けんじ）という。菊科の植物。郝懿行（かくいこう）によれば、高さ二、三尺に達するという（爾雅義疏）。(2)逃屋　年貢を納めきれないで土地を離れたものの家。

84 有感(1)（感ずる有り）

群兒鞭笞學官府
翁憐癡兒傍笑侮

群児　鞭笞して　官府を学べり
翁は　癡児の笑侮に傍うを憐れむ

翁出坐曹鞭復呵
賢於群兒能幾何
兒曹相鞭以爲戯
翁怒鞭人血流地
等爲戯劇誰後先
我笑謂翁兒更賢

翁　出でて曹に坐すれば　鞭し復呵す
群児に賢ること　能く幾何ぞ
児曹相鞭して　以て戯れと為す
翁　怒って人を鞭うてば　血は地に流る
等しく戯劇を為す　誰か後先ぞ
我は笑って翁に謂う　児　更に賢れり　と

子どもらは　鞭をふりまわして　お役人のまねをする
おじいさんは　孫がバカにされていると　あわれがる　だが
そのおじいさんが役所に出ると　鞭で打たせたりどなりつけたりする
それじゃ　子どもの遊びにくらべ　どれほど　かしこいだろう
子どもらは　鞭でぶちあっても　それはほんの遊びごと
おじいさんが立腹すれば　鞭で打たれた人は血を流すのだ
遊びごとなのは同じだとすると　どちらが上だろうか
私は笑いながら言う「おじいさん　孫のほうがかしこいね」

注　(1)三首の第二首。

陳師道（ちんしどう）

一〇五三―一一〇一。字は履常（りじょう）または無己（ぶき）。号は後山（ござん）居士。彭城（ほうじょう）（江蘇省徐州市）の人。曽鞏の門人で、蘇軾の推薦で任官し、徐州および潁州（えいしゅう）などの教授となった。その詩は黄庭堅とならび称せられ、江西派の詩人の模範となった。「後山詩注」十二巻（南宋の任淵の注）がある。

85　九日寄秦覯(1)（九日（きゅうじつ）　秦覯（しんこう）に寄（よ）す）

疾風回(2)雨水明霞
沙歩叢祠(3)欲暮鴉
九日清樽欺白髪
十年為客負黄花(4)
登高(5)懐遠心如在
向老逢辰(6)意有加

疾風（しっぷう）　回雨（かいう）　水に霞（か）の明らかなり
沙歩（さほ）の叢祠（そうし）　暮鴉（ぼあ）ならんと欲す
九日（きゅうじつ）の清樽（せいそん）は　白髪（はくはつ）を欺（あなど）り
十年　客（かく）と為（な）って　黄花（こうか）に負（そむ）けり
高きに登って遠きを懐（おも）い　心（こころ）　在るが如（ごと）く
老に向かって辰（しん）に逢（あ）いては　意（い）　加（くわ）うる有り

淮海少年天下士(7)
可能無地落烏紗(8)

淮海の少年　天下の士
可に能く　地の烏紗を落す無からんや

はげしい風に雨は吹きやられて　夕焼雲が水を明るく染める
船つき場の砂地に近い祠のあたり　寝ぐらへつどうからすの声
重陽の節句の祝い酒は　私のしらが頭をあざけるごとく
思えば十とせ　他国にすごして　菊の花のさかりにそむいていた
高みに登り遠い故郷をながめやった気持は　今も思い出されるが
年老いるにつれ　めでたい日を迎える心は　わびしさが加わる
淮海の少年　秦覯君よ　君は天下を背負う英才だからには
晋の孟嘉のように烏帽子を吹き落される逸話のたねとなるべき　パトロンに不足すること
はあるまい

注　(1)元祐二年(一〇八七)陳師道が徐州の教授であった時の作。秦覯は詞(詩余)の作家として有名な秦観の弟で、兄と同じく蘇軾の門人である。このころ都にいて文官任用試験の勉強中だった。(2)疾風回雨は風が雨をふきまわす意かも知れぬが、下の水明霞は明らかに晩晴の景であるから、かりにかく訳す。(3)叢祠　草木のしげった中の社(「漢書」陳勝伝の注）。一説には樹木そのものが社だともいう（清の沈欽韓の説）。（4）黄花　菊の花。（5）登高　重陽節の行事で、丘などに登る。本来は厄よけのため。（6）辰　嘉辰令月などのごとく、とくにめでたい日をさす。（7）淮海　秦觀の生地高郵（今江蘇省に属する）をさす。淮河の南。（8）烏紗　黒い紗。晋の孟嘉は桓温の属官であった。重陽節（陰暦九月九日）の宴会のとき、風が吹いて孟嘉の帽子を落したが、かれはそれをかぶりなおして平然としていたという。重陽の詩では最もよく引合いに出る故事。

86 田家（でんか）（1）

鷄鳴人當行
犬鳴人當歸
秋來公事急
出處不待時
昨夜三尺雨
竈下已生泥
人言（2）田家樂
爾苦人得知

鶏（にわとり）鳴きて　人は当（まさ）に行くべく
犬鳴きて　人は当（まさ）に帰るなるべし
秋来（しゅうらい）　公事（こうじ）　急なり
出ずるも処（お）るも　時を待たず
昨夜　三尺の雨
竈下（そうか）　已（すで）に泥を生ず
人は田家（でんか）の楽しきを言えども
爾（なんじ）の苦しみは　人知るを得んや

一番どりが鳴き出すころ　もう家を出ているだろうし
夜ふけ犬がほえるころ　やっと帰ってくるだろう
この秋になってからは　お役所の言いつけがきびしく
外へ出るにも　家居のときものんきなことじゃない
ゆうべふった大雨は　三尺ほどの深さ
へっついの下は　泥水にひたされている
いなかの楽しさを　ひとは言うけれど
きみたちの苦しみをわかってくれるものか

注　(1)元祐五年（一〇九〇）秋、徐州の教授であったときの作。(2)爾苦　如許（かくばかり）の苦しみの義だとの説（南宋の任淵の注）もある。

87 迎新将至漕城暮帰遇雨(1)（新しき将(つかさ)を迎えて漕城(そうじょう)に至り　暮(くれ)に帰りて雨に遇(お)う）

早投林野違風雨　　早く林野(りんや)に投(とう)じて　風雨を違(さ)りしに
晩傍塵沙飽送迎　　晩(ばん)に塵沙(じんさ)に傍(そ)うて　送迎(そうげい)に飽(あ)く

却愧兩街屠販子
臥聽車馬過橋聲

却って愧ず　両街の屠販の子の
臥して車馬の橋を過ぐる声を聴くに

私はとっくに山野に退き　浮世の雨風のはげしさを忘れていたはずだったのに
年たけてのち砂塵のちまたに入りこみ　長官の送り迎えにあくせくする身となった
町の両側にならぶ肉屋なんかに比べても　はずかしい限りだ、かれらは
この行列が橋を通りすぎる騒がしい音を　寝ながら聞くのだと思うと

注　(1)元祐七年（一〇九二）四十歳の作。陳師道は潁州（今安徽省阜陽県）の教授であった。新将は新しく赴任して来た知事をさす。漕城は転運使の居る場所であろう。転運使は食糧の運輸を管理する職で各地におかれたが、強力な行政権を有していた。

88　即事(1)

老覺山林可避人
正須麋鹿與同群(2)
却嫌鳥語猶多事

老いては覚ゆ　山林の人を避く可きを
正に須く　麋鹿と与に群を同じゅうすべし
却って嫌う　鳥語の猶多事なることを

强管(3)陰晴報客聞　強いて陰晴を管して客に報じて聞かしむ

年老いてからは　山林のあいだこそ　世人の目をよけることができると感じ
大鹿や小鹿の群といっしょにすむ生活をえらんだつもりでいたのだが
その鳥にまでおせっかいなやつがいるものだとは　ああいやなことだ
今日は晴れいや曇りだと　しつこくさえずり聞かせてくれるのだから

注　(1)前の詩と同じ年の作。即事は事にふれるままにの意。(2)多事　よけいな世話をする。俗語の用法。(3)管　かまう。やはり俗語。

89 絶句　四首（その一(1)）

秋牀歸臥不緣愁　秋床に帰臥するは　愁いに縁るにあらず
病與衰謀作老仇　病は衰と謀りて　老仇と作れり
數樹直青能爾(2)瘦　数樹の直青なる　能く爾く瘦せたり
一軒殘照爲誰留　一軒の残照　誰が為にか留まれる

秋とともに故郷で寝床につく身となったのは　世を愁えるあまり　いやそんな大それたことじゃありません
病気が老衰につけこんで　久しい敵になっていたまでのことです
まっすぐに青青としていた数本の木までが　あんなにも痩せてしまったのですが
窓いっぱいの夕日の色だけは　いったい誰のために去りがてにしているのか　私は知りません

注（1）元符二年（一〇九九）、郷里の徐州にいたときの作。第一句の帰臥は郷里に在ることを表わす。（2）能爾は乃爾と同じく、あれほどにの義。

90（その四）（1）

書當快意讀易盡
客有可人期不來
世事相違（2）每如此
好懷百歲幾回開

書（しょ）は快意に当たっては　読みて尽くし易（やす）く
客（かく）に可（か）なる人有り　期すれども来たらず
世事（せじ）の相違（あいたご）うこと　毎（つね）に此（かく）の如し
好懐（こうかい）は　百歳（さい）に　幾回（いくかい）か開かん

興が乗り出すと　書物はたちまち読みおえてしまう　そして
約束したのに　気の合う友人は　待ちくらしても　やって来ない
世の中のことは　いつもかも　こんなふうに　食い違う
ほんとうに気が晴れる時は　人の一生に幾度あることか

注　(1)前の詩と同時の作。(2)百歳　人の一生の極限。

91　春懐示郷里(1)（春の懐を　郷里のひとに示す）

斷牆着雨蝸成字
老屋無僧燕作家
剩欲出門追語笑
却嫌歸鬢逐塵沙
風翻竹網開三面(2)
雷動蜂窠趁兩衙(3)
屢失南鄰春事約
只今容有未開花

断牆　雨に着いて　蝸は字を成し
老屋　僧無く　燕　家と作せり
剰お門を出でて　語笑を追わんと欲すれども
却って嫌う　帰鬢の塵沙を逐うことを
風は竹網を翻えして　三面を開き
雷は蜂窠に動いて　両衙を趁う
屢しば　南隣の春事の約を失せり
只今　容に未だ開かざるの花有るべし

くずれかけた土べいは雨にぬれ　かたつむりのはったあとが字の形をし
この古家の中に　僧のすがたはなくて　つばめが住まうだけです
思いあぐねた末　外へ出て　楽しげな談笑の仲間に加わろうとも　考えてみますが
帰って来たとき　びんの毛がほこりまみれだろうと　想像すると　やっぱりいやです
かすみ網を張ったような竹むらに　風があたると三方ともに路をあけ
雷のような音をたてる蜂の巣は　朝晩二度のつとめに出るさわぎの最中と見えます
おとなりから花見にさそってくださったのに　私はたびたび失礼しました
だが　今でも　まださかない花が残ってはいるのじゃないでしょうか

注　(1)元符三年（一一〇〇）、徐州での作。(2)むかし殷（いん）の湯王は、四方に張りめぐらした網の三方をあけて鳥やけものの逃げ場所をつくってやったと呂氏春秋に見える。ここはそのことばを利用して景物をのべた。(3)両衙の衙は官吏が役所に集合すること。蜂も一日に二度ずつ巣へ集まるのをたとえた言い方。しかし陳師道の造り出した語でなく、当時ふつうの言い方であった。

92　寒夜（かんや）(1)

留滞常思動
(2)艱虞却悔來
寒燈挑不焰
殘火撥成灰
凍水滴還歇
(3)風簾掩復開
(4)孰知文有忌
情至自生哀

留滞（りゅうたい）しては　常に動かんことを思い
艱虞（かんぐ）あれば　却（かえ）って来（き）たりしことを悔（く）ゆ
寒灯　挑（かか）ぐれども焰（ほのお）あらず
残火　撥（はっ）して灰（はい）と成る
凍水（とうすい）　滴（したた）り還（また）歇（や）み
風簾（ふうれん）　掩（おお）えば復（また）開く
孰知（じゅくち）す　文（ぶん）に忌（き）有ることを
情至（じょういた）りて　自（おのず）から哀（かな）しみを生ず

ひとつ処にじっとしているうちは　どこかへ動きたいと思った
くるしい目にあった今では　やっぱり来たことがくやまれる
冬の夜の灯火は　いくらかきたてても　ほのおをあげず
いろりの消えかかった火をかきおこすと　灰になってしまった
のきばの雨だれも凍ったのか　いつしか　しずくの音もとだえ
戸口の暖簾（のれん）は風に吹かれ　しめきってあるのに　またしても開く

文学の中でくりごとをするのが　何よりよくないと　知ってはいても
私の感情がたかぶると　おのずから　悲哀にむかうのだ

注　(1)元符三年の冬の作。この年の七月に棣州（ていしゅう。今山東省陽信県）の教授に任ぜられた。地方教官。(2)艱　障害があって進みがたいことであるが、憂うべき事の義ともなる。虞にも同じく憂うべきことの義がある。(3)簾　もともと竹のすだれであるが、現代の中国で門帘（もんれん）とよばれるものと同じく戸口のカーテン（冬には綿入りの布を用いる）を言うのではなかろうか。(4)孰は熟と通用する（紀昀〔きいん〕の説）。王安石の詩に「文章　尤（こと）に忌む　悲哀を数うることを」。

孔平仲（こうへいちゅう）

生歿年不明。字は毅父（きほ）。新喩（しんゆ）（江西省の県）の人。治平二年（一〇六五）進士。党争のため一時流されていたこともあるが、徽宗のとき復職し、延安（陝西）の知府であった。兄文仲および武仲みな詩人で、三孔とよばれたが、詩は最年少の平仲がすぐれていた。三人の詩文を集めた「清江三孔集」の中で、かれの集は「朝散集」十五巻。

93 禾熟

百里西風禾黍香
鳴泉落竇(1)穀登場
老牛粗了耕耘債
齧草坡頭臥夕陽

百里　西風　禾黍　香ばし
鳴泉　竇に落ち　穀　場に登る
老牛　粗ぼ耕耘の債を了りて
草を坡頭に齧んで　夕陽に臥す

みわたすかぎり　稲やきびの香り高く　西風が吹きとおる
音をたてていた泉の水も穴におさまり　稲束は麦打ち場に集められた
老いた牛は　畑仕事のつとめを　まずははたして　今は
丘べの草をかみつつ　夕日の中に　寝そべっている

注　(1)鳴泉落竇　秋になって水がひいた有様（銭鍾書氏の説）。ただし「水がいらなくなった今も、泉の水は音高く流れている」義とも解しえられる。

張舜民

生歿年不明。字は芸叟。号は浮休居士。陳師道の姉の夫。邠州（陝西省邠県）の人。徽宗の世に吏部侍郎となった。「画墁集」八巻がある。

94 村居

水遶陂田竹遶籬
楡銭(1)落盡槿花稀
夕陽牛背無人臥
帯得寒鴉(2)兩兩歸

水は陂田を遶り　竹は籬を遶る
楡銭　落ち尽くして　槿花　稀なり
夕陽　牛背に　人の臥す無く
寒鴉の両両たるを　帯び得て帰る

段段畑をめぐる小川　まがきの外をとりまく竹やぶ
楡のさやが落ちたあと　むくげの花もまばらになった
夕日をあびた牛の背に　ねむる人もなく
二羽のからすとつれだって　帰ってゆく

注　(1)楡銭　にれの実がひらたいさやに入っているのが孔あき銭に似ているからの名。
(2)寒鴉　からすの一種。慈烏（本草）ともいう。くびから胸や腹にかけて灰白色、そのほかは黒色。

晁沖之（ちょうちゅうし）

生歿年不明。字は叔用（しゅくよう）。号は具茨（ぐし）先生。鉅野（きょや）（山東省の県）の人。官途につかず、従兄弟たちが党派の争いにまきこまれ罪をうけた中で、ひとり隠栖していた。江西派の詩人の一人に数えられる。「晁具茨先生詩集」十五巻がある。

95 夜行（やこう）(1)

老去功名意轉疎
獨騎瘦馬取長途
孤村到曉猶燈火
知有人家夜讀書

老い去って　功名（こうめい）に　意（こころ）　転（うた）た疎（そ）なり
独り　瘦馬（そうば）に騎（の）って　長途を取る
孤村（こそん）　暁（あかつき）に到るまで　猶灯火（なおとうか）
知んぬ　人家（じんか）の　夜（よる）　書（しょ）を読む有ることを

年老いるままに　世間の名誉にますます背をむけた私だ
痩せ馬にゆられ　長いひとり旅をつづけてきたが　おや
へんぴな村里に　夜明けまで　あかりが見えている
あれは今夜も　読書にはげむ家があるのだ　きっと

注　(1)夜行　よるのたび。

96 田中行(でんちゅうこう)(1)

落葉如流人
遷徙不可收
嚴霜枯百草
清泚(2)山下溝
我行將涉之
脫屨笑復休
憮然顧籃輿

落葉(らくよう)は　流人(りゅうじん)の如し
遷徙(せんし)して収む可らず
厳霜(げんそう)　百草を枯れしむ
清泚(せいし)たり　山下の溝(みぞ)
我　行きて　将(まさ)に之を渉(わた)らんとし
屨(く)を脱(だっ)し　笑って復休(またや)む
憮然(ぶぜん)として　籃輿(らんよ)を顧(かえり)み

崎嶇(3)反經丘
天風吹我裳
彼亦難(4)久留
晚過柳下門
鳥聲上嘲啾
父老四五輩
向我如有求
邀我酌白酒
酒酣語和柔
指云此屋南
頗有良田疇
勸我耕其中
庶結同社遊
吾母性慈儉
此事誠易謀
伯也久吏隱
可以吾無憂

崎嶇(きく)として　反(かえ)って丘を経(す)ぐ
天風(てんぷう)　我が裳(しょう)を吹く
彼(かしこ)も亦(また)久しくは留(とど)まり難し
晩(ばん)に　柳下(りゅうか)の門を過(よ)ぎる
鳥声(ちょうせい)　上(かみ)に嘲啾(ちょうしゅう)たり
父老(ふろう)　四五輩(はい)ありて
我に向かって　求むること有るが如し
我を邀(むか)えて　白酒(はくしゅ)を酌(く)み
酒酣(たけな)わにして　語ること和柔(わじゅう)なり
指(ゆび)さして云う　此の屋(おく)の南に
頗(すこ)しく　良田疇(りょうでんちゅう)有り　と
我に勧(すす)めて　其の中(うち)に耕(たがや)さしむ
庶(こいねがわ)くは　同社の遊(ゆう)を結ばんことを
吾が母は　性(さが)として　慈倹(じけん)なり
此の事　誠(まこと)に謀(はか)り易(やす)し
伯(はく)や　久しく吏(り)に隠る
以て吾に憂(うれい)　無かる可し

請歸召家室
賣衣買肥牛
所望上帝喜
祈穀常有秋

請（こ）う　帰って家室（かしつ）を召（よ）び
衣（い）を売りて　肥牛（ひぎゅう）を買わん
望む所は　上帝の喜びて
穀（こく）を祈るに　常に秋（みのり）有らんことを

木木の落ち葉は　流浪の民に似ている
どこまでもころげて行き　拾い集めるのもむずかしい
つめたい霜がおり　野の草は枯れてしまった
山のふもとの　清らかな小川の水を
わたって　私は　旅をつづけるつもりだった
くつを脱ぎすてた時　ふと苦笑して　やめにした
重い心のまま　乗って来たかごにもどり
もと来た丘をこえ　坂みちをのぼりくだり　あとがえりした
大空をわたる風が　私のはかまに吹きつける
やはり　いつまでも　とまってはおれない
夕暮れ　柳の木の下の門を　おとのうた
こずえには　ねぐらについた鳥の声がさわがしい

村の老人たちが　四、五人ばかり
何か私に相談をしたいようすだ
濁り酒を　ごちそうしてくれて
酒がまわるとおだやかに語り始めた
「ごらんなさい　この家の南のほうに
りっぱな田地が　あるじゃありませんか」
そこを耕してはどうかと言い　そうなったら
近所づきあいもしましょう　と言ってくれる
母親はやさしく　また質素なたちだから
この計画は　きっと　うまくゆくだろうし
兄は人目にたたぬ役人づとめを長らくしてきた
たぶん　そのほうは　心配あるまい　と思う
ひとつ　家へ帰り　家族たちを連れてこよう
衣類を売りはらっても牛だけは買いととのえよう
何より私が望むのは　お天道さまもにくみたまわず
五穀がいつでも豊作であるよう　ただそれだけだ

注　（1）田中行　はたけのうた。（2）清泚　泚はセイの音もある。水の清らかなさま。（3）崎嶇　山みちの平らかでないさま。（4）柳下　これは春秋時代の魯の国の賢人柳下恵（りゅうかけい）を想起したのかも知れない。

賀鑄（がちゅう）

一〇五二―一一二五。字は方回。号は慶湖（けいこ）遺老。衛州（河北省汲県）の人。太祖の皇后（孝恵后）賀氏の家の子孫で、太平州（安徽省当塗県）の通判（副知事）となったこともあるが、やめて山陰（浙江省紹興市）に住んだ。詞の作家として知られるが、詩もすぐれている。「慶湖遺老詩集」九巻がある。

97　野歩（やほ）

津頭微徑望城斜
水落孤村格嫩沙
黄草菴⑴中疎雨濕

津頭（しんとう）の微径（びけい）　城を望んで斜（なな）めなり
水は落ち　孤村　嫩沙（どんさ）に格（へだ）てらる
黄草庵中（こうそうあんちゅう）　疎雨（そう）　湿（うるお）う

白頭翁媼坐看瓜　　白頭の翁媼　坐して瓜を看る

わたし場から細路が　城のほうまで　斜めについていて
川の水がひいた　やわらかな砂原をこしたさきは　さびしい村
黄色い草ぶきの小屋は　小雨にぬれ
しらが頭の年より夫婦が　じっと瓜の番をしている

注　（1）黄草菴　菴は庵と同じく、草ぶきの小屋が原義。仏教の寺院に限らない。

98　宿芥塘佛祠（芥塘の仏祠に宿る）

壁間得魏湘畢平仲張士宗回所留字皆吾故人也

壁間に魏湘・畢平仲・張士宗（?）が留めし所の字（筆跡）を得たり　皆吾が故人（友人）なり

青青穬(1)麥欲抽芒　　青青たる穬麦　芒を抽かんと欲す
浩蕩東風晩更狂　　浩蕩たる東風　晩に更に狂なり
微逕斷橋尋古寺　　微逕　断橋　古寺を尋ね
短籬高樹隔横塘　　短籬　高樹　横塘を隔つ

開門未掃楊花雨
待晩先焼柏子香
底許(2)暫忘行役倦
故人題字満長廊

門(もん)を開けば　未だ掃(はら)わず　楊花(ようか)の雨
晩を待って　先ず焼く　柏子(びゃくし)の香(こう)
底(いずれ)の許(ところ)か　暫(しばら)く　行役(こうえき)の倦(けん)を忘れんとならば
故人の題字　長廊(ちょうろう)に満つ

青青とつづく大麦は　今しも穂を出そうとするところで
吹きまくる東風は　夕ぐれどき　いっそういきおいを増した
細道づたい　落ちた橋をこえ　ふる寺をとおうとして
低いかきねのかなた　高い木立の下　堤の向うに見つけた
門の中は　庭いっぱいの柳の綿　まだ掃除もしてないが
くらくならぬさきから　仏さまの前には　香が立ててある
さて　旅のうさをしばし忘れるよすがは何か　といえば
友人たちの筆の跡が　回廊のどことといわず　残してあったことだ

注　(1)穬麦　大麦のこと。(2)底許　何所と同義。

唐庚（とうこう）

一〇七一―一一二一。字は子西（しせい）。丹稜（たんりょう）（四川省の県名）の人。進士に合格し任官したが、恵州に流された。人柄も詩文も蘇軾に似ていたので、小東坡とよばれた。「眉山唐先生文集」三十巻がある。

99 醉眠（酔うて眠る）

山靜似太古
日長如小年
餘花猶可醉
好鳥不妨眠
世味門常掩
時光簟已便
夢中頻得句
拈筆又忘筌（1）

山静かにして　太古（たいこ）に似たり
日長うして　小年の如し
余花　猶（なお）　酔う可し
好鳥（こうちょう）も　眠りを妨（さまた）げず
世味（せみ）には　門　常に掩（おお）い
時光　簟（てん）　已（すで）に便（べん）なり
夢中　頻（しき）りに句を得たり
筆を拈（と）れば　又筌（せん）を忘る

山は　大昔のような静けさ
日の長さ　小一年くらいもあろうか
まだ残った花があって　飲みながらながめるによく
うれしい鳥のさえずりも眠りをさまたげることはない
私は門をしめきり　世事にかかりあうまいと思う
もう竹のベッドが　ちょうどこころよい季節になった
夢の中で　詩の句を思いつくことが　いくどもあるが
さて筆を取り上げると　何と言ったか忘れてしまっている

注　(1)忘筌　筌はやな（魚をとる道具）。「魚を得て筌を忘る」は「荘子」外物篇のことばで、目的を達したら手段を忘れた意。ここでは言葉のきっかけほどの意であろうか。

100　訊囚（囚（めしゅうど）を訊（ただ）す）

參軍坐廳事(1)
據案嚼齒牙
引囚到庭下

参軍　庁事（ちょうじ）に坐し
案（つくえ）に拠（よ）って　歯牙（しが）を嚼（か）む
囚（しゅう）を引いて　庭下（ていか）に到れば

囚口争喧嘩(2)
參軍氣益振
聲厲語更切
自古官中財
一一民膏血
爲吏掌管鑰
反竊以自私
人不汝誰何
如摘頷下髭
事老惡自彰
證佐日月明
推窮見毛脈
那可口舌爭
有囚奮然出
請與參軍辨
參軍心如眼
有睫不自見

囚は口ぐちに争って喧嘩たり
参軍　気　益ます振い
声厲しゅうして　語は更に切なり
「古えより　官中の財は
一一　民の膏血なり
吏と為って　管鑰を掌り
反って竊んで　以て自から私す
人は汝を誰何せざれば
頷下の髭を摘むが如し
事老いて　悪　自から彰わる
証佐は　日月よりも明らかなり
推窮して　毛脈を見る
那ぞ　口舌もて争う可けんや」
囚有り　奮然として出で
参軍と弁ぜんと請う
「参軍、心は眼の
睫有りて　自からは見ざるが如し

參軍在場屋(3)
薄薄有聲稱
只今作參軍
幾時得騫騰
無功食國祿
去竊能幾何
上官乃容隱
曾不加譴訶
囚今信有罪
參軍宜揣分
等是爲貧計
何苦獨相困
參軍噤無語
反顧吏卒羞
包裹琴與書(4)
明日吾歸休

参軍　場屋に在りて
薄薄として　声称有りき
只今　参軍と作り
幾時か　騫騰するを得ん
功無くして　国の禄を食む
窃みを去ること　能く幾何ぞ
上官　乃ち　容隠し
曽て　譴訶を加えず
囚　今　信に罪有れども
参軍は宜しく　分を揣るべし
等しく是れ　貧の為にする計なり
何ぞ苦だ　独り相困しむ」
参軍　噤んで　語無し
吏卒を反顧て　羞ず
琴と書とを　包裹して
明日　吾　帰休せん

取調べ役が　広間にどっかとすわり
つくえの前で　歯がみしていた
囚人どもを　白洲（しらす）へ引き出してくると
囚人は　口ぐちに　わめき　さわぐ
取調べ役は　いよいよ　いきまき
声をあららげ　しさいに　説明した
「昔から言われるとおり　政府の公金は
ひとつひとつ　人民の脂と血なのだ
役人として　鍵をあずかりながら
あろうことか　公金をぬすみ　私腹をこやすとは
とがめるものが　誰ひとりないから
あごのひげを抜くより　たやすいことだった
久しいあいだの悪事も　とうとう　露見した
白日より明らかな　証拠がある
毛すじの末まで　つきとめてあるのだ
つべこべ言っても　もう　だめだぞ」
ひとりの囚人が　いきおいこんで　前へ進み

取調べ役に　言い開きしたいと　申し出た
「あなたさまは　目の前の
まつ毛が見えぬのと　同じでいらっしゃる
文官試験の合格のご成績は
人の評判になるほどだったと　聞いております
それが今もって　たかが取調べ役どまり
出世なさるのは　いつの日やら知れませぬ
いさおしもなく　国の給金をいただくのが
ぬすみと　どれほど　ちがうものか
ところが　上役のほうでも　知らぬ顔で
まるきり　おとがめを受けたこともない
私は　いかにも罪がございます　けれども
あなたさまも　ご自身の分(ぶん)を知っていただきたいもの
貧ゆえのしわざは　同じことじゃありますまいか
どうして　私どもばかり　これほど苦しめなさる」
取調べ役は　口をつぐんでしまったが
下役や衛兵を見かえって　気はずかしげに

「持って来た琴と書物の荷づくりをしろ
あす　わしは　国へひっこむわ」

35

注　(1)庁事　大ひろま。古くは聴事と書き、官吏の執務場所の意。(2)喧嘩　声のやかましいこと。中国の用法ではこの二字には争う意はない。(3)場屋　文官任用試験の試験場をいうことば。(4)琴与書　教養ある文化人であることをあらわすもの。

南宋

李彌遜（りびぞん）

一〇八五―一一五三。字は似之。連江（福建省）の人。大観三年（一一〇九）の進士。戸部侍郎（大蔵次官）に進んだが、宰相秦檜にさからって辞職し、郷里に帰って隠退した。「筠渓集」二十四巻がある。

1　雲門(1)道中晩歩

層林疊巘暗東西
山轉崗回路更迷
望與游雲奔落日
歩隨流水赴前溪
樵歸野燒孤煙盡
牛臥春犁小麥低
獨繞輞川(2)圖畫裏

層林　畳巘　東西に暗し
山は転じ崗は回りて　路更に迷う
望は游雲とともに　落日に奔り
歩は流水に随って　前渓に赴く
樵　帰って　野焼　孤煙　尽き
牛は臥して　春犁　小麦　低し
独り繞る　輞川　図画の裏を

酔扶(3)白叟杖青藜　　酔うて白叟を扶けて　青藜を杖つく

東も西も　重なり合った林と峰とが　光をさえぎり
山や丘を　めぐりめぐってゆく　路のさきは知れない
目はゆく雲を追って　日の沈むほうに向かいながら
足は水の流れについて　いつしか前方の谷川へ出た
きこりが帰ったあとの野火の煙　それもやがて消え
春の耕しに出た牛が寝ているあたり　小麦はまだ低い
ひとりぼっちで唐の王維の輞川図巻の中を歩きまわっている気がする
酔っぱらった白髪の翁をささえて　青いあかざの杖をもつ人もある

注　(1)雲門　浙江省紹興市の南にある山。雲門寺という寺があった。同じ名の寺と山は広東省乳源県の北にもあって、禅宗の祖師がいたが、これはおそらくは浙江の山。(2)輞川　唐の詩人王維（六九九―七六一）が晩年に住んだ別荘の名。王維は自からその風景を描いた「輞川図」があって、模本が存する。(3)酔扶一句　白叟は作者自身をさすとし、「酔った老人をささえるものは一本の杖だ」と解する説がある（銭鍾書氏）。それならば「杖青藜」は「杖は青藜」と訓読すべきであるが、少しく無理なようである。

2　春日即事(しゅんじつそくじ)

小雨絲絲欲網春
落花狼藉近黄昏
車塵不到張羅(1)地
宿鳥聲中自掩門

小雨(しょうう)　糸糸(しし)　春を網(あみ)せんと欲(ほっ)す
落花(らっか)　狼藉(ろうぜき)して　黄昏(こうこん)に近し
車塵(しゃじん)は到らず　羅(ら)を張るの地に
宿鳥(しゅくちょう)の声中(せいちゅう)　自(みず)から門を掩(おお)う

糸のような小雨(こさめ)は　春げしきに網をかぶせたようだ
落ちた花びらはきたならしく　もうたそがれも近い
貴人の車の塵(ちり)も　この雀網(すずめあみ)でも張れそうな不景気な家にはとどかない
寝ぐらにつく鳥のざわめきの中　私は門をしめに出る

注　(1)羅　雀羅（すずめあみ）。漢の翟公（てきこう）の故事（「史記」汲黯〔きゅうあん〕伝）。翟公の羽ぶりがよかったときは訪問客が多かったが、勢力を失ってからは「門外に雀羅（じゃくら）を設ける」ほどのさびれかたであった。

呂本中（りょほんちゅう）

一〇八四―一一四〇ごろ。字は居仁（きょじん）。号は東萊（とうらい）先生。中書舎人（詔勅起草係）まで進んだ。諡（おくりな）は文靖（ぶんせい）。江西派の詩人。詩集は「東萊詩集二十巻」または「紫微集」。詩話もある。

3 春日即事（しゅんじつそくじ）(1)

病起多情白日遲
强來庭下探花期
雪消池館初春後
人倚欄干欲暮時
亂蝶狂蜂俱有意
兎葵(2)燕麥(3)自無知
池邊垂柳腰支活(4)
折盡長條爲寄誰(5)

病（やまい）より起（た）てば　多情なる　白日（はくじつ）　遅し
強（し）いて庭下に来たりて　花期を探（と）う
雪は池館に消ゆ　初春（しょしゅん）の後（のち）
人は蘭干（らんかん）に倚（よ）る　暮れんと欲する時
乱るる蝶　狂おしき蜂　倶（とも）に意（い）有り
兎葵（とき）　燕麦（えんばく）　自（おのず）から　無知なり
池辺の垂柳（すいりゅう）　腰支（ようし）　活（かつ）なれども
長条を折り尽くして　為（ため）に　誰にか寄せん

病みあがりの私をあわれと思ってか　日はまだ長い
重い足をひきずり　庭さきの花が　いつ咲くかとしらべる
雪が消えたあとの池殿の　早春はすぎて
おばしまによりそう　日ぐれのひととき
舞いくるう蝶や蜂は　いかにも　心ありげなようすだけれど
それにひきかえ　兎葵・燕麦は　まるで何も知らぬ顔つき
池の岸のしだれ柳の　なよなよとゆれる腰つきにひかれて
その長い枝を折り取ったが　言(こと)よせてくれる人はあるだろうか

注　(1)即時　目にふれるままに作った詩。大観二年(一一〇八)の作。(2)兎葵　和名抄などではいえにれをあてる。せつぶんそうをあてるのは誤りという。(3)燕麦　和名かもじぐさあるいはやまかもじぐさ。からすむぎともいう。どちらも雑草である。(4)腰支活　腰支は腰肢と同じ。腰身ともいう。活は固定しないこと。揺れ動くさまをいう。(5)為寄誰為は私の為にの意。柳の枝を送って心をあらわすべき相手はないし、またそれをとどけてくれる人もないというのであろう。

4　兵乱後(へいらんご)　雑詩(ざつし)(1)(その一)

晩逢戎馬際
處處聚兵時
後死翻爲累
偸生未有期
積憂全少睡
經刼抱長饑
欲逐范仔輩
同盟起義師
〔原注〕近聞
河北布衣范
仔起義師

晩に逢う　戎馬の際に
処処　兵を聚むる　時
後れて死するは　翻って累いと為り
生を偸んで　未だ期有らず
憂いを積んで　全て　睡り少なく
刼を経て　長き饑えを抱く
范仔が輩を逐うて
同じく盟いて義師を起こさんと欲す
〔原注〕近ごろ河北の布衣范仔の義師を起こせるを聞く

年おいて　私は戦乱の世に出あった
どこといわず　兵士の募集がある時だ
勇ましく死んだ人におくれたのは　私の不運になった
おめおめ生きながらえて　このさきいつまでいることか

不安はつもりつもって　眠れぬ夜のみ多く
劫火のあと　長い凶作のうえに苦しめられる
范仔　あの人人のあとにつづいて　私も
血をすすりあい　義勇隊を起こそうか　と思う

注　(1)これは一一二六年、金国の軍が北宋の都開封をおとしいれ、徽宗（きそう）・欽宗（きんそう）の皇帝親子を捕虜として北方へ連れ去ったあくる年、金の兵が引きあげたあとの都へ呂本中がもどった時の作であろうという（銭氏の説）。二十九首の連作であったが、今は五首しか伝わらない。

5（その四）

萬事多翻覆
蕭蘭(1)不辨眞
汝爲誤國賊
我作破家人
求飽羹無糝

万事（ばんじ）　翻覆（はんぷく）多し
蕭蘭（しょうらん）　真を弁（べん）ぜず
汝（なんじ）は　国を誤りし賊（ぞく）為（た）り
我は　家を破りし人と作（な）る
飽（あ）かんことを求むれども　羹（あつもの）に糝（さん）無く

澆愁爵有塵
往來⑵梁上燕
相顧却情親

愁いを澆わんとすれば　爵に塵有り
往来す　梁上の燕
相顧みて　却って情親しむ

すべての局面は　猫の目のようにかわりやすく
正しいものと邪悪なものとの見わけもつかない
だが　きさまらだ　国を売ったやつは　そして
私は　一家離散し　さすらいの身となった
腹をみたそうとしても　汁の中に米粒はなく
愁いをはらおうにも　盃はほこりまみれのまま
それにしても　うつばりを飛びかう　つばめが
私を訪うてくれたのは　やはり　なつかしい

注　(1)蕭蘭　蘭は香気たかい草、蕭は雑草。正しい人と邪悪な人との比喩として慣用される（屈原の離騒にもとづく。「詩経」楚辞篇参照）。(2)相顧一句　相顧は（燕の）作者に対する行動とも、また（作者の）燕に対する行動とも解しうる。ここは前者に解した。情親は燕の情と解し得ないことはないが（「したしげにやって来た」）、燕の行動に対し作者の感じを表わすものと解する。

6 (その五)

蝸舎嗟蕪沒
孤城亂定初
籬根留敝屨(1)
屋角得殘書
雲路慚高鳥
淵潛羨巨魚
客來缺佳致
親爲摘山蔬

蝸舎　蕪没せるを嗟く
孤城　乱の定まれる初め
籬根には　敝屨を留め
屋角に　残書を得たり
雲路　高鳥に慚じ
淵に潜めるには　巨魚を羨む
客来たって　佳致を欠けば
親から　為に　山蔬を摘む

かたつむりの殻ほどのわが家は草にうずまっていた
孤立した町　やっと戦乱が少しおちついたころ
まがきの根もとに　破れ靴が　のこっていたし
室のすみから　ばらばらの書物も　見つかった

うらやましいのは　雲ま高く飛んでゆく鳥と
水底深く隠れている大魚の　自由な生活
客が来て　もてなす品もないままに
山の野菜を　自分の手で　抜いてくる

注　(1)敝屦　屦はもともと麻のわらじのこと。敝は破れた義。

朱弁（しゅべん）

?―一一四四。字は少章。号は観如居士。婺源（ぶげん）（安徽省）の人。朱熹（しゅき）の大おじ。金国へ使節として赴き帰ったのちも官に在った。詩集は今伝わらない。次の詩は元好問（げんこうもん）の「中州集」に収められている。

7　送春(1)（春を送る）

風煙節物眼中稀

風煙　節物（せつぶつ）　眼中（がんちゅう）に稀（まれ）なり

三月人猶戀褚衣
結就客愁雲片段
喚回郷夢雨霏微
小桃山下花初見
弱柳沙頭絮未飛
把酒送春無別語
羨君纔到便成歸

三月　人は猶(なお)褚衣(ちょい)を恋う
客愁(かくしゅう)を結び就(な)す　雲の片段(へんだん)
郷夢(きょうむ)を喚(よ)び回(かえ)す　雨は霏微(ひび)たり
小桃(しょうとう)　山下(さんか)　花初めて見(あら)われ
弱柳(じゃくりゅう)　沙頭(さとう)　絮(じょ)未(いま)だ飛ばず
酒を把(と)りて春を送るに別(べつ)の語(ご)無し
君が纔(わず)かに到りて便(すなわ)ち帰るを成すを羨(うらや)む

春風もかすみも　そして季節の景物も　私の目にははいらない
三月(やよい)というのに　やはり綿入れの恋しい　このごろではある
旅人の悲しみを空にむすびなしたかのような　雲のきれぎれ
故郷の夢をまたしてもよびかえすのは　けむりのような雨足
山のふもとでは　やっと小さな桃の花が　顔を出したばかりで
砂地にならぶ青柳の白いわた毛は　まだまだ飛びはじめない
酒を手にしつつ　行く春を送る私は　ほかに言うすべを知らぬ
ただうらやましい　君は来たかと思うと　すぐ帰ってゆくのだね

注　(1)朱弁は南宋の使節として金国に赴き抑留され十五年間屈服せず、遂に本国へ帰還を許された。この詩は抑留中の作。最後の句は帰国できない自身の胸中を訴えたものである。

曹勛（そうくん）

?―一一七四。字は公顕（こうけん）。陽翟（ようてき）（河南省禹県）の人。金国へ連れ去られた高宗の母の韋太后を迎えた功により、太尉の位をえ、諡は忠靖。「松隠文集」がある。

8　望太行(1)（太行（たいこう）を望む）

落月如老婦
蒼蒼無顔色
稍覺林影疎
已見東方白
一生困塵土
半世走阡陌

落月（らくげつ）　老いたる婦（ふ）の如し
蒼蒼（そうそう）として　顔色（がんしょく）無し
稍（やや）　林影（りんえい）の疎（そ）なるを覚えしに
已（すで）に見る　東方（とうほう）の白きを
一生　塵土（じんど）に困（くる）しみ
半世（はんせい）　阡陌（せんぱく）に走れり

臨老復茲遊　　老(ろう)に臨んで　復茲(またここ)に遊ぶ
喜見太行碧　　喜び見る　太行(たいこう)の碧(へき)なるを

しずみゆく月は　老いた婦人に似る
まっさおな色　顔だちの美しさもない
林の影が少しずつまばらになったと思ううち
はやくも　東のほうは　白みそめていた
一生　私は塵(ちり)ほこりのあいだで　くたびれ
そのなかばは　原野のみちをかけめぐっていた
老年になって　またここをとおるのだ
太行の山のみどりを見たうれしさよ

注　(1)太行　河北省と山西省のさかいを南北につらなる山脈。曹勛は北シナで成長し、南宋になってから一一四一—一一四二の二年間。金国への使節として赴いた。この詩はその途中、少年のころなじみ深かった山を見ての作である。

左緯

生歿年不明。字は経臣。黄巌（浙江省の県）の人。政和年間（一一一一―一一一七）に詩名があったという。「委羽居士集」一巻がある。

9　避寇[1]即事（その一）

草暗迷人迹
山空答履聲
夜眠溫石去
朝爨束薪行
骨肉長嬉笑
交朋毎送迎
回思無事日
已恐是前生

草暗うして　人迹に迷い
山空しゅうして　履声に答う
夜眠るには　石を温めて去り
朝に爨ぐには　薪を束ねて行く
骨肉　長えに嬉笑し
交朋　毎に送迎す
事無かりし日を回思すれば
已に恐る　是れ前生なるかと

草のくらいしげみの中では　人の足あとも見つからない

人けのない山に　私のくつの音がこだまする
夜は　石をあたためて　寝場所としたあと
朝には　たきぎの束をかかえて　炊事に出る
いつも肉親たちみんなの笑い声を聞き
友人たちを毎日送り迎えした　あのころ
平和だった時代を思いおこせば
まるで前世のことかと疑われる

注　(1)避寇　寇は外敵。金の侵入軍をさす。三首のうちの第一首。

10　(その二)

寂寞空山裏
黄昏百怪新
鬼沿深澗哭
狐出壊牆嚬
小雨俄成霰

寂寞(せきばく)たり　空山(くうざん)の裏(うち)
黄昏(こうこん)　百怪　新(あら)たなり
鬼(き)は　深澗(しんかん)に沿(そ)うて哭(こく)し
狐(きつね)は　壊牆(かいしょう)を出でて嚬(ひん)す
小雨(しょうう)　俄(にわ)かに霰(あられ)と成り

孤燈不及晨　　孤灯　晨に及ばず
開門謝魑魅　　門を開いて　魑魅に謝す
我是太平人　　我は是れ　太平の人なり

さびしい　人けのない山おくでは
たそがれになると　さまざまな化け物が出る
ゆうれいは　深い谷川のへりで泣き声をたてているし
きつねは　くずれた土べいのすきから　顔をしかめてみせる
小雨が　気がつくと　あられに変わっていた
たった一つのともしびも　朝までもちそうもない
門をあけて　化け物どもに　ことわっておく
「わしは平和に育った人間だからね」

11　避賊書事(1)（その二）

妻兒共一區　　妻と児と　一区を共にす
日夜謹相守　　日夜　謹んで相守る

遙驚白旗(2)來
不覺四散走
汝死吾不知
吾亡汝何咎
隔林聞哭聲
相見眞成偶

遥かに　白旗の来たるに驚き
覚えず　四散して走れり
汝死するも　吾は知らざらん
吾亡するも　汝に何の咎かある
林を隔てて　哭声を聞く
相見ること　真に偶を成せり

妻や子どもと　ひとところにかたまって
昼も夜も　たがいに目をはなさないでいたが
遠くから賊の旗が来ると知るや　びっくりし
おぼえず　散りぢりに　逃げ走った
おまえが死ぬのも　わしにはわかるまい
わしが死んだとて　おまえに罪はない
林の向うで　泣く声を聞きつけて
出あえたのは　ほんとに　偶然だったなあ

注　(1)避賊　賊はおそらく中国の反乱軍をさす。書事は出あったことを書きとめる意。五首の第二首。(2)白旗　おそらく反乱軍の旗。

12 (その四)

今我有三子
欲謀分置之
庶幾一子在
可以收我尸
老妻已咽絶
三子皆號悲
生離過死別
不如還相隨

今　我　三子有り
之を分置することを謀らんと欲す
庶幾わくは　一子の在りて
以て我が尸を収む可けん　と
老妻　已に咽絶し
三子も　皆号悲す
生離は　死別に過ぎたり
如かず　還相随わんには

私は今　三人の男の子がある
別別にあずけちゃどうか　と切り出してみた
そうすれば　一人だけでも　生きのこり
私のむくろを　かたづけてくれるだろう

聞くなり　妻は　のどをつまらせた
子どもたちも　声をあげて　みんな泣く
まったくだ　生き別れは　死に別れよりなおつらい
やっぱり　いっしょにくらすときめよう

陳與義（ちんよぎ）

一〇九〇―一一三八。字は去非（きょひ）。号は簡斎（かんさい）。洛陽（河南省）の人。政和三年（一一一三）進士。南宋になってのち、翰林学士・参知政事（副宰相）の官についた。「簡斎詩集」三十巻がある。

13　和張矩臣墨梅（1）（張矩臣（ちょうくしん）の「墨梅（ぼくばい）」に和す）

含章簷下春風面（2）
造化功成秋兎毫
意足不求顔色似

含章（がんしょう）の簷下（えんか）　春風（しゅんぷう）の面（おもて）
造化（ぞうか）の功（こう）は成る　秋兎（しゅうと）の毫（ごう）に
意（い）足（た）って　求めず　顔色の似たることを

前身相馬九方皋(3)

前身（ぜんしん）は　相馬（そうば）の九方皋（きゅうほうこう）ならん

含章殿のひめぎみのひたいに落ちたという　花びら六つにも似て
造化のくすしき力をうばう　絵筆のたくみさよ
精神を写せば十分　色彩の類似は求めない　それが絵師の本意ならば
たぶん前世は馬の鑑定者　名高い九方皋その人でもあったろうか

注　(1)張矩臣は張規臣と書くテクストもある。絶句五首の第一首。陳与義の母方のいとこ。宣和五年（一一二三）以前の作。陳与義はこの五首の詩によって名を知られ、徽宗皇帝の知遇をうけたという。墨梅は墨絵の梅に題した詩で張矩臣はその詩の作者。(2)劉宋の武帝（五世紀）のとき、寿陽公主（内親王）が正月の七日含章宮ののきばにいたら、梅の花がひたいに落ちた故事。(3)伯楽は馬を見る名人であったが、「九方皋は自分よりいっそう上手だ。かれは馬の外面よりもその内部を見ぬく」と言った。戦国時代（前四世紀）の話として、列子にしるされる。

14　春日(しゅんじつ)(1)

朝來庭樹有鳴禽
紅綠扶春上遠林
忽有(2)好詩生眼底
安排句法已難尋

朝来(ちょうらい)　庭樹(ていじゅ)に　鳴禽(めいきん)　有り
紅緑(こうりょく)　春(はる)を扶(たす)けて　遠林(えんりん)に上(のぼ)る
忽(たちま)ち　好詩(こうし)の眼底(がんてい)に生(しょう)ずる有り
句法(くほう)を安排(あんばい)するに　已(すで)に尋(たず)ね難(がた)し

けさほど　庭木に　小鳥の鳴き声が聞こえた
遠くの林では　赤や緑の色とりどりに春を染め成している
私は　とつぜん　すばらしい詩が目の奥へ舞いこんだと感じ
句づくりを工夫するまに　ああ　詩はどこかへ消えうせた

注　(1)やはり宣和五年ごろの作。二首の第一首。(2)安排はうまく排列すること。

15　夏日集葆眞池上以綠蔭生晝靜賦詩得靜字(1)
（夏日(かじつ)　葆真池(ほうしんち)の上(ほとり)に集(つど)い「緑蔭(りょくいん)　昼静(ちゅうせい)に生(しょう)ず」を以て詩を賦(ふ)して　静(せい)の字を得たり）

清池不受暑
幽討起予病②
長安③車轍邊
有此荷萬柄④
是身唯可懶
共寄無盡興
魚遊水底涼
鳥語林間靜
談餘日亭午⑤
樹影一時⑥正
清風不負客
意重百金贈
聊將兩鬢蓬⑦
起照千丈鏡
微波喜搖人
小立待其定

清池　暑を受けず
幽討すれば　予が病を起こさしむ
長安　車轍の辺に
此の荷の万柄なる　有り
是の身　唯　懶なる可し
共に　無尽の興を　寄す
魚は　水底の涼しきに　遊び
鳥は　林間の静かなるに語る
談余　日　亭午
樹影　一時　正し
清風　客に負かず
意は　百金の贈よりも　重し
聊か　両鬢の蓬たるを将って
起って　千丈の鏡に　照らす
微波　喜んで　人を揺がす
小く立ちて　其の定まるを待つ

梁王[8]今何許
柳色幾衰盛
人生行樂耳[9]
詩律已其賸
邂逅一尊酒
他年五君詠[10]
重期踏月來
夜半嘯煙艇

梁王　今　何の許ぞ
柳色　幾たびか衰盛せし
人生　行楽のみ
詩律は　已に其の賸なり
邂逅す　一尊の酒
他年　五君の詠あらん
重ねて期す　月を踏んで来たり
夜半　煙艇に嘯ぶかんことを

清らかな池のほとり　ここへは暑気も入りこまない
静けさを求めた私は　病気もいえたようだ
都のまんなか　車馬のゆききはげしい中に
こんなにも多くの　はすの葉を見ようとは
私のこの体には　何よりなまけることがよいらしい
ここに人人と　つきることなき感興をともにする
さかなの群は　すずしげな水底で　たわむれ
小鳥たちは　林の木のまに　静かにさえずりかわす

話しこむうちに　いつしか　まひるとなった
木木の影は　このとき　まっすぐに　見える
さわやかな風は　われわれの期待にたがわず
百枚の黄金にもまさる　おくり物をもたらす
私は　くしの歯も入れぬ　びんのすがたを
この深い深い鏡に向かって　うつしてみる
さざなみは　とかく　人のかげをゆり動かす
じっと立って　私は　水のすむまで　待つ
庭園を営んだ　昔の梁王は　今はどこへ行ったろう
そののち　柳の色も　いくど　さかえ衰えたことか
人と生まれたかいは　享楽　それだけだ
詩のたくみなどは　余分のものなのだ
ここでゆくりなくも酌(く)む　一瓶(かめ)の酒は
やがて他日詩人の「五君の詠」の材料であろう
私はもう一度来たい　月の光の下を歩き
まよなかに船を浮かべ　歌を口ずさみつつ

注　(1)宣和五年（一一二三）、太学博士（大学教官）であった時の作。葆真池は汴京の葆真宮という道教の寺院にあった池。「緑蔭生昼静」は唐の詩人韋応物の詩の一句。この句の五字を集まった五人に分け、おのおのその一字を韻字として詩を作ったのである。(2)起予病　病気を快方に向かわせること。(3)長安　ここでは単に都という代りに使ってある。実は宋の都汴京（べんけい。今の河南省開封）をさす。(4)万柄　柄はえ。蓮のくきをさす。(5)亭午　正午。(6)一時　一斉の義としばらくのあいだの義とある。ここは後者に解する。(7)両鬢蓬　蓬は雑草の名。びんの毛のもつれたのをたとえた。詩経に見える用法。(8)梁王　戦国時代の魏の王をさす。魏は恵王のとき、今の開封に都をうつした。孟子に見える梁の恵王である。葆真池は恵王の庭園の池の遺跡だと言われていた。(9)人生行楽耳　漢の楊惲（よううん）がうたったということば。(10)五君詠　劉宋の詩人顔延之（がんえんし。三八四—四五六）が作った五首の詩の題。竹林の七賢のなかから山濤（さんとう）・王戎（おうじゅう）の二人を除く五人のことを詠ずる。すべて酒ずきの人ばかりである。

16　試院書懐(1)（試院にて懐を書す）

細讀平安字(2)　細かに　平安の字を　読むに
愁邊(3)失歲華　愁辺に　歳華を失す
疎疎一簾雨　疎疎たり　一簾の雨

淡淡滿枝花
投老詩成癖
經春夢到家
茫然十年事
倚杖數栖鴉

淡淡たり　満枝の花
老に投りて　詩　癖を成し
春を経て　夢に　家に到る
茫然たり　十年の事
杖に倚りて　栖鴉を数う

家族のたよりを　しさいに読みかえしていると
愁いに沈んだ心には　春の光も　消えうせた
すだれの外をつつむ　けぶりのような小雨
枝いっぱいにさいている　色あわき　花花
年をとって　詩を作ることが　私の習慣になり
故郷の家へは　春をすぎても　帰るのは夢の中
すぎ去った十年は　もう　とりとめようもない
杖にすがって　私はねぐらにつくからすの群を数える

注　(1)試院　文官任用試験の試験場。作者は監督官であった。宣和六年（一一二四）の作。
(2)平安字　家族との手紙には、うわがきに平安としるす。ただし「簡斎詩集」の胡穉の注によると、宋代では文官試験場で用いる「平安暦」というものがあったという。暦の名であろうか。(3)愁辺　愁裏とほぼ同様の意味。

17　早行(1)

露侵駝褐(2)暁寒軽
星斗(3)闌干分外明
寂寞小橋和夢過(4)
稲田深処草蟲鳴

露は駝褐を侵して　暁寒　軽し
星斗　闌干として　分外に明らかなり
寂寞たる小橋　夢に和して過ぐれば
稲田　深き処　草虫鳴く

露けさはらくだの上衣をとおしても　朝の寒気はまだうすく
空には　星座の数数が　ななめにかかり　くっきりと見える
さびしい小橋を　夢のうちに　とおりすぎたとき
たんぼのおくふかく　虫が　すだいていた

注　(1)早行　あさだち。制作の年は不明。この詩は宋版の「簡斎詩集」には収められていない。(2)駝褐　褐はそまつな衣服。駝はらくだ。現在でも中国人はらくだの毛を裏につけた上衣を冬に着ることがある。(3)星斗　斗は北斗七星。闌干はななめになっている形容。
(4)和夢過　和は……といっしょにの義。

劉子翬（りゅうしき）

一一〇一―一一四七。字は彦沖（げんちゅう）。号は病翁（へいおう）。崇安（福建省の県）の人。地方官であったことがあるが、道学者として知られる。「屏山集」二十巻がある。

18　遊朱勔園(1)（朱勔（しゅめん）の園に遊ぶ）

晨暉麗丹極(2)
翼翼侔帝居
向來堂上人
零落煙海隅
聯翩際時會
振迹皆刑餘

晨暉（しんき）　丹極（たんきょく）に麗（かがや）き
翼翼（よくよく）として　帝居（ていきょ）に侔（ひと）し
向来（きょうらい）　堂上の人
零落（れいらく）す　煙海（えんかい）の隅（ぐう）に
聯翩（れんぺん）として　時会（じかい）に際し
迹（あと）を振えるは　皆　刑余

閨帷尙帝主③
皁隷乘軒車
流威被東南
生殺在指呼
樓船載花石
里巷無袴襦
至今江左地
風雲亦嗟吁
叨榮已過量
受禍如償逋
荒涼戟門④路
尙想冠蓋趨
客船維岸柳
鄰人罾池魚
徘徊極幽觀
曲折迷歸途
夜月扃綺戶⑤

閨帷(けいい)には　帝の主(しゅ)を尚(くわ)え
皁隷(そうれい)　軒車(けんしゃ)に乗る
威を流して　東南を被(おお)い
生殺　指呼に在り
楼船　花石(かせき)を載せ
里巷(りこう)　袴襦(こじゅ)だに無し
今に至るまで　江左(こうさ)の地
風雲も　亦(また)嗟吁(さく)す
栄(ほまれ)を叨(みだり)にすること　已(すで)に量を過ぎ
禍(わざわ)いを受くること　逋(おいめ)を償(つぐの)うが如し
荒涼たり　戟門(げきもん)の路(みち)
尚(なお)　冠蓋の趨(はし)りしを想う
客船(かくせん)　岸の柳に維(つな)ぎしに
隣人　池魚を罾(あみ)にす
徘徊(はいかい)して　幽観を極(きわ)むるに
曲折して　帰途に迷う
夜月(やげつ)　綺戸(きこ)を　扃(とざ)し

春風散羅裾
繁華能幾時
喪亂實感予
曹鄶[6]予何譏
此曹眞人奴

春風　羅裾を　散ず
繁華　能く幾時ぞ
喪乱　実に予を感ぜしむ
曹鄶　予　何ぞ譏らんや
此の曹は　真に人奴なり

朝日が　丹ぬりのきざはしに　かがやくとき
つばさをひろげたような建物は　天子の宮殿にひとしい宏壮さだ
ありし昔の　この家のあるじの　家族たちは
今は　遠い　へんぴな　海辺に　流れて行っている
思えば　かれらの一味が　袂をつらねて　ときめいたころ
出世した連中は　すべて　刑をうけた　宦官ら　であった
その息子どもの嫁には　天子の姫君さえ　あったし
召使までが　りっぱな馬車を　乗りまわしていた
その威勢は　ひろく　東南の地域に　おおいかぶさり
人民を　生かすも殺すも　あご一つで　自由になった
大きな船に「花と石」をつみこんで運んだときなど

しいたげられた町の人は　じゅばん股引まで質に入れた
この今でも　江南の地方のそらでは
風や雲の色にも　深いなげきが見える
不相応な栄華は　とっくに度をこしていたから
わざわいが下ると　借金の取り立てよりきびしかった
いかめしい長屋門の前は　もうさびれはてているが
かつて高位の紳士連が　おしかけた頃をおもわせる
来客が船のもやいをつないだ　岸べの柳のあたりへ
今は　近所の男が来て　池の魚を取ろうと網をうつ
庭を歩きまわり　奥へ奥へと　はいってゆくうちに
まがりくねった末は　帰り路も　知れなくなった
明るい月光をめでた　美しい窓や戸もとざされているが
春風が　絹のもすそを　吹きかえした様子がしのばれる
豪奢なくらしも　つかのまだった　そして　そのあとの
戦乱のいたましさこそ　私に　感慨をもよおさせる
あんな下の下のやつは　元来　批評にもあたいしない
あれらは　まったく　人間のくず　だったのだ

注　(1)朱勔　宋の徽宗皇帝にとりいり、花石綱（かせきこう）を始めた男。花石綱は庭木や庭石を集めて都（開封）へ運んだ船隊のことである。朱勔は崇寧四年（一一〇五）より勅命をうけて蘇州に事務局をおき、江南の家家から珍奇な草木や石などを強制的に出させて都に送ったが、少しでも逆らうものは罪をうけて財産を失うめにあい、むすめを身売りさせた者もあった。運送の途中では食糧などの運輸を妨害し、わいろをおびただしく取った。長く江南一帯の住民のうらみとなげきのまとであったが、靖康元年（一一二六）死刑に処せられた。この詩はかれが蘇州にいとなんだ邸宅のことを述べる。(2)麗丹極　麗はくっつく義。またならぶ義もあって、「朝日がすれすれに出てくる」あるいは「やねと同じ高さに朝日がかがやく」意かも知れない。(3)尚帝主　帝主は公主すなわち皇帝のむすめのこと。これを臣下にとつがせることを尚すという。(4)戟門　大邸宅の戟（ほこ）を立てならべた門。唐代では三品（日本の三位にあたる）以上の高官の家にのみ許された。(5)綺戸　きらびやかな装飾のある戸口、または窓。(6)曹鄶一句　曹・鄶は「詩経」国風の曹風および鄶（檜とも書く）風の諸篇。春秋時代、呉の季札が魯の国へ来て音楽の演奏を聞き、いちいち感想を述べたが、曹風や檜風が奏せられたときにはもう何も言わず、非難さえしなかった故事から、多くの中でもっとも価値の低い劣ったものの意に用いられる。

蕭徳藻（しょうとくそう）

生歿年不明。紹興二四年（一一五四）進士。字は東夫（とうふ）。号は千巌居士（せんがんこじ）。長楽（福建省の県）の人。南宋四大家（あるいは五大家）の一人。「千巌択稿」があったというが、今は伝わらない。

19 古梅（こばい） 二首（その一）

湘妃危立凍蛟背
海月冷挂珊瑚枝
醜怪驚人能嫵媚
斷魂只有曉寒知

湘妃（しょうひ） 危立（きりつ）す 凍蛟（とうこう）の背（はい）
海月（かいげつ） 冷やかに挂（か）かる 珊瑚（さんご）の枝
醜怪 人を驚かしめて 能（よ）く嫵媚（ぶび）たり
断魂 只（ただ）暁寒（ぎょうかん）の知る有り

こおりついたみずちの背に まっすぐに立つ 湖水の女神
さんごの枝の上に つめたくかかる 海の月
奇怪なみにくさ しかも そのなまめかしさはおどろくべきだ だが
魂も消えんばかりの感動を知るものは ただ あけがたの寒さばかり

20 （その二）

百千年蘚著枯樹
三兩點春供老枝
絕壁笛聲(1)那得到
只愁斜日凍蜂知

百千年の蘚　枯樹に着き
三両点の春　老枝に供す
絶壁には　笛声も那ぞ到るを得ん
只愁う　斜日　凍蜂の知らんことを

何百年とも知れぬ苔が　枯れた木にくっついていて
老いた枝に　二つぶ三つぶ　春のかざりが見えそめた
この絶壁には　笛の音も　とうていとどくことはあるまい
日が斜めになるころに冬ごもりの蜂がようやく気づくだけであろう

注　(1)笛声　笛の音をここに持ち出したのは、笛の曲に「梅花三弄」と題するものがあるからであろう。

21　樵夫(しょうふ)(1)

一擔乾柴古渡頭
盤(2)纏一日頗優游
歸來磵底磨刀斧
又作全家明日謀

一担(たん)の乾柴(かんさい)　古渡(こと)の頭(ほとり)
盤纏(はんてん)　一日　頗(すこぶ)る優游(ゆうゆう)
帰り来たって　磵底(かんてい)に刀斧(とうふ)を磨(ま)し
又　全家明日(みょうにち)の謀(ぼう)を作(な)す

ひとかたげの柴(しば)をにない　昔からの渡し場に立つ
この売り代(しろ)で　まず一日は十分すごせるというものさ
もどってくると　谷あいで　斧(おの)やなたをとぎあげておく
こいつを明日もまた　一家のくらしのもとでにするのだ

注　(1)樵夫　きこり。(2)盤纏　元以後ではふつう旅費の意。しかし、ここでは生活費の意に解する（銭氏に従う）。優游は十分余裕があること。

陸游(りくゆう)

一一二五―一二一〇。字は務観。号は放翁。山陰（浙江省紹興市）の人。官吏としては宝謨閣待制の地位と渭南伯（伯爵）の称号をえた。南宋第一の詩人。「剣南詩稿」八十五巻がある。今伝わる詩だけでも一万首にちかい。

22 寄酬曾學士(1)學宛陵體比得書云所寓廣敎僧舍有陸子泉每對之輒奉懷

（曽学士に寄酬し　宛陵の体を学ぶ　比ごろ書を得たり　云う「寓する所の広教僧舎に　陸子泉有り　之に対する毎に　輒ち懐い奉る」と）

庭中下午鵲(2)
門外傳遠書
小印紅屈蟠
兩端黃蠟塗
開緘展矮紙
滑細疑卵膚
首言勞良苦(3)
後問逮妻孥

庭中に　午鵲　下り
門外に　遠書を伝う
小印　紅い　屈蟠たり
両端　黄蠟もて塗る
緘を開いて　矮き紙を展ぶれば
滑細なること　卵膚かと疑う
首めに言うは　労すること　良に苦ろなりと
後には問うて　妻孥に逮ぶ

中間勉以仕
語意極勤渠
字如老瘠竹
墨淡行疎疎
詩如古鼎篆
可愛不可摹
快讀醒人意
垢癢逢爬梳
細讀味益長
炙轂出膏腴
行吟坐臥看
廢食至日晡
想見落筆時
萬象聽指呼
亦知題詩處
綠井石髮(4)粗
公閑計有客

中間　勉(はげ)ますに　仕(つか)えを以てす
語意　極めて　勤渠(きんきょ)なり
字は　老いたる瘠竹(せきちく)の如し
墨(すみ)は淡(たん)にして　行(ぎょう)は疎疎(そそ)たり
詩は　古(いにし)えの鼎(かなえ)の篆(てん)の如し
愛す可(べ)くして　摹(も)す可らず
快読すれば　人意(じんい)を醒(さ)めしむ
垢癢(こうよう)　爬梳(はそ)に逢う（がごとし）
細読(さいどく)すれば　味わい　益(ます)ます長し
轂(こしき)を炙(あぶ)りて　膏腴(こうゆ)を出す（がごとし）
行(ゆ)くゆく吟(ぎん)じ　坐臥(ざが)して看(み)
食(しょく)を廃して　日の晡(ほ)なるに至る
想見(そうけん)す　落筆(らくひつ)の時
万象(ばんしょう)　指呼を聴きしことを
亦(また)知る　詩を題する処
緑井(りょくせい)　石髪(せきはつ)の粗(そ)なることを
公(こう)　閑(かん)なれば　計(はか)るに　客(かく)有りて

煎茶置風爐
倘公無客時
濯纓亦足娯
井名本季疵(5)
思人理豈無
居然及賤子
媿謝恩意殊
幾時得從公
舊學鋤荒蕪(6)
古文講聲形(7)
誤字辨魯魚
時時酌井泉
露芽奉瓢盂
不知公許否
因風報何如

茶を煎(に)て　風炉(ふうろ)を置かん
倘(も)し　公に　客無き時は
纓(えい)を濯(あろ)うて　亦(また)娯(たの)しむに足れり
井(せい)の名は　季疵(きし)に本(もと)づく
人を思うこと　理(り)豈(あ)に無からんや
居然(きょぜん)として　賤子(せんし)に及ぶ
媿謝(きしゃ)す　恩意の殊(しゅ)なることを
幾時(いつ)か　公に従(したご)うを得て
旧学　荒蕪(こうぶ)を鋤(じょ)せん
古文(こぶん)　声形(せいけい)を講じ
誤字　魯魚(ろぎょ)を辨じ
時時(じじ)　井泉(せいせん)を酌(く)みて
露芽(ろが)　瓢盂(ひょうう)を奉(ほう)ぜん
知らず　公　許されんや否や
風(かぜ)に因(よ)りて　何如(いかん)と報ぜよ

かささぎが　まひる　庭におり立った　と思ったら

門外に　遠方からお手紙が　届いていました
曲がりくねった字の印が　赤く　小さくおしてあり
両はしには　黄色の蠟が　塗ってありました
封をひらいて　半切れを　のべてみると
きめのこまかな　卵のはだのようです
まず筆の初めに　ねんごろにいたわりのお言葉
次に　私の妻子まで　気づかってくださり
中ほどでは　官途に就けと　おすすめいただき
言葉のはしにまで　こまかいお心づかいが見えます
文字は老いた竹のようで　やせても強さがあり
薄墨の色　行ごとの　まばらな字くばり
いただいた詩は　古代の銅器の銘文のよう
好ましく思っても　私に真似など及びもつきません
すらすら読んでゆけば　目がさめる思いですし
垢づいた髪にくしを通した　あの心地よさです
こまかに読みかえせば　味わいは　尽きません
車の軸受けをあぶると油が長くしみ出してくる　そんなふうです

吟じつつ歩きまわり　坐っても寝てもながめ
とうとう日の暮れまで　食事を忘れていました
筆をお取りの時の様子が　ありありと目に浮かびます
天地間の万物が　お指図のままに動き出していたでしょう
そして　この詩が　書きつけられたのは
緑の髪のような水苔（みずごけ）がついた　井戸のほとり　とも知りました
お役目のひまな折　やって来る客もありましょう
そこへ　風炉を持ち出し　茶をお立てになるでしょう
かりにもし　客も来ない時があれば　その水で
冠のひもを洗い　独りお楽しみのこともありましょう
井戸の名は季疵（きし）――陸羽（りくう）にちなむ　といえば
古人を思う心が動くのは　理の当然なのですが
私の名を連想してくださったとは　意外でした
お志のかたじけなさ　ただ感激するばかりです
いつになったら　お側に侍することができましょう
だんだん忘れてゆく学問を　やり直したいものです
それは古代の文字から　構造を分析し

字体の誤りを一一正すこと　など
そして時時は　その井戸の水をくみ出し
若芽の葉茶を　出させていただけたら　と思います
どうでしょう　こんな願いを　お許しくださいますか
風のたよりに　ご返事いただければ　何よりのしあわせです

注　(1)曽学士　曽幾（そうき。一〇八四―一一六六）をさす。茶山（さざん）居士と号した。宰相秦檜と意見が合わず、隠退していたが、秦檜の死後、また出仕し、秘書少監となった。諡は文清。江西派の詩人で、陸游の文学の師である。この詩は紹興二十一年（一一五一）二十七歳ごろの作。時に曽幾は信州（江西省上饒県）に隠居していた。宛陵は北宋の詩人梅堯臣（二九ページ参照）。(2)午鵲　乾鵲となっているテクストがある。鵲はかささぎ。この鳥が鳴くのは、よい前兆とされた。(3)労良苦　おまえ（陸游）がたいそう苦労したろうとの意にも解釈できる。(4)石髪　水苔、水中の石について生えるもの（「爾雅」釈草の郭璞注）。(5)季疵　唐の詩人陸羽（りくう。?―七八五）の字。詩の題にいう陸子泉は陸羽にちなんだ名。茶道の祖ともいうべき人で、茶を立てるのによい水をえらんだ。上饒（じょうじょう）に住んだことがあり、広教寺にこの泉があった。(6)講声形　声は文字の音、形は字形。(7)辨魯魚　魯と魚は字形が似ているので古い写本ではよくまちがった。

23　遊山西村(1)（山西の村に遊ぶ）

莫笑農家臘酒渾
豐年留客足雞豚
山重水複疑無路
柳暗花明又一村
簫鼓追隨春社(2)近
衣冠簡樸古風存
從今若許閑乘月
拄杖無時夜叩門

笑う莫れ　農家の　臘酒の渾れることを
豊年　客を留めて　鶏豚　足れり
山重なり　水　複なって　路無きかと疑えば
柳　暗く　花　明らかに　又一村あり
簫鼓　追随して　春社　近し
衣冠　簡朴にして　古風　存す
今従り　若し　閑に　月に乗ずることを許さば
杖を拄いて　時無く　夜　門を叩かん

農家のしはすの酒がどぶろくだからとて　あざけるには及ばない
今年は豊作　客のもてなしにも　鶏やぶたは　十分すぎるほどだ
重なり合う山山　折れ曲がった水路　もう行きどまりかと思ったとき
くろぐろと茂る柳のかげ　まばゆいほどの花花　又もや村が一つある
笛や太鼓の音が　どこまでもついて来るのは　春の祭が近いからか
着物やかぶり物の素朴さは　いにしえぶりを　今もなお失わぬ姿

これからも私は　月にうかれて　出てくるかも　知れないから
杖をつき　ふいに来て　戸をたたいても　大目に見てほしいものだ

注　(1)山西村　陸游の郷里の付近。乾道三年（一一六七）四十三歳の作。(2)春社　社は社日、本来は土地の神を祭る日。近世では春秋二回あり、立春から五度めの戊（ぼ）の日を春社という。

24　剣門道中遇微雨(1)（剣門道中《けんもんどうちゅう》にて　微雨《びう》に遇《お》う）

衣上征塵(2)雑酒痕　　衣上《いじょう》の征塵《せいじん》　酒痕《しゅこん》を雑《まじ》う
遠遊無処不消魂(3)　　遠遊《えんゆう》　処《ところ》として　消魂《しょうこん》ならざるは無し
此身合是詩人未　　此の身《み》　合《まさ》に是《こ》れ　詩人なるや未《いま》だしや
細雨騎驢(4)入剣門　　細雨《さいう》　驢《ろ》に騎《の》って　剣門《けんもん》に入る

旅路のほこりにまみれた上衣には　酒のあとのしみがあり
長い旅のあいだ　どこと言わず　魂きえんばかりの思い出がのこる
さてもこの身は　ここでこそ　詩人になりきったと言えるのかどうか

小雨そぼふる中を　ろばにまたがり　剣門の山をこえる　そのときに

注　(1)剣門　山の名。四川省剣閣県の北に在る。この詩は乾道八年（一一七二）漢中（陝西省南鄭県）の前線から成都へ転任した時の作。(2)征塵　征はただ旅行をいう。(3)消魂　深い感動。(4)騎驢　ろばの背で詩を作った話は唐代の詩人に多い。

25　秋聲(1)

人言悲秋難爲情
我喜枕上聞秋聲
快鷹下韝(2)爪觜健
壯士撫劍精神生
我亦奮迅起衰病
唾手便有擒胡興
弦開雁落詩亦成
筆力未饒(3)弓力勁
五原(4)草枯苜蓿(5)空

人は言う　悲秋　情を為し難しと
我は喜ぶ　枕上に秋声を聞くを
快鷹　韝に下って　爪觜　健なり
壮士　剣を撫して　精神　生ず
我も亦奮迅して　衰病より起ち
手に唾して　便ち　胡を擒うる興あり
弦開けば　雁落ち　詩も亦成れり
筆力　未だ　弓力の勁きを　饒さず
五原草枯れ　苜蓿　空し

青海蕭蕭風巻蓬
草罷捷書重上馬[6]
却従鑾駕下遼東

青海　蕭蕭として　風は　蓬を巻く
捷書を草し罷って　重ねて馬に上り
却って　鑾駕に従って　遼東を下さん

秋は悲しい心をおさえきれぬ　と　誰しも言うのだが
私は　夜の枕べに聞く　秋風の音に　喜びをおぼえる
かりゅうどの手にすえた鷹の　爪もくちばしも　すこやかに
ますらおは　剣をなでながら　いよいよ　きおいたつ
私も　老いた身をふるい立たせ　病身も　忘れ
手につばきして　侵略者をとらえる予想に　胸をおどらす
弓を引くが早いか　雁は落ち　同時に　詩もできあがった
詩の筆の力も　弓の強さに　劣らぬつもりだ
思いやる　五原のあたり　うまごやしの食いつくされた　枯草の原野
また青海の湖岸　ざわめく風が蓬を巻きころがして　吹くところ
勝利の報告文を起草しおえて　ふたたび　馬にまたがり
その次は　天子のみくるまに従って　遼東を奪還する日を

注　(1)秋声　秋を告げる音。淳熙元年（一一七四）五十歳、蜀州（四川省崇寧県）の通判（副知事）であった時の作。(2)鞲　韝とも書く。たかを手にとまらせるための革のひじあて。(3)饒　許容・寛容の義であるが、このような場合は負ける、劣る意。(4)五原　地名。今山西省の北端にあり、異民族との境にある。(5)苜蓿　うまごやし、アルファルファ。(6)遼東　満州の遼河の東一帯の地域。今の遼東省。

26　夏夜不寐有賦(1)（夏の夜　寐ねずして賦する有り）

急雨初過天宇濕
大星磊落纔數十
飢鶻掠簷飛磔磔
冷螢墮水光熠熠
丈夫無成忽老大
箭羽凋零劍鋒澁
徘徊欲睡還復行
三更猶凭欄干立

急雨　初めて過ぎ　天宇　湿おう
大星　磊落として　纔かに数十
飢えし鶻は簷を掠めて　飛ぶこと磔磔たり
冷やかなる蛍は水に堕ちて　光　熠熠たり
丈夫　成る無くして　忽ち老大となり
箭羽は凋零し　剣鋒は渋なり
徘徊し　睡らんと欲して　還って復行く
三更　猶欄干に凭って立つ

夕立がとおり過ぎたあと　空にはまだ　湿気がある
ようやく数十ほどの大きな星が　石をばらまいたようだ
餌（えさ）をあさるはやぶさが　のきばをかすめた　するどい羽音
ほたるが水上におとした　つめたげな光の　ちかちかしたかがやき
ますらおと生まれて　何ひとつ　成し得ず　身は早くも老いはて
矢の羽は抜け落ち　剣の切先も　今は　にぶい
行きもどりして寝ようとしたが　またやはり歩き始め
三更の夜ふけまで　らんかんにもたれて立ちつくす

注　(1)淳熙（じゅんき）六年（一一七九）五十五歳、建安（福建省建甌〔けんおう〕県）で官吏（茶と塩の専売の監督官）であった時の作。

27　夏日晝寢夢遊一院(1)闃然無人簾影滿堂惟燕蹋箏弦有聲覺而聞鐵鐸風響璆然殆所夢也耶因得絶句

（夏日昼寝（かじつひるい）ねて　夢に一院（いちいん）に遊ぶ　闃然（げきぜん）として人（ひと）無く　簾影（れんえい）　堂に満ち　惟（た）だ燕（つばめ）の箏弦（そうげん）を蹋（ふ）みて声（こえ）有るのみ　覚（さ）めて鉄鐸（てつたく）の風に響きて璆然（きゅうぜん）たるを聞けり　殆（おそら）くは夢みし所なるか　因（よ）りて絶句を得たり）

桐陰清潤雨餘天
簷鐸搖風破晝眠
夢到畫堂人不見
一雙輕燕蹴箏絃

桐陰(とういん)　清潤(せいじゅん)なり　雨余(うよ)の天(てん)
簷鐸(えんたく)　風に揺れて　昼眠(ちゅうみん)を破る
夢に　画堂(がどう)に到りて　人(ひと)見えず
一双(いっそう)の軽燕(けいえん)　箏絃(そうげん)を蹴(け)る

雨のやんだあと　すずしく　うるおいふかい　桐(きり)の木かげ
のきばの風鈴が　ゆれうごく声に　昼寝のねむりはさめた
私が夢に見ていたのは　大きな広間　人かげは　なかった
一つがいの燕が飛びかうたびに　ことの糸に爪をあてる軽やかな音

注　(1)題の大意「夏の昼寝の夢に、とある家の中庭にいた。ひっそりとして人のけはいはなく、室の中はすだれの影がひろがり、つばめの足が琴の弦をひっかける音だけがした。目がさめると、のきの風鈴がからりからりと鳴るのを聞いて、これが夢の中の音だったろうかと思い、絶句をえた」。淳熙七年（一一八〇）撫州（江西省臨川県）の役人であった時の作。

28　小園(1)（その一）

小園煙草接隣家
桑柘陰陰一徑斜
臥讀陶詩未終巻
又乗微雨去鋤瓜

小園の煙草　隣家に接す
桑柘　陰陰として　一径斜めなり
臥して陶詩を読み　未だ巻を終えざるに
又微雨に乗じて　去って瓜を鋤く

ただ一色の青草が　私の畑から隣の家まで　つらなり
小路は桑ややまぐわの茂みにかくれ　曲ってゆく
寝そべって　陶淵明の詩を読んでいた私は　途中で止めた
この小雨をにがさず　出て瓜畑を　すきかえそう

注　(1)小園　小さな畑。陸游自身の所有。淳熙八年（一一八一）郷里での作。四首の連作。

29（その三）

村南村北鵓鴣(1)聲

村南　村北　鵓鴣の声

水刺新秧(2)漫漫平　水を刺せる新秧は　漫漫として平らかなり
行遍天涯(3)千萬里　行いて遍し　天涯　千万里
却從隣父學春耕　却って　隣父より　春耕を学ぶ

村のあたり　どこといわず　かっこう鳥の声
水面に針のようにつき出た稲の芽が　ひろびろと平らにつづく
万里の旅路を歩きつくし　地のはてから　帰って来た私だが
今日は隣のおじさんから　春の耕しを習ってみよう

注　(1)鵓鴣　野鳥の一種。和名は不明。(2)秧　稲の苗。刺水は、なえの小さな尖端が水面へ出ているのを言う。(3)隣父　この父はただ年長者をさす。

30 夏夜舟中聞水鳥聲甚哀若曰姑惡感而作詩(1)

(夏夜舟中　水鳥の声を聞く　甚だ哀れなり「姑悪」と曰うが若し　感じて詩を作る)

女生藏深閨　女　生まれて　深閨に蔵す

未省窺牆藩(2)
上車移所天
父母爲它門
妾身雖甚愚
亦知君姑尊
下牀頭雞鳴
梳髻著襦裙
堂上奉灑掃
廚中具盤飧
青青摘葵莧
恨不美熊蹯(3)
姑色少不怡
衣袂溼淚痕
所冀妾生男
庶幾姑弄孫
此志竟蹉跎(4)
薄命來讒言

未だ省て　牆藩を窺わず
車に上りて　天とする所に移れば
父母は　他門と為る
「妾が身は　甚だ愚なりと雖も
亦　君姑の尊きを知れり
牀を下れば　頭鶏　鳴く
髻を梳り　襦裙を著く
堂上に　灑掃を奉じ
廚中に　盤飧を具う
青青たる　葵莧を摘み
熊蹯より美ならざるを恨む
姑の色　少しく怡ばざれば
衣袂に　涙痕　湿おう
冀う所は　妾の男を生んで
庶幾くは　姑の孫を弄せんことを
此の志　竟に蹉跎たり
薄命　讒言を来たせり

放棄不敢怨
所悲孤大恩
古路傍陂澤
微雨鬼火昏
君聽姑惡聲
無乃遺婦魂

放棄して　敢えて怨まず
悲しむ所は　大恩に孤くことなり」
古路　陂沢に傍う
微雨　鬼火　昏し
君　聴け　姑悪の声を
乃ち　遺婦の魂なる無からんや

女の子は　生まれたときから　奥深い室に養われ
かきねの辺にさえ　出てみることがない　そして
出迎えの車に乗せられ　おっとの家に移ったのちは
うみの父母は　もう　よその家の人になるのだ
「私はおろかなものでございますが　それでも
しゅうとめさまの尊さは　よく存じております
いつも　一番どりの鳴くとき　寝床を出
髪をゆい　短い上衣とスカートをつけ　掃除をし
親ごさまがたへ　まめまめしくつかえ
台所で　ご飯ごしらえを　いたします

摘んできた　あおいやひゆの　青青とした色が
熊の手の肉のような美味でないのは　悲しゅうございます
しゅうとめさまのお顔が少しでもさえないと
私のたもとは　涙でぬれていました
ただ一つの願いは　男の子を生んで
しゅうとめさまが　孫のおもりをしてくださることでした
その望みも　とうとうかないませんでした
私の運がわるくて　あなたとの仲を裂く人ができました
でもそのことは申しますまい　怨みがましくなりますから
ただ悲しいのは　厚いお情けにそむきましたことでございます」
沼沢にそうた　古い街道をとおると
小雨の中　鬼火が　ほのぐらく見える
「姑悪　姑悪」と鳴く鳥の声　あれを聞きたまえ
あれこそ　家を出された嫁の亡霊ではなかろうか

注　(1)淳熙十年（一一八三）夏、郷里での作。おそらく別れて死んだ先妻への追懐をこめている。姑悪という水鳥がしゅうとめにいじめられて死んだ嫁の亡霊の化身だとの伝説は、同時代の作家范成大も詩に作った。(2)牆藩　藩はかきね。牆は土べいをさすことが多い。(3)熊蹯　熊のてのひらの肉。熊掌とも言う。美味として孟子に見える。(4)蹉跎　失敗すること、思いどおりにならないこと。

31 病起(1)

山村病起帽圍寬
春盡江南尚薄寒
志士凄涼閑處老
名花(2)零落雨中看
斷香漠漠便支枕
芳草離離悔倚欄
收拾吟牋停酒椀
年來觸事動憂端

山村　病起すれば　帽囲　寛なり
春尽きて　江南　尚薄寒あり
志士　凄涼たり　閑処に老い
名花の零落せるを　雨中に看る
断香　漠漠として　枕を支うるに便あり
芳草　離離たり　欄に倚りしを悔ゆ
吟牋を収拾して　酒椀を停む
年来　事に触れて　憂端を動かす

山家に住んで　病み上りの頭に　帽子が大きくなった気がする
春は暮れたのに　この江南は　まだ薄ら寒い時節

私は志をいだきつつ　ひまを持てあまし　さびしく年老い
庭の花のうつろう姿を　雨の中で　ながめている
切れぎれの香の煙がただよう室　枕で身をささえる安楽のひととき
草が生い茂るさまを見ると　おばしまに立ち出たのがくやまれる
詩の草稿をかたづけて　酒はまだしばらくやめにする
この年ごろ　何につけても　深い憂いの種は多いのだが

注　(1)病起　やみあがり。淳熙十二年（一一八五）六十一歳の作。(2)名花　名の知られた花。日本で言えば俳句の季題になる花。(3)便　ここは便利の義でなく安らかなこと。

32　書憤(1)（憤りを書す）

早歳那知世事艱
中原北望氣如山
樓船夜雪瓜洲(2)渡
匹馬秋風大散關(3)
塞上長城(4)空自許

早歳（そうさい）　那（なん）ぞ知らん　世事（せじ）の艱（かん）なることを
中原（ちゅうげん）　北に望んで　気　山の如し
楼船　夜雪（やせつ）　瓜洲（かしゅう）の渡（と）
匹馬（ひつば）　秋風（しゅうふう）　大散関（だいさんかん）
塞上（さいじょう）の長城と　空（むな）しく自（みず）から許せしも

鏡中衰鬢已先斑
出師一表眞名世(5)
千載誰堪伯仲間(6)

鏡中の衰鬢（すいびん）　已（すで）に先ず（ま）　斑（まだら）なり
出師（すいし）の一表（ぴょう）は　真に世（よ）に名あり
千載（せんざい）　誰か　伯仲（はくちゅう）の間（かん）に　堪（た）えたる

わかいころの私は　世の中のむずかしさなど　知るはずはなかった
北のかた中原の地を見わたしては　胸にわきおこる不平をおさえた
雪ふりしきる夜　いくさ船を　瓜洲の渡しにならべた　あの防禦戦
秋風すさぶ野をただひとり　馬をのりまわして　ながめた　大散関
敵をよせつけぬ万里の長城に己をくらべたのは　空しい思い上りだった
いま鏡にうつる　鬢のうすさ　とっくに　ごましおに　なっている
諸葛孔明の出師の表は　ほんとうに　永遠の　大文章だ　それから
千年のあいだ　それにまけぬ作品を　誰が書いたか

注　(1)淳熙十三年（一一八六）六十二歳、郷里にいた時の作。(2)瓜洲　江蘇省鎮江市の揚子江をへだてた対岸。陸游は四十歳のときこの鎮江の通判（副知事）として張浚（ちょうしゅん）の軍事行動に参加した。(3)大散関　今の陝西省南鄭市の北、西安市の西方にある軍事上の要衝。陸游は四十八歳のとき南鄭にあり王炎の幕僚であった。そこは南宋と金との西北における接触点であった。(4)塞上長城　南北朝時代劉宋の将軍檀道済(だんどうせい)はしばしば北朝の軍を破り、みずから万里の長城に比した。(5)出師一表　三国時代、蜀の丞相諸葛亮(しょかつりょう。孔明)が北征にあたり蜀の後主劉禅(りゅうぜん)にたてまつった上奏文はのち出師(すいし)の表とよばれて知られる。(6)伯仲間　伯仲は長兄と次兄。年齢が近いことから、肩をならべる意味に用いる。

33 臨安春雨初霽(りんあんしゅんうしょせい)(1)

世味年來薄似紗
誰令騎馬客京華(2)
小樓一夜聽春雨
深巷明朝賣杏花
矮紙斜行閑作草
晴窓細乳(3)戲分茶
素衣莫起風塵歎(4)
猶及清明可到家

世味(せみ)　年来　薄きこと　紗(しゃ)に似たり
誰か　騎馬して　京華(けいか)に客(かく)たらしめし
小楼　一夜　春雨(しゅんう)を聴けば
深巷(しんこう)には明朝　杏花(きょうか)を売る
矮紙(あいし)　斜行(しゃこう)　閑(かん)に草(そう)を作り
晴窓　細乳(さいにゅう)　戯(たわぶ)れに茶を分(わか)つ
素衣(そい)　風塵(ふうじん)の歎を起こすこと莫(なか)れ
猶(なお)　清明(せいめい)に及んで　家に到る可(べ)ければ

この幾年かの間に　私の世間欲は　もう紗よりうすくなっていたのに
またしても馬に乗り　都にのぼる身は　いったい誰のせいなのか
小さな二階にこもり　ひと夜さ　春雨の音を　聞きすました耳に
翌朝　路次の奥から　あんずの花を呼び売りする声がひびいてくる
せの低い紙に行も不そろいに草書を書きつけるのも　ひまだからだし
日ざしの明るい窓の下　立てた茶の泡の加減を　目ききする遊び心もある
白衣が埃にまみれる歎きは　もうくりかえすにも及ぶまい
清明の野歩きの日までには　たぶん故郷のわが家に着いているだろう

注　(1)臨安　南宋の都杭州のこと。宋の正式の首都はあくまで開封であったので、人人は行在（あんざい）とよんだ。初霽の霽は雨がやんだこと。淳熙十三年（一一八六）の作。この年、陸游は長い休職から厳州（浙江省）の知事に起用され、一度郷里へ帰り都へ出て孝宗皇帝に拝謁し、政治上の意見を奏上したのち、秋になってから任地へ赴いた。(2)京華　やはり杭州をさす。(3)細乳　茶が細かに泡だった有様。分茶は末茶をたてる特別の方法で、後にはすたれた。(4)風塵歎　都は（物質的だけでなく精神的な）ほこりが多く、白い上衣を黒くするとは、晋の陸機（二六一―三〇三）の詩にもとづき、後世の慣用句となった。

34　書室明暖終日婆娑其間倦則扶杖至小園戯作長句(1)

（書室明暖なり　終日其の間に婆娑たり　倦めば即ち杖に扶りて小園に至り戯れに長句を作る）

美睡宜人勝按摩
江南十月氣猶和
重簾未捲留香久
古硯微凹聚墨多
月上忽看梅影出
風高時送雁聲過
一杯太淡君休笑
牛背吾方扣角歌(2)

美睡　人に宜しく　按摩するに勝れり
江南　十月　気　猶和なり
重簾　未だ捲かず　香を留むること久しく
古硯　微しく凹んで　墨を聚むること多し
月上りて　忽ち　梅影の出でしを看
風高うして　時に　雁声を送りて過ぐ
一杯　太だ淡なれども　君　笑うことを休めよ
牛背に　吾方に　角を叩いて歌う

ぐっすり睡った心地よさは　按摩を取ったより一段と　けっこうだ
江南の十月　天気は　まだまだ　なごやかな　あたたかさだ
厚いすだれをおろしたままの室内には香のにおいがいつまでものこり
古ぼけたすずりの小さいくぼみに墨汁が　たっぷりたまっている

ふと目の前に梅の枝の影があざやかにうつったのは月がさし出た光
ときおり雁の鳴き声を　吹きつけてくる　なか空の秋風
一杯の酒　味はうすいけれど　笑ってはくださるな
私は昔の寧戚が牛の背で角をたたいて歌った　あの気持なのだから

注　(1)題の大意「書斎が明るくて暖かなので、終日その中にじっと坐っていたが、あきると杖をついて庭の畑へ出た」。長句は七言詩のこと。紹熙五年（一一九四）秋、郷里での作。(2)扣角歌　春秋時代の寧戚が牛の角をたたいて夜うたい、斉（せい）の桓公に見出されて重く任用された故事。

35 初夏行平水道中(1)（初夏　平水の道中を行く）

老去人間樂事稀
一年容易又春歸
市橋壓擔蓴絲滑
村店堆盤豆莢肥
傍水風林鸎語語

老い去って　人間　楽事　稀なり
一年　容易に　又　春　帰る
市橋　担を圧して　蓴糸　滑かに
村店　盤に堆く　豆莢　肥ゆ
水に傍える風林　鸎は語語し

滿園烟草蝶飛飛　園に満つる烟草　蝶　飛飛たり
郊行已覺侵微暑　郊行　已に覚ゆ　微暑を侵せるを
小立桐陰換夾衣　小く桐陰に立ちて　夾衣を換う

としがよって　人の世の楽しみも　少なくなった
だが　一年が過ぎるのは早い　又も春は帰りゆく
町の橋では　商人の荷にあふれる　じゅんさいの　なめらかな歯ざわりを思い
村の酒屋では　皿にもりあげたさや豆のまるまるとした大きさにおどろく
川べの林は風にゆれ　うぐいすの語りかわす声声
畑いちめんの青草のうえ　蝶蝶の飛びかうすがた
野あるきして　もう暑さをおぼえるほどになったのだ
あわせを着かえようと　私は桐の木かげに　しばしたたずむ

注　（1）平水　紹興付近の地名であろう。未詳。慶元元年（一一九五）七十一歳、郷里での作。

36 小舟遊近村捨舟歩歸(1)（小舟にて近村に遊び　舟を捨てて歩して帰る）（その四）

斜陽古柳趙家荘
負鼓(2)盲翁正作場
死後是非誰管(3)得
満村聴説蔡中郎(4)

斜陽　古柳(こりゅう)　趙家(ちょうか)の荘(そう)
鼓(つづみ)を負(お)える盲翁(もうおう)　正(まさ)に場(じょう)を作(な)せり
死後の是非(ぜひ)は　誰(たれ)か管(かん)し得ん
満村　説(と)くを聴く　蔡中郎(さいちゅうろう)

かたぶく日ざしをあびた　柳の古木のかげ　趙家荘のむら
盲のじいさんが　鼓を背におい今しも　聞き手を集めるところだ
人の死後　何と取りざたされようとも　かまわぬことだが
村中の人が　いっしんに　蔡中郎の物語に聞き入っている

注　(1)慶元元年(一一九五)十月、七十一歳の作。陸游は郷里にいた。四首の絶句の連作である。(2)負鼓とあるから、太鼓を打ちつつ語る芸人がこの時代すでに有ったことがわかる。作場は群衆を集めて芸を見せること。(3)管は、思いどおりにすること。誰管得は思うようにならない意味。(4)明の戯曲「琵琶記」は漢の中郎将蔡邕(さいよう)を主人公とする。その物語の原型が南宋にあったことは、この詩によって知られる。

37 沈園(しんえん)(1) 二首（その一）

城上斜陽畫角(2)哀
沈園非復舊池臺
傷心橋下春波綠
曾是驚鴻照影來

城上の斜陽　画角(がかく)　哀(かな)し
沈園　復(また)　旧池台(きゅうちだい)には非ず
傷心(しょうしん)す　橋下の　春波(しゅんぱ)の緑なるに
曽(かつ)て是(こ)れ　驚鴻(けいこう)の影を照らせしこと来(あ)りき

城壁にかかる夕日　角ぶえの悲しげなひびき
沈園　ここはもう池も楼台も　昔にかわる姿となった
私の心を痛ませるのは　橋の下の水の　春めいた緑の色
その水は　群を離れ飛び去った雁の影を写したこともあったのだが

注　(1)沈園　沈氏の庭園。今の紹興市外禹跡（うせき）寺の南にあった。陸游が最初に迎えた妻唐氏は母親と折合いわるく、ついに離縁され、趙家へ再婚した。そののち紹興二十五年（一一五五）の春、陸游は偶然この沈園で出あったことがあった。やがて唐氏は死んだが、陸游の愛情は長くつづく。この詩は慶元五年（一一九九）春の作であるが、過去の追憶を述べ、第四句は去って行った愛する妻のことを言う。(2)画角　守備兵が吹き鳴らすもの。

38（その二）

夢断香消四十年
沈園柳老不吹綿
此身行作稽山(1)土
猶弔遺蹤一泫然

夢断え　香は消えて　四十年
沈園　柳は老いて　綿を吹かず
此の身　行くゆく　稽山の土と作らん
猶　遺蹤を弔うて　一たび泫然たり

夢は断ち切られ　香気もうせて　四十年のいま
沈園　ここの柳は老いはてて　わたを吹き出そうともしない
この肉体も　やがて会稽の山の土とはなるのだろう　だが　私は
思い出のあとをたずねて　ひとしきり　涙にしずむ

注　(1)稽山　陸游の郷里に近い山、すなわち会稽山。

39 西村(1)

亂山深處小桃源
往歲求漿憶叩門
高柳簇橋初轉馬
數家臨水自成村
茂林風送幽禽語
壞壁苔侵醉墨痕
一首清詩記今夕
細雲新月耿黄昏

乱山　深き処　小桃源あり
往にし歳　漿を求めて　門を叩きしを憶う
高柳　橋に簇がれるを　初めて馬を転じ
数家　水に臨みて　自から村を成せり
茂れる林に　風は幽禽の語を送り
壊れし壁に　苔は酔墨の痕を侵す
一首の清詩　今夕を記す
細雲　新月　黄昏に耿く

重なる山山のおくの　ここは小さな桃源郷
飲み水をもらおうと訪れたのは　もう昔の思い出
柳の大木が群がり立つ下の橋のたもとで　馬の首をめぐらすと
川に臨んだ数軒の家が　ちょっとした村落を形成する
木かげ深い林のあいだから　風はかぼそい鳥の声を吹き送ってき
こわれた壁についた苔の色は　かつての酔余の筆跡を隠し始めた

詩を一首　作りおえて　この夕の記念をとどめる
ほそい雲のかなた　三日月が　たそがれにまたたく

注　(1)西村　前の山西村と同じ処であろう。嘉泰元年（一二〇一）七十七歳、郷里での作。

40 酔歌(すいか)(1)

百騎河灘(2)獵盛秋
至今血漬短貂裘(3)
誰知老臥江湖上
猶枕當年虎髑髏

百騎　河灘(かだん)　盛秋(せいしゅう)に猟(かり)す
今に至るまで　血は　短貂裘(たんちょうきゅう)を漬(ひた)す
誰か知らん　老いて　江湖(こうこ)の上(ほとり)に臥(ふ)し
猶(なお)　当年の虎の髑髏(どくろ)を枕せんとは

秋のもなか　百騎を従え　川原へ猟に出た昔から
皮のジャンパーについた血のしみは　まだ消えない
江南の湖のほとりで　ひとり年老い　暮らしているが
私の枕が　あのとき射た虎の頭蓋骨だと知る人は　誰か

注 (1)開禧(かいき)二年(一二〇六)八十二歳の作。(2)河灘 川の岸に近い水がひくと平地になる処、砂地。(3)短貂裘 貂はてん。その毛皮で作った短い外套。

41 示児(1)(児に示す)

死去元知萬事空
但悲不見九州(2)同
王師北定中原日
家祭無忘告乃翁

死し去っては元より知る 万事の空なることを
但だ悲しむ 九州の同じきを見ざることを
王師 北のかた 中原を定めん日には
家祭 忘るること無かれ 乃翁に告ぐることを

死んだのちの身にとって 万事が空なのだと 知りぬいていても
悲しいのは 全土統一の大業を この目で見ないことだ
天子のみいくさが 中原を平らげたもうた その日こそ
わが子よ 忘れるな 家の祭りをして わしに告げてくれるのを

注 (1)示児 嘉定二年(一二〇九)冬、死の数日前の作。(2)九州 中国の全土。古代の禹王は全土を九つの州に分ったという。

范成大

一一二六—一一九三。字は致能。号は石湖居士。呉郡（江蘇省蘇州市）の人。紹興二十四年（一一五四）進士。孝宗のとき参知政事（副宰相）となった。諡は文穆。「石湖居士詩集」三十四巻がある。

42 晩潮(1)

東風吹雨晩潮生
疊鼓催船鏡裏行
底事今年春漲小
去年曾與畫橋平

東風　雨を吹いて　晩潮　生ず
畳鼓　船を催して　鏡裏に行く
底事ぞ　今年の　春漲　小なる
去年は　曽て　画橋と平らかなりしに

東風は雨を吹きつけ　夕方のうしおがさしてくる
太鼓をうち　船頭をうながし　鏡のような水面を　こいでゆく

どうしたことだ　今年は水の出が　すくないのじゃないかな
去年は　あの石橋と　すれすれになっていたはずだのに

注　(1)晩潮　夕方さしてくる潮。ただしこれは蘇州付近の川でのこと。この詩は紹興二十年(一一五〇)以前の作。

43　催租行　效王建(1)（催租行　王建に効う）

輸租得鈔(2)官更催
踉蹌里正敲門來
手持文書雜嗔喜
我亦來營醉歸耳
牀頭慳囊(3)大如拳
撲破正有三百錢
不堪與君成一醉
聊復償君草鞋費

租を輸して　鈔を得れども　官は更に催す
踉蹌として　里正は　門を敲いて来たる
手に　文書を持して　嗔喜を雑う
「我も亦　来たって　酔帰を営まん耳」と
床頭の慳嚢　大いさ　拳の如し
撲破すれば　正に　三百の銭有り
「君が与に　一酔を成すには堪えざれども
聊か復　君の草鞋の費を償わん」

年貢をおさめて　受取りをいただいたのに　お役所から矢の催促
庄屋さまが　よろよろ　危い足取りで　わしの家の戸をたたいてござる
差紙(さしがみ)を手にもって　おどしたり　すかしたり　あげくの果ての言いぐさは
「おれもここまで来たうえは　飲み代ぐらいは　もらわにゃこまるぜ」
枕のそばの　貯金のつぼ　せいぜい　げんこつほどの大きさだが
ぶちわってみると　なんと　銭が三百文　あったのさ
「これじゃ　とても　酒の代にも　足りはしますまい　まあ
わらじ銭のかわりにでも　お使いなすってくださりまし」

注　(1)王建は唐代の詩人（七六八―八三〇?）。楽府体の名手で、時事あるいは社会相を詠じた作が多い。この詩は范氏の進士及第以前の作。(2)鈔　農民が租税を完納したときに与えられる証明書。しかし各戸に与えられたものと、県の役所に保存されるものとが一致せず、二重に税を取り立てられる場合は少なくなかったと言う。(3)慳嚢　貧乏人のふくろの義であるが、いわゆる撲満（ぼくまん）のこと。撲満は陶器の貯金壺で、小銭をたくわえ、いっぱいになると、ぶち割るのである。

44 夜帰(やき)(1)

竹輿(2)伊軋走長街
掠面風清醉夢廻
曲巷無聲門戸閉
一燈猶照酒壚(3)開

竹輿(ちくよ)　伊軋(いあつ)として　長街(ちょうがい)を走る
面(めん)を掠(かす)むる風(かぜ)　清(きよ)うして　酔夢(すいむ)　廻(かえ)る
曲巷(きょくこう)　声無(こえな)く　門戸(もんこ)　閉(と)じたり
一灯(いっとう)　猶(なお)照らして　酒壚(しゅろ)　開く

かごの竹をきしませながら　長い街をとおりすぎる
すずしい風が顔をかすめ　酔心地は　さめた
折れ曲った路地のおく　家家の戸は閉じ　人声もない
ただ一つ　火かげがさしている　居酒屋の門口

注　(1)たぶんやはり二十九歳(一一五四)、進士の試験に合格するより以前の作。(2)輿　乗り物。作者自身が乗っているもの。伊軋はぎしぎしときしむ音の形容。(3)酒壚　もともと土できずいた酒を売る台であるが、酒屋をさす。

45 龍津橋(りょうしんきょう)(1)

燕石扶欄玉作堆
柳塘南北抱城迴
西山(2)剩放龍津水
留待官軍飲馬來

燕石の扶欄（えんせきのふらん）　玉（ぎょく）　堆（たい）をなす
柳塘（りゅうとう）　南北（なんぼく）　城（しろ）を抱（いだ）いて迴（めぐ）る
西山（せいざん）　剩（な）お　竜津の水を放（はな）ち
留（とど）めて　官軍の馬（うま）に飲（みずか）いて来たるを待つ

大理石のてすりは　雪をあざむく　白玉のやま
やなぎのつつみは　南から北まで　城をとりまく
西山から流れて来る水は　この竜津の橋の下で　まだこのあとも
官軍が　ここへ　馬に水をやろうと　やって来るのを待ちうける

注　（1）作者原注「燕山宣陽門の外に在り、玉石を以て之を為（つく）り、西山の水を引いて其の下に灌（そそ）ぐ」。燕山は金の都で今のペキン。范成大は乾道（けんどう）六年（一一七〇）南宋の使節として金国へおもむいた。その途中の作七言絶句七十二首がある。（2）剩　まだいくらでもある義。

46 四時田園雜興（ざつきょう）(1)（晩春十二絶の三）

胡蝶雙雙入菜花　　胡蝶（こちょう）　双双（そうそう）　菜花（さいか）に入る
日長無客到田家　　日長（ひなが）うして　客（かく）の田家（でんか）に到る無し
雞飛過籬犬吠竇　　鶏（にわとり）　飛んで　籬（り）を過ぎ　犬は竇（とう）に吠（ほ）ゆ
知有行商來賣茶　　知んぬ　行商（ぎょうしょう）の来たって茶を売ることを

ちょうは二羽ずつ　菜の花の中へ　舞い入ってゆき
日は長く　いなか家には　おとずれる客もない　だが
にわとりがまがきを飛びこし　犬が穴から　吠えたてるのは
そうだ　旅の商人が　茶を売りに来たにちがいない

注 (1)淳熙（じゅんき）十三年（一一八六）に蘇州郊外の別荘（石湖）での連作、全部で六十首ある。これはそのうち「晩春十二絶」の第三首。

47 夏日十二絶之七(1)（夏日（かじつ）十二絶の七）

晝出耘田夜績麻
村莊兒女各當家(2)
小童未解供耕織
也傍桑陰學種瓜

昼は出でて　田に耘り　夜は　麻を績む
村荘の児女　各おの　家に当たれり
小童　未だ　耕織に供するを解せざれども
也た　桑陰に傍うて　瓜を種ゆることを学ぶ

昼は畑に出て　草取り　夜は夜で　麻の糸くり
村の子は　男も女も　家の仕事に　精を出す
幼い子どもは　まだ仕事の手つだいはできない
それでさえ　桑の木の下で　瓜をうえるまねをする

注　(1)前の詩と同じ年の作。「夏日十二絶」の第七首。(2)当家　宋代の俗語で当行などと同じく、本業、本務の義（周汝昌「范成大詩選」の注）。

48　燈市行(1)

吳臺今古繁華地
偏愛元宵(2)燈影戲

呉台　今古　繁華の地
偏えに　元宵灯影の戯を愛す

春前臘後天好晴
已向街頭作燈市
疊玉千絲(3)似鬼工
剪羅萬眼(4)人力窮
兩品爭新最先出
不待三五迎春風
兒郎種麥荷鋤倦
偸閒也向城中看
酒壚博簺(5)雜歌呼
夜夜長如正月半
災傷不及什之三
歲寒民氣如春酣
儂家亦幸荒田少
始覺城中燈市妙

春前　臘後　天　好晴なれば
已に街頭に向かって灯市を作る
玉を畳むこと千糸　鬼工に似たり
羅を剪ること万眼　人力窮まれり
両品　新を争い　最も先に出ず
三五を待たずして春風を迎う
児郎　麦を種えて　鋤を荷うこと倦み
閑を偸んで　也た城中に向かって看る
酒壚　博簺　歌呼を雑え
夜夜　長えに正月の半の如し
災傷　什の三に及ばず
歳寒うして　民の気は春の酣なるが如し
儂が家も亦幸いに荒田少なし
始めて覚ゆ　城中の灯市の妙なることを

蘇州は今も昔も　にぎやかな土地がら
とりわけ上元の夜の廻り灯籠が　私はすきだ

しわすの月の末　立春の前あたり　よい天気がつづいたらば
町のあちこち　早くも　灯籠をかけはじめたところがある
ルリ灯は　ガラスの糸を千本もより合わせて　神わざかと疑わせ
万眼羅灯は　こまかい絹の目を組みあげて　人力の限りをつくす
この二つは新作の競争で　どれよりも先に出て来た
十五夜になるのも待たず　春風をむかえたわけだ
麦畑のすきかえしに疲れはてた　農家の若者たちも
ひまをぬすんで　やはり　城内へ見物にやってくる
居酒屋では双六（すごろく）・さいころのばくちを開き　飲めや歌えの大さわぎ
夜ごと夜ごとのにぎわいは　十五日の晩がつづくようだ
作物のいたみは　やっと三わりもあったかどうか　というくらい
まだ寒い最中というのに　ひとびとは春のさかりみたいに上きげん
「わしの家も　仕合せと　不作の田が少のうて
町の灯籠祭を今年はじめて　楽しく見ましたわい」

注　(1)この詩は「臘月村田楽府（そんでんがふ）」十首の第二首で、范成大の総序がある。晩年の作。(2)元宵　上元の節句（陰暦正月十五日の夜）。灯籠まつり。(3)畳玉千糸　琉璃毬（るりきゅう）灯とよばれるもので、細いガラスのすきまごとに一つの花が見える精巧なもの（周汝昌氏の注による）。（4）剪羅万眼　剪ははさみで切りぬくこと。羅はうすぎぬ、ろ。（5）博簺　博はもともと双六の類。簺はさいころ。とくに高価な灯籠は賭けをして勝ったものの手に入る習慣があった（范成大の序に見える）。

楊萬里（ようばんり）

一一二七―一二〇六。字は廷秀（ていしゅう）。号は誠斎（せいさい）。吉水（きっすい）（江西省の県）の人。紹興二四年（一一五四）進士。秘書監・江東転運副使となった。南宋四大家の一人。「誠斎詩集」四十二巻がある。

49　題湘中館(1)（湘中館（しょうちゅうかん）に題す）

清境故應好
新寒(2)殊不勝
征衣愁著盡

清境（せいきょう）　故（もと）より応（まさ）に好（こう）なるべし
新寒　殊（こと）に勝（た）えず
征衣（せいい）　着（ちゃく）し尽くせるを愁（うれ）え

凭檻喜猶能
亂眼船離岸
關(3)心山見稜
箇中有句在
下語更誰曾

檻(かん)に凭(よ)ること　猶能(なおよ)くするを喜ぶ
眼(め)を乱(みだ)して　船は岸を離れ
心に関す　山の稜(りょう)を見(あら)わすことを
箇(こ)の中(うち)に　句の在(あ)る有り
語(ご)を下(くだ)すこと　更(さら)に誰(たれ)か曽(かつ)てせし

清らかな環境　これはむろんこのましいはずだが
急に寒気におそわれた今は　ことにたえがたい
用意した衣類を着つくしても足りないかと気にはかかる
でもらんかんによりかかり眺めることはできるのがうれしい
岸を離れて出て行く船の数数は　目をとまどいさせるし
山がかどばったひだを見せると　また注意をうながす
この気持のどこかに　すばらしい詩句がたしかにある
それをことばで表わすことは　誰だってできたためしがないのだが

注　(1)湘中館　永州（湖南省零陵県）の北にある宿場の建物。地誌では湘口館とあり、宋の沈遼の詩の題にも湘口館と見え、中は口の誤りであろうという（夏敬観氏説）。この詩は紹興三十二年（一一六二）の作。二首の第一首。（2）征衣　旅の衣服。（3）箇中　この場合の箇は指示代名詞、これ。

50　彦通叔祖(1)約游雲水寺（彦通叔祖（げんつうしゆくそ）　約して雲水寺に遊ぶ）

竹深草長緑冥冥
有路如無又斷行
風亦恐吾愁寺遠
殷勤隔雨送鐘聲

竹深く草長（くさちよう）じて　緑冥冥（みどりめいめい）たり
路有れども無きが如く　又行（こう）を断（た）つ
風も亦（また）吾が寺の遠きを愁（うりよ）うるを恐れて
殷勤（いんぎん）に雨を隔てて　鐘声（しようせい）を送る

ふかぶかとした竹むら　長くのびた草　小暗いほどの緑の色
路はあっても　もうなくなったようで　おまけに通る人もない
私たちが目ざす寺の遠さを気にすると思ってか　風は親切にも
ふる雨のかなたでひびく鐘（かね）の音を　送ってきてくれた

注　（1）彦通叔祖　彦通は字、名は不明。楊万里の祖父の弟。この詩は乾道元年（一一六五）の作。

51 閒居初夏午睡起(1)（閑居の初夏　午睡して起く）

梅子留酸軟齒牙
芭蕉分綠與窗紗(2)
日長睡起無情思
閒看兒童捉柳花(3)

梅子は酸を留めて　歯牙を軟にす
芭蕉　緑を分って　窓の紗に与う
日長く　睡より起きて情思無し
閑に看る　児童の柳花を捉うるを

梅の実のすっぱい味が残って　歯がうずくほどだ
あざやかな芭蕉の葉は　窓に張った紗の色をひとしお緑こくする
初夏の日ながひるねからさめて　何をするにもものうく
子どもたちが　柳の花をつかまえようと走るのを　静かに見ている

注　(1)この詩は乾道二年（一一六六）の作。(2)分緑与窓紗　与は上の動詞「分」に接し、「緑（色）を窓の紗に分け与えた」意。(3)柳花　柳絮に同じ。柳絮は柳の種子についている綿で、花とは別のものであるが、詩の中では、しばしば柳絮と同義に用いられる。

52　次日醉歸[1]（次の日　酔うて帰る）

日晚頗欲歸
主人苦見留
我非不能飲
老病怯觥籌[2]
人意不可違
欲去且復休
我醉彼自止
醉亦何足愁
歸路意昏昏
落日在嶺陬[3]
竹裏有人家
欲憩聊一投
有叟喜我至
呼我爲君侯
告以我非是

日晩うして　頗る帰らんと欲せしに
主人　苦ろに　留めらる
我飲を能くせざるには非ず
老病　觥籌を怯るればなり
人意には違う可からず
去らんと欲して　且く復休む
我酔うて　彼自から止む
酔うも亦何ぞ愁うるに足らん
帰路　意　昏昏たり
落日　嶺陬に在りき
竹裏に　人家有り
憩わんと欲して　聊か一たび投ず
叟有り　我が至れるを喜び
我を呼びて　君侯と為せり
告ぐるに我の是に非るを以てすれども

俛笑仍掉頭
機心久已盡(4)
猶有不下鷗
田父亦外我
我老誰與遊

俛(ふ)して笑い　仍頭(なおこうべ)を掉(ゆる)がす
機心は久しく已に尽きたるに
猶鷗(なおかもめ)を下(くだ)らしめざる有り
田父(でんぷ)も亦(また)我を外(うと)んず
我老いたり　誰(たれ)と与(とも)にか遊ばん

日も暮れがただし　そろそろ帰り支度していたが
主人のほうでは　ことばをつくし　引きとめてくださる
私は酒を飲むのがきらいだ　というのじゃなくて
年と病気のせいで　杯を重ねることを恐れるからだ
でも　人の厚意を無にするには忍びない
立ち去ろうとしたものの　結局またやめにした
酔いがまわる時分には　主人ももう強(し)いなかった
酔ったからとて　気にするほどのことではないのに
帰ってくる途中では　何だか　ふらふらしだしたころ
ちょうど　夕日は　とうげの山の片すみにかかっていた
竹ばやしの中に　人家があって

ひとやすみしようと　何の気なしに立ちよったところ
ひとりの老人が　私の入ってくるのを見てよろこび
「殿さま」と言って　私によびかけたものである
「いや　そんなものじゃない」と言い聞かせても
頭をさげて笑うばかり　やはり首をふっている
世俗の心は　とっくに枯れはてたつもりでいたが
まだまだ　鷗をなつかせることさえできぬらしい
田舎おやじでさえ　仲間にしてはくれぬとは
老いたこの身は　さて　誰と交わればよいのか

注　(1)乾道四年（一一六八）作。楊万里の「江湖集」では、この前に「人日（じんじつ。正月七日）昌英叔（しょうえいおじ）に従って出謁す」の題の詩があって、正月の回礼に出た。その途中で人家に泊まったので、「次日」とはたぶん八日のこと。(2)觥籌　觥はさかずき。籌は数をかぞえる棒。ここはただ杯の数をいう。(3)嶺阪　阪は阪などのまがりかど。(4)不下鷗　「列子」黄帝篇の故事にもとづく。海岸に住んで毎日かもめと遊んでいた男があったが、その父が「一羽とってこい、わしもなぐさみにする」と言ったので、あくる日、海へ出て見ると、かもめは舞っているばかりで、おりて来ようとしなかったという話。

53 感秋(1)（秋に感ず）

舊不悲秋只愛秋
風中吹笛月中樓
如今秋色渾如舊
欲不悲秋不自由

旧(もと)　秋を悲しまず　只(ただ)秋を愛せり
風中に笛(ふえ)を吹く　月中(げっちゅう)の楼(ろう)
如今(じょこん)　秋色は渾(す)べて旧の如きに
秋を悲しまざらんと欲するも　自由ならず

昔は秋のあわれなど感じもしなかった　とにかく秋がすきだった
月の明るい高楼(たかどの)で　風にのせて　笛を吹きすさんでいた
今でも秋の風物は　昔とちっとも　かわりはしない　だが
秋が悲しくない　と言おうにも　そうはゆかない

注　(1)淳熙元年甲午（一一七四）の作。時に作者五十一歳。

54　凍蠅(1)（凍えし蠅）

隔窗偶見負暄蠅
雙脚挼挲(2)弄曉晴
日影欲移先會得
忽然飛落別窗聲

窓を隔てて　偶ま暄を負う蠅を見る
双脚　挼挲して　暁晴を弄す
日影　移らんと欲して　先ず会り得たり
忽然　飛んで　別窓に落ちて声あり

窓ごしに　日なたぼっこの蠅が　ひょっくり　目に入った
晴れあがった今朝を　うれしげに　両足をすり合わせている
日ざしが　やがて動いてゆくのを　いちはやく気づいたらしい
急に飛びたった　と思うと　ほかの窓につきあたって音をたてる

注　(1)淳熙五年戊戌（一一七八）の作。(2)挼挲　両手をこすり合わせること。

55　初入淮河(1)（初めて淮河に入る）四首（その一）

船離洪澤岸頭沙

船は洪沢の岸頭の沙を離る

人到淮河意不佳
何必桑乾方是遠
中流以北即天涯

人は淮河に到って　意（こころ）佳（か）ならず
何ぞ必ずしも桑乾（そうかん）にて方（はじ）めて遠きならんや
中流以北　即ち天涯（てんがい）なり

洪沢の岸の砂浜から　船ははなれてゆく
淮河へくると　私たちの心は重くるしい
桑乾河（そうかんが）　あそこまで行って　はじめて故国の遠さを知る　とはかぎるまい
この川の中流をすぎさえすれば　もう天のかなたになるのだ

注　(1)淮河　南宋と金国との国境は淮河であった。淳熙十六年（一一八九）の作。(2)桑乾　川の名。今の永定河（北京付近）。このころの金の都は今の北京にあった。

56（その三）

中原父老莫空談
逢着王人訴不堪
却是歸鴻不能語

中原（ちゅうげん）の父老　空（むな）しく談ずること莫（なか）れ
王人（おうじん）に逢着（ほうちゃく）して　堪（た）えざるを　訴う
却（かえ）って是（こ）れ　帰鴻（きこう）は語る能（あた）わざるも

一年一度到江南　　一年　一度　江南に到る

中原の年よりたちよ　なんと言っても　むだなことだよ
帝の使者に出あって　苦しみを訴えたとて　しかたはない
それより　あの雁を見たまえ　物言うことはできないが
一年に一度ずつ　江南にやってくるじゃないか

57　寒雀(1)（寒の雀）

百千寒雀下空庭　　百千の寒雀　空庭に下る
小集梅梢語晩晴　　梅梢に小集して　晩晴に語る
特地作團喧殺(2)我　　特地に団を作して　我を喧殺せしも
忽然驚散寂無聲　　忽然　驚き散じて　寂として声なし

何百とも知れぬ雀が　人のいない庭におりて来た
梅のこずえに　しばしつどい　晴れた夕空にさえずりかわす
やかましいな　わざと群を作って　わしを困らすのだ　と思ったが

何におどろいたか　急に散らばったあとは　ひっそりと声もない

注　(1)前の「凍蠅」と同じく一一七八年の作。(2)喧殺　殺は動詞や形容詞のあとについて程度が甚しいことを表わす。

58　至後(1)入城道中雑興（至後　城に入る道中の雑興）

大熟仍教得大晴
今年又是一昇平
昇平不在簫韶(2)裏
只在諸村打稲聲

大熟して　仍(なおまた)教(た)大晴(たいせい)を得たり
今年　又是れ(またこ)　一昇平(いちしょうへい)なり
昇平は簫韶(しょうしょう)の裏(うち)に在らずして
只(ただ)　諸村の稲(いね)を打つ声に在り

豊作のみのり　そのうえにまた　よい日でりがつづく
ことしは　太平の御代(みよ)がまためぐって来た　とも言えよう
太平のしるしは何　聖人のおん作の古楽の曲にあらわれるだろうか
いや　村ごとに　もみを打つ　ひなうたの声の中にこそある

注　(1)至後　至は冬至（とうじ）。嘉泰四年（一二〇四）の作。十首のうち。(2)簫韶　古代の聖帝舜が作ったという楽曲の名。

王質（おうしつ）

一一二七—一一八九。字は景文（けいぶん）。号は雪山（せつざん）。興国（湖北省陽新県）の人。紹興三十年（一一六〇）進士。荆南府通判（副知事）となった。「雪山集」十六巻がある。

59　山行即事（さんこうそくじ）

浮雲在空碧
來往議陰晴
荷雨洒衣濕
蘋風吹袖清
鵲聲喧日出
鷗性狎波平

浮雲　空碧（くうへき）に在り
来往して　陰晴（いんせい）を議（ぎ）す
荷（はちす）の雨は　衣（い）に洒（そそ）いで湿（うるお）わしめ
蘋（うきくさ）の風は　袖（そで）を吹いて清し
鵲（かささぎ）の声は　日出に喧（かまびす）しく
鷗（かもめ）の性（さが）は　波の平らかなるに狎（な）る

山色不言語
喚醒三日酲

山色(さんしょく)　言語せざれども
三日(じつ)の酲(てい)を喚(よ)び醒(さ)ませり

大空のみどりの中に　浮かんでいた雲は
ゆきかいつつ　晴れようか　どうか　と相談している
はすの葉に　ふりそそぐ雨は　私の上衣まで　しめらせ
うきくさをわたる風は　そでを吹きとおって　すずしい
日がさしてくるころには　かささぎの声が　やかましく
かもめは　いつものように　なれなれしく平らな波を飛ぶ
山の景色は　ひとことも　語らないが
三日つづきの悪酔いの目を　さましてくれた

姜夔(きょうき)

一一五五—一二二一。字は堯章(ぎょうしょう)。号は白石(はくせき)道人。鄱陽(はよう)（江西省の県）の人。一生官吏とならず、処士として終わった。詞の作家としてだけでなく詩人として名声が高かった。

詩集は「白石道人詩集」二巻。詞集は「白石詞」一巻、または「白石道人歌曲」四巻、あるいは「白石道人詞集」三巻、「別集」一巻。

60 昔遊詩（昔遊の詩）

夔蚤歳孤貧再走川陸數年以來始獲寧處秋日無謂追述舊遊可喜可愕者吟爲五字古句時欲展閲自省生平不足以爲詩也(1)

夔　蚤き歳より孤貧にして　再び川陸を走れり　数年以来　始めて寧処するを獲たり。秋日　謂れ無く　旧遊の喜ぶ可く愕く可き者を追述し　吟じて五字の古句を為せり　時に展閲して自から生平を省みんと欲す　以て詩と為すに足らざるなり（その一）

我乗五板船(2)
將入沌河口(3)
大江風浪起
夜黒不見手
同行子周子
渠膽大如斗
長竿插蘆席

我　五板の船に乗り
将に　沌河の口に入らんとす
大江　風浪　起こり
夜黒うして　手を見ず
同行の　子周子
渠の胆は大いさ斗の如し
長竿　芦席を挿み

船作野馬走
不知何所詣
死生付之偶
忽聞入草聲
燈火亦稍有
杙船遂登岸
急買野家酒

船は　野馬(やば)の走(そう)を作(な)せり
何の詣(いた)る所なるを知らず
死生(しせい)　之を偶(ぐう)に付(まか)す
忽(たちま)ち　草に入る声を聞く
灯火　亦稍(またようや)く有り
船を杙(つな)いで　遂(かく)て岸に登り
急に　野家の酒を買う

私が　五板の船に乗りこんで
沌河の口へ入ろうとしていた時のことだった
風が出て　長江の本流にはげしい波が立った
夜はくらく　自分の手さえ　見えないほどだ
同行者の　周君という人は
胆玉(きもたま)の大きいこと　斗(ます)くらいもあったろうか
長い竿のさきに　芦(あし)のむしろをはさませると
船はまるで放し飼いの馬のいきおいで走った
どこへ行きつくとも　知れないし

死ぬか生きるか　運にまかすほかはなかった
とつぜん　船べりが草をこする音がして
灯火も　ちらほら　見え出してきた
船をそこにつないで　岸にあがり
いそいで　地酒を買ったのだった

注（1）「私は早く父をなくし、処処をさすらった。数年このかた、やっと落ちつけるようになった。秋の一日、つれづれのままに、むかしの旅のうれしかったこと、心を動かされたことなどを思い出しつつ書きつけ、五言の古詩の形にした。ときどき開いてみて、自分の過去をかえりみようと思う。詩と名づけるほどのものではない」。嘉泰元年（一二〇一）四十七歳の作と推定される（夏承燾〔かしょうとう〕氏の「姜白石繫年」による）。すべて三首。（2）五板船。未詳。三板（サンパン。舢板とも書く）は今でも小さなはしけのことで、船板三枚の義である。五板はそれよりやや大きな船であろうか。（3）沌河口　沌河は長江の分流で湖北省漢陽県の近くにその合流点があり沌口と称した。長江の本流は風波はげしいため、宋代の旅行者はしばしばこの水路を利用した。沌はテンともよむ。

61（その二）

濠梁[1]四無山
陂陀亘長野
吾披紫茸氈
縱飲面無赭
自矜意氣豪
敢騎雪中馬
行行逆風去
初亦略霑灑
疾風吹大片
忽若亂飄瓦
側身當其衝
絲鞚袖中把
重圍萬箭急
馳突更叱咤
酒力不支吾
數里進一斝

濠梁　四もに山無し
陂陀として　長野に亘る
吾紫茸の氈を披き
縦ままに飲めども　面に赭きこと無し
自から　意気の豪なるに矜り
敢て　雪中の馬に騎る
行き行いて　風に逆らいて去る
初めは亦略しく霑灑するのみ
疾風の大片を吹くや
忽ち　乱れて　瓦を飄えすが若し
身を側めて　其の衝に当たり
糸鞚は　袖中に把る
万箭の急なるに重囲せられ
馳突して　更に叱咤す
酒力　支吾せず
数里にして　一斝を進む

燎茅烘濕衣　茅(かや)を燎(や)いて湿衣を烘(かわ)かす
客[2]有見留者　客(かく)に　留(とど)めらるる者有り
裴徊望神州　裴徊(はいかい)して　神州を望み
沈歎英雄寡　沈歎す　英雄の寡(とぼし)きに

濠梁は　四方　まったく山のない土地だ
ただ大波のように　はてしない原野が起伏する
私は紫色の毛織の大合羽(おおがっぱ)をはおり
ぐいぐい酒をあおったが　顔に赤みもささない
さかんな気力をたのみに　いさましく
雪の中に　馬を乗り出していった
どこまでも　どこまでも　向い風だった
初めのうちは　少々ぬれたな　と思うくらいだったが
急に風が強くなって　大きな雪片を　吹きつける
まるで　瓦がばらばら飛んでくるいきおいだ
体をななめに　風の進路に向かって進み
たづなは　袖の中で　しっかりにぎった

敵の包囲におちいって　何万と矢を射かけられる思いだ
その中を突進し早がけして　馬をしかる
酒の力も　とうてい　ささえきれなくなって
数里行ったところで　一杯のむことにした
茅(かや)をもやして　ぬれた上衣をあぶってくれたうえ
とめてやろうと　言う人さえあった
私は去りもやらず　中原(ちゅうげん)の地を　はるかにながめ
英雄は出ず　むざむざ敗れたなげきに沈んでいた

注　(1)濠梁　すなわち濠州（安徽省鳳陽県）で、淮河の南岸にある。(2)裴佪　徘徊に同じ。

62　除夜自石湖帰苕渓(1)（除夜(じょや)　石湖(せっこ)より苕渓(ちょうけい)に帰る）（その一）

細草穿沙雪半銷
呉宮煙冷水迢迢
梅花竹裏無人見
一夜吹香過石橋

細草(さいそう)　沙(すな)を穿(うが)って　雪半(なか)ば消(しょう)す
呉宮(ごきゅう)　煙(けむり)　冷(ひや)やかにして　水迢迢(ちょうちょう)たり
梅花(ばいか)　竹裏(ちくり)に人の見る無し
一夜(いちや)　香(こう)を吹いて　石橋(せっきょう)を過ぐ

小さな草の芽はぽつぽつと砂地に首を出し　雪もなかばは消えた
いにしえの呉王の宮居　冷たいもやがなびき　水路は遠くのびる
見る人もない　竹ばやしのあいだに咲く梅の花
このひと夜　香気は　石橋のこちらまで　ただよう

注　(1)除夜　紹熙二年（一一九一）の大みそか。石湖は范成大の別荘の名（二五八ページ参照）。苕渓は当時姜夔が住んでいた呉興（湖州市）をさす。姜氏が范氏に招かれて蘇州へ行った帰路の作で、すべて十首。

63（その七）

笠澤(1)茫茫雁影微
玉峯(2)重疊護雲衣
長橋寂寞春寒夜
只有詩人一舸歸

笠沢（りつたく）　茫茫（ぼうぼう）として　雁影（がんえい）は微（び）なり
玉峰（ぎょくほう）　重畳（ちょうじょう）　雲衣（うんい）に護（まも）らる
長橋（ちょうきょう）　寂寞（せきばく）たり　春寒（しゅんかん）の夜（よ）
只（ただ）　詩人の一舸（いっか）の帰る有り

笠沢のひろびろとした沼　かすかにしか見えない雁の影
玉峰の山は　かさなりあった雲のヴェールにまもられている
長い橋の下　早春のうそざむい夜のさびしさよ
ただひとり帰ってゆく　詩人の一そうの船

注　(1)笠沢　蘇州の南の沼沢地。(2)玉峰　崑山の別名（銭鍾書氏による）。崑山という山が蘇州の近くに二つあるが、どちらか不明。

64　平甫見招不欲往(1)（平甫の招かるるも　往くを欲せず）

老去無心聽管絃　　老い去って　管絃を聴くに心無し
病來杯酒不相便(2)　　病来　杯酒　相便ならず
人生難得秋前雨　　人生　得難きは　秋前の雨なり
乞我虚堂自在眠　　我に　虚堂　自在の眠りを乞えよ

私も年がより　管絃に聞き入る興味を失ないました
ちかごろ病気してからは　酒も体にさわります

人の一生に　めったにあえないのは　秋のさきがけの雨です
誰もこないざしきで　思うさま　眠ることを　お許しください

注　(1)平甫　項安世(こうあんせい。淳熙二年〔一一七五〕進士)の字。詩人でまた学者であった(銭鍾書氏の説)。しかし姜夔の親しい友人であった張鑑の字も平甫である。張鑑は一二〇二年ごろ死んだ(夏承燾氏による)。(2)不相便　この相は自分にとっての意。

翁巻(おうけん)

生歿年不明。字は続古(ぞくこ)、また霊舒(れいじょ)。永嘉(浙江省温州市)の人。土地の学者葉適(しょうてき)(一一五〇―一二二三)の門人で、次の趙師秀(ちょうししゅう)ら三人と四霊といわれた。「葦碧軒集」一巻がある。

65 郷村四月(郷村(きょうそん)の四月(がつ))

緑遍山原白滿川
子規聲裏雨如煙

緑は山原(さんげん)に遍(あまね)く　白(はく)は川(せん)に満つ
子規(しき)声裏(せいり)　雨は煙(けぶり)の如し

郷村四月閑人少
纔了蠶桑又揷田

郷村の四月　閑人少なり
纔かに蚕桑を了れば　又田を挿す

山の平地は緑におおわれ　川原だけが白い
ほととぎすの鳴く中に　煙のような雨がふる
四月の農村　せわしくない人はめったにない
かいこに桑をやり終えたと思うと　こんどは田植え

趙師秀

生歿年不明。字は紫芝、または霊秀。永嘉の人。宋の太祖の八世の孫。紹熙元年（一一九〇）進士。官吏としての経歴は明らかでない。「清苑斎集」一巻がある。

66 約客（客に約す）

黄梅時節家家雨

黄梅の時節　家家の雨

青草池塘處處蛙
有約(1)不來過夜半
閑敲碁子落燈花

青草の池塘　処処の蛙
約有れども来たらず　夜半を過ぐ
閑に碁子を敲いて　灯花を落す

梅の実が黄ばむころになった　どこもかしこも雨
草が青青とした池のつつみ　あちこちで鳴くかえる
約束しておいたのに　客はこない　もう夜半をすぎた
たいくつして碁石をぱちんとおくと　灯心の尖がおちる

注　(1)閑敲一句　この句は碁石を盤の上に置くことと灯心のさきを切ることと、二つの動作で、直接の関係はないとも解しうるが、しばらく「碁石をぱちっと置いた、その拍子に灯心が落ちた」と解する。

67. 薛氏瓜廬(1)（薛氏の瓜廬）

不作封侯(2)念
悠然(3)遠世紛

封侯の念を作さず
悠然として　世紛より遠ざかる

唯應種瓜事
猶被讀書分
野水多於地
春山半是雲
吾生嫌已老
學圃未如君

唯応(ただまさ)に 瓜(うり)を種(う)ゆるを事(こと)とすべきも
猶(なお) 読書の被(ため)に 分(わか)たれん
野水(やすい) 地よりも多く
春山(しゅんざん) 半(なか)ばは是れ雲なり
吾が生(せい) 已(すで)に老いたるを嫌う
圃(ほ)を学ぶこと 未(いま)だ君には如(し)かず

出世して 大名になりたい などとは考えないで
君は はるかに 世のさわがしさから離れている
ただもう 瓜作りに 心をうちこんでいるはずだが
やはり 学問のために 時間をさかれることもあるだろう
野中の川は 地面をかくすほど 流れひろがり
春の山山の 半分くらいは 雲に包まれている
私も 年老いたのが ざんねんだ これから
農業を習ったとしても 君のようにはゆくまい

注 (1)瓜廬 瓜ばたけの中の仮住まい。(2)封侯 秦の召平(しょうへい)は東陵侯に封ぜられていたが、秦がほろびたのち、長安の城門の外で瓜を栽培してくらした。この句はその故事によってできている。(3)悠然　はるかなさま、無関心な態度。

華岳(かがく)

生歿年不明。字は子西(しせい)。貴池(安徽省)の人。武学生(士官学校)出身。韓侂冑(かんたくちゅう)の政治に反対して入獄し、ゆるされて官についたが、史弥遠(しびえん)に反抗して殺された。その著「翠微南征録」十一巻に詩がある。

68 驟雨(しゅうう)

牛尾烏雲潑濃墨
牛頭風雨翻車軸
怒濤頃刻巻沙灘
十萬軍聲吼鳴瀑
牧童家住溪西曲

牛尾(ぎゅうび)の烏雲(ううん)は濃墨(のうぼく)を潑(はつ)し
牛頭の風雨は車軸を翻(ひるが)えす
怒濤(どとう)は頃刻(けいこく)に沙灘(さたん)を巻(ま)き
十万の軍声　鳴瀑(めいばく)　吼(ほ)ゆ
牧童　家は渓西(けいせい)の曲(くま)に住(じゅう)し

侵早騎牛牧渓北
慌忙冒雨急渡渓
雨勢驟晴山又緑

侵早(よあけ)に牛に騎(の)って　渓北(けいほく)に牧す
慌忙(こうぼう)として　雨を冒(おか)して急に渓(たに)を渡れば
雨勢驟(にわ)かに晴れて　山又緑(みどり)なり

牛のしっぽのほうで　墨をぶちまけたような雲が出たかとみるや
牛の頭の方角へ　車の軸も浮き上がらせるほどの　大風雨
あっというまに　砂原へ　さかまく怒濤が　おしよせた
十万の大軍のさけび声のように　ほえたける　滝の水
牧童は　谷の西の曲りめのあたりに　家がある
朝まだきから　牛にのり　谷の北へ　放し飼いに出ていた
あわてふためき　雨をついて　谷をいそいでわたっていると
雨はにわかに晴れ上がり　山はまたことのほかに　緑の色こい

戴復古(たいふくこ)

一一六七―？　たぶん一二四八以後死。字は式之(しょくし)。黄巌県（浙江省）の人。号は石屛(せきへい)。

趙師秀に詩を学び、陸游とも交わった。終身官途につかず、いわゆる江湖派の一人。
「石屛集」十巻がある。

69 庚子(1)薦饑(2)（庚子　薦りに飢ゆ）

餓走拋家舎　　餓えたるものは走りて家舎を拋ち
縦横死路岐　　縦横　路岐に死す
有天不雨粟　　天有れども　粟を雨らさず
無地可埋屍　　地の屍を埋む可き無し
劫數慘如此　　劫数　惨なること此の如し
吾曹忍見之　　吾が曹　之を見るに忍びんや
官司行賑卹　　官司　賑卹を行なえども
不過是文移(3)　　是れ文移なるに過ぎず

餓えのために故郷をすてて　流れさすらい
行きだおれた人が　路ばたに　ごろごろしている
お天道さまが　穀物をふらせる　そんなことは今はない

大地は　死骸をうずめる場所さえ　たりないほどだ
運命のめぐりあわせだ　とはいえ　いたましいかぎりではある
われわれが　じっと見すごせようか　このありさまを
お役所は　いかにも　救済にのり出してはいる　だが
かたのごとく　文書を通達する　それだけのことだ

注　(1)庚子　嘉熙（かき）四年（一二四〇）。(2)薦飢　連年のききん。(3)文移　移は公文書の名称の一種。

70　江陰浮遠堂[1]（江陰の浮遠堂）

横岡下瞰大江流
浮遠堂前萬里愁
最苦無山遮望眼
淮南極目盡神州

横岡より下瞰す　大江の流れを
浮遠堂前　万里の愁いあり
最も苦しむ　山の望む眼を遮る無きに
淮南　目を極むれば　尽く神州なり

よこながの丘の上から　揚子江の流れを　見おろすところ

ここ　浮遠堂の前にあって　私の悲しみは　どこまでもひろがる
何よりも　心が晴れないわけは　視界をさえぎる山ひとつなく
北の方　淮南の一帯　目に入るすべてが　わが神聖な領土であること

注　(1)江陰　揚子江の南岸にある(江蘇省の県)要衝。

71　淮村兵後(1)(淮村の兵後)

小桃無主自開花
煙草茫茫帯晩鴉
幾處敗垣圍故井
向來一一是人家

小桃　主無くして　自り花を開き
煙草　茫茫として　晩鴉を帯ぶ
幾処の敗垣の故井を囲めるは
向来　一一　是れ人家なりき

小さな桃の木は　家のあるじはいなくても　ひとり花をつけ
あてどもなくひろがる　煙のような草原に　ねぐらへ帰るからすの影
くずれた土べいの中の古井戸が　いくつとなく見えるのだが
あれは　ひとつひとつ　もとは皆　人のすまいだったと思う

注　（1）淮村　淮河に沿うた村であろう。たびたび金の軍が侵入した。

72　訪舊（旧を訪う）

欲尋西舍問東隣　　西舎を尋ねんと欲して東隣に問えば
兩巷都非舊住人　　両巷は都て　旧住の人に非ず
惟有桑邊石池在　　惟だ桑辺　石池の在る有りて
依然春水碧粼粼　　依然たる春水　碧粼粼たり

西どなりの家のことを　東どなりの人に聞いてみようとしたが
小路の両側とも　もう昔住んでいたのとは違った人だった
今は　桑の木の下の庭石と池とが　のこっているだけだ
池の水は　相変らず　春らしく　緑のさざなみを浮かべてはいても

洪咨夔

一一七六―一二四四。字は舜兪。号は平斎。於潜（浙江省の県）の人。嘉定二年（一二〇九）進士。刑部尚書（法務大臣）翰林学士となった。諡は忠文。「平斎文集」三十二巻がある。

73 泥渓(1)

沙路縁江曲
斜陽塞轎明(2)
晩花酣暈淺
平水笑窩輕
喜蔭時休駕
疑昏屢問程
誰家剛齊餅(3)
味過八珍(4)烹

沙路　江の曲に縁り
斜陽　轎を塞いで明らかなり
晩花　酣暈　浅く
平水　笑窩　軽し
蔭を喜んで　時に駕を休め
昏かと疑いて　屢しば程を問う
誰が家ぞ　剛に餅を斉えしは
味いは八珍の烹に過ぎたり

川岸について曲ってゆく　砂原の路

かたぶいた日ざしは　かごのおおいの中まで明るくする
おそざきの花が　酒に酔ったように　ほんのりと赤く
平らな水面には　えくぼのように　波のわをえがく
ときおり木かげが見つかると　喜んで　かごかきを休ませるが
夕暮が近づいたのかと思って　たびたび　路のりを　きく
どこかの家で　ちょうど餅をふかしたばかりらしい
その味は　さぞかし八珍の料理よりもすばらしいだろう

注　(1)泥渓　地名であろう。洪氏が竜州（四川省平武県）の通判（副知事）であったころの作。(2)塞輴明　塞はつめこむ、いっぱいにする義。(3)斉餅　餅は麦粉で作る食品。斉は剤と同じく味を調和させる義（銭鍾書氏）。(4)八珍　八種の珍味。周礼その他の古典に見え、いろいろな数え方がある。

趙汝鐩（ちょうじょすい）

生歿年不明。字は明翁（めいおう）。号は野谷（やこく）。江湖派の詩人。袁州（江西省宜春県）の人。宋の太宗皇帝八世の孫。嘉泰二年（一二〇二）進士。「野谷詩稿」六巻がある。

74 隴首(1)

隴首多逢采桑女
荊釵蓬鬢短青裙
齋鐘斷寺鷄鳴午
吟杖穿山犬吠雲
避石牛從斜路轉
作陂水自半溪分
農家說縣催科急
留我茅簷看引文

隴首　多く采桑の女に逢う
荊釵　蓬鬢　短青裙
斎鐘　寺に断えて　鶏は午に鳴き
吟杖　山を穿って　犬は雲に吠ゆ
石を避くる牛は　斜路より転じ
陂を作せる水は　半渓より分つ
農家　県の催科の急なることを説き
我を留めて　茅簷に引文を看しむ

田のうねのそばでは　桑つみの女に出あうことが多い
いばらのかんざし　ぼうぼうの髪　青色の短いスカート
僧の斎を告げる鐘が寺で鳴りやむと　にわとりが鳴く正午どき
詩を吟じつつ杖をひき山めぐりしていると　雲の中で犬の吠える声

石ころをよけて　牛が　横路から　曲って出てきた
用水池の水は　谷の中ほどから　引いてきてある
農家の人は　県からの取立てがきびしいと　つぶやきながら
私をひきとめ　茅(かや)の屋根の下で　税金の書きつけを見せてくれる

注　(1)隴首　この隴は地名でなく田のうね。

高翥(こうしや)

生歿年不明。字は九万(きゅうばん)。号は菊磵(きくかん)。余姚(よよう)(浙江省)の人。江湖派の詩人で、晩年の陸游に学んだ。「菊磵小集」一巻がある。

75　秋日(しゅうじつ)

庭草(1)銜秋自短長
悲蛩傳響答寒螿(2)

庭草　秋を銜(うら)んで　自(おのが)じし短長なり
悲蛩(ひきょう)は響きを伝えて　寒螿(かんしょう)に答う

豆花似解通隣好　豆花は　隣好を通ずることを解するに似たり
引蔓殷勤遠過牆　蔓を引いて　殷勤に遠く牆を過ぐ

庭の千草は　秋をうらむのかそれぞれ　長く短く生い茂り
こおろぎの悲しいひびきは　ほうし蟬のよわり声に調子を合わせる
豆の花は「隣同士のつきあいを忘れません」というように　親切にも
長いつるを　かきねのこちらまで　のばしてきて　咲いている

注　(1)蛩　蟋蟀の別名、こおろぎ。(2)寒螿　寒蟬に同じ、つくつくぼうし。

劉克荘

一一八七―一二六九。字は潜夫。号は後村居士。謚は文定。莆陽（福建省莆田県）の人。官吏としては福建提刑（司法官）となった。江湖派の最大の詩人。詩集は「後村先生大全集」百九十六巻の中にある。

76　北來人(1)（北来の人）

十口同離仳
今成獨雁飛
飢鋤荒寺菜
貧著陥蓄(2)衣
甲第歌鐘沸
沙場探騎稀
老身閩地死
不見翠鑾帰(3)

十口　同じく離仳せしに
今は　独雁と成って飛ぶ
飢えては　荒寺の菜を鋤き
貧しゅうして蓄に陥りし（ときの）衣を着く
甲第に歌鐘は沸けども
沙場には探騎　稀なり
老身　閩地に死せん
翠鑾の帰るを見じ

わかれわかれに逃げ出したのは　一家十人でした
今は列を離れた雁一羽の身の上になりました
餓えのために　荒れ寺の菜畑を鋤きかえしていますが
まずしくて　金にいたころの服を　まだ着ています
歴歴のお屋敷では　歌や音楽が　わきかえるとき
北の砂原では　斥候がでるのも　ごくまれだそうですね

わたくしは　このまま老いはて　閩（福建）の土地で死ぬのでしょう
天子さまのみ車が　昔の都へお帰りなされるのは見られますまい

注　(1)二首の第二首。第一首によると、金の占領地から逃げて南方へ来た中国人のことを歌ったもの。(2)陥蕃　蕃は野蛮人、すなわち金をさし、陥とはその占領下に入ったことをいう。(3)翠鑾帰　帰は都へ帰ること。この都とは北宋の首都であった開封をさす。

77　運糧行(1)

極邊官軍守戰場
次邊丁壯俱運糧
縣符旁午催調發
大車小車聲軋軋
霜寒晷短路又滑
擔夫肩穿牛蹄脫
嗚呼漢軍何日屯渭濱(2)
營中子弟皆耕人

極辺の官軍は　戦場を守り
次辺の丁壮は　倶に糧を運す
県符は旁午して　調発を催し
大車　小車　声は軋軋たり
霜寒く　晷短うして　路は又滑かなり
担夫の肩は穿たれ　牛蹄は脱す
嗚呼　漢軍　何れの日か　渭浜に屯し
営中の子弟は　皆耕人とならん

いちばんはての辺境は　戦地で　軍隊が守っている
その次の辺地では　壮丁たちがみんなして兵糧（ひょうろう）を運ぶ
県の命令書が　四方八方に飛んで　発送をせきたて
大きな車　小さな車　きしんだ音をたてておしてゆく
霜がおりた寒気の中だ　日は短く　そのうえ路はすべりやすい
荷物をかつぐ男の肩は穴があき　牛のひづめは抜け落ちるほど
ああ　わが軍が　渭水（いすい）の岸まで　進駐するのは　いつの日か
そして　兵営の若ものたちが　すべて田を耕すようになるのは

注　(1)運糧行　兵糧運びのうた。(2)屯渭浜　屯は屯田。三国の諸葛亮が魏と戦い長安まで進んだ時、渭水の川岸の畑を蜀の兵士らに耕させた故事による表現。漢軍というのは、蜀は後漢の継承者と称したことと、宋の軍隊は漢人（漢民族）であることを二重にした表現。

78　戊辰（ぼしん）即事(1)

詩人安得有青衫　　詩人　安（いずく）んぞ青衫（せいさん）有ることを得ん

今歳和戎百萬縑
従此西湖休插柳
剰栽桑樹養呉蠶

今歳　戎に和するに　百万の縑あり
此従り　西湖に柳を插すことを休めよ
剰だ桑樹を栽えて　呉蚕を養わん

詩人の身には　官吏の着る　青い上衣でさえ　思いもよらない
ことしは　敵国との講和条約で　絹を百万匹　出すのだそうだ
これからのちは　西湖にも　柳のさし木は　やめにしろ
ただもう　桑の木をうえて　かいこをかうこと　それだけだ

注　(1)戊辰　嘉定元年（一二〇八）。南宋は一二〇六年、金と戦端を開いて大敗し、この年講和を結び、毎年多数の金（かね）と絹織物を金へ送ることを約した。

79　北山作（北山の作）

骨法枯閑甚
惟堪作隠君
山行忘路脈

骨法　枯閑なること甚だし
惟だ隠君と作るに堪えたり
山行して　路脈を忘れ

野坐認天文
字瘦偏題石
詩寒半說雲
近來仍喜聵
閑事不曾聞

野坐して　天文を認む
字は瘦せて　偏えに石に題し
詩は寒にして　半ばは雲を説く
近来　仍に聵なるを喜ぶ
閑事　曽て聞かず

私の骨相は　枯れすぎているから
隠者になるのが　せきの山らしい
山あるきをしていると　路の脈絡は忘れていても
地面にすわったときは　星の運行を観測する
書く文字はやせている　そのくせ石に題するのがすきだし
作る詩はやはり貧相で　半分くらいは雲のけしきを述べるのだ
近ごろ　そのうえ　耳までとおくなったのは　うれしいな
つまらぬ話は　きこえたためしが　ないから

80 歸至武陽渡作（帰りて武陽渡に至りて作る）

夾岸盲風掃楝花　　岸を夾む盲風　楝花を掃う
高城已近被雲遮　　高城　已に近きに　雲に遮らる
遮時留取城西塔　　遮る時　城西の塔を留取せよ
篷底歸人要認家　　篷底の帰人　家を認めんと要す

川の両岸　風は見さかいもなく　おうちの花を　吹き落している
高い城壁が近づいたと思ったのに　雲にさえぎられてしまった
雲よ　かくすにしても　城の西の塔だけは　のこしておいておくれ
船のとまの下の帰りの客は（それは私）家のありかを確かめたいのだ

81 歳晩書事（1）（歳晩　事を書す）

日日抄書懶出門　　日日　書を抄して　門を出ずるに懶なり
小窓弄筆到黄昏　　小窓　筆を弄して　黄昏に到る
丫頭婢子忙匀粉　　丫頭の婢子　粉を匀するに忙がしゅうして

不管先生硯水渾　　先生の硯水の渾れるを管せず

毎日毎日　写し物をして　外出にも　ぶしょうな私は
小さな窓の下　筆をにぎって　夕方まで　そのままいる
女中たちは　おしろいを塗りたくるのに　いそがしいとみえる
先生の硯の水がにごって使えないことなどは　気にもとめない

注　(1)十首の第九首。

82　記夢（夢を記す）

父兄誨我髧髦(1)初　　父兄　我に誨う　髧髦の初
老不成名鬢髮疎　　老いて名を成さず　鬢髪疎なり
紙帳鐵檠風雪夜　　紙帳　鉄檠　風雪の夜
夢中猶誦少時書　　夢中　猶誦す　少時の書

父親や兄が　読み方を教えてくれたのは　あげまき髪のころだった

年おいて　名声をあげることもなく　鬢の毛は　うすくなった
だが　紙のとばり　鉄の燭台をかたえに寝る　ふぶきの夜なか
夢にまだ見るのは　幼いころ　無理やり暗誦させられた本のこと

注　(1)髧髦　幼児が二本の角のような形に髪を結って垂れたさま。詩経に見えることば。

方岳（ほうがく）

一一九九―一二六二。字は巨山（きょざん）。号は秋崖（しゅうがい）。祁門（きもん）（安徽省南部の県）の人。紹定五年（一二三二）進士。吏部侍郎（人事院次官）になった。「秋崖小稿」詩三十八巻がある。江湖派の詩人で劉克荘につぐ名声があった。

83　春思（しゅんし）

春風多可太忙生
長共花邊柳外行

春風（しゅんぷう）　可（ゆる）すこと多くして　太（はなは）だ忙生（いそがし）
長（つね）に共に花辺柳外（かへんりゅうがい）に行く

與燕作泥蜂釀蜜　燕の与に泥を作り　蜂には蜜を釀し
纔吹小雨又須晴　纔かに小雨を吹きては　又須く晴るべし

春風は　ひとがよいものだから　いそがしすぎる
いつでも　花や柳のあたりを　いっしょに　歩きまわる
つばめには　泥を作ってやるし　はちには蜜をかもしてやるし
ひといき　こさめをふらせたあとじゃ　今度は天気にせにゃならぬ

羅與之

生歿年不明。字は与甫。螺川（江西省吉安県）の人。経歴不明。江湖派の詩人。「雪坡小稿」二巻がある。

84 寄衣曲（衣を寄する曲）二首（その一）

憶郎赴邊城　憶う　郎が辺城に赴きしより

幾箇秋砧月
若無鴻雁飛
生離即死別

幾箇の秋砧の月ぞ
若し　鴻雁の飛ぶ無くんば
生離　即ち　死別ならん

あなたが辺境の守備にお立ちになってから　おもえばもう
なんべん　秋のきぬたの音のうちに　月をながめましたろう
雁のたよりが　とどかなくなりましたら
生き別れが　そのままに　死に別れだと　思います

85 （その二）

此身儻長在
敢恨歸無日
但願郎防邊
似妾縫衣密

此の身　儻し長えに在るも
敢て恨まんや　帰るに日無きを
但だ願わくは　郎の辺を防ぐこと
妾が衣を縫うことの密なるに似んことを

わたくしが　もしや　あなたより長生きしましても

お帰りの日の　あてのないことは　うらみますまい
ただ一つの願いといえば　あなたの守備が　わたくしの
今縫っています着物の　糸の目のようにこまかいこと　それだけです

葉紹翁

生歿年不明。字は嗣宗。建安（福建省）の人。浦城県（福建省）の人だともいう。江湖派の詩人。「靖逸小集」一巻がある。

86 遊園不値（園に遊びて値わず）

應憐屐齒印蒼苔
小扣柴扉久不開
春色滿園關不住
一枝紅杏出牆來

応に憐れむなるべし　屐歯の蒼苔に印することを
小く柴扉を叩けども　久しく開かず
春色　園に満ちて　関し住めず
一枝の紅杏　牆を出でて来たる

げたの歯が　苔にあとをつけるのは　よっぽど惜しいのだろうか
私は柴(しば)の戸をたたき　しばらくたたずんだが　あけてはくれない
庭にあふれた春景色を　とても　しめこみきることはできまい
あかいあんずの花の一えだが　かきねのそとまで　頭を出している

87　夜書所見（夜(よる)　所見(しょけん)を書(しょ)す）

蕭蕭梧葉送寒聲
江上秋風動客情
知有兒童挑促織(1)
夜深籬落一燈明

蕭蕭(しょうしょう)たる梧葉(ごよう)は寒声(かんせい)を送り
江上(こうじょう)の秋風(しゅうふう)は客(かく)の情(じょう)を動かす
知る　児童の促織(そくしょく)を挑(ちょう)する有ることを
夜(よ)深うして　籬落(りらく)に　一灯　明らかなり

あおぎりの葉はさらさらと音たてて　寒気のおとずれを告げ
大川のほとりの秋風は　旅人のこころを　ゆすぶってゆく
あれはきっと　子どもがこおろぎを　おもちゃにしているのだ
夜ふけのまがきのすきまから　灯火がひとつありありと見える

注　（1）挑促織　促織は蟋蟀の別名、こおろぎの一種。挑はけんかをさせることであろう。

樂雷發（がくらいはつ）

生歿年不明。字は声遠（せいえん）。号は雪磯（せっき）。春陵（しょうりょう）（湖南省寧遠県）の人。宝祐元年（一二五三）進士。江湖派の詩人。「雪磯叢稿」五巻がある。

88　常寧（1）道中懐許介之（常寧（じょうねい）の道中　許介之（きょかいし）を懐（おも）う）

雨過池塘露未乾
人家桑柘帶春寒
野巫豎石爲神像
稚子搓泥作藥丸
柳下兩姝爭餉路
花邊一犬吠征鞍
行吟不得東溪（2）聽

雨（あめ）過ぎて　池塘（ちとう）　露（つゆ）　未（いま）だ乾（かわ）かず
人家の桑柘（そうしゃ）　春寒（しゅんかん）を帯ぶ
野巫（やふ）は石を豎（た）てて　神像と為（な）し
稚子（ちし）は泥を搓（す）って　薬丸（やくがん）を作る
柳下（りゅうか）の両姝（りょうしゅ）　争って路（みち）に餉（しょう）し
花辺（かへん）の一犬　征鞍（せいあん）に吠（ほ）ゆ
行吟（こうぎん）すれども　東渓（とうけい）に聴かしむるを得ざれば

借硯村廬自寫看　　硯を村廬に借りて　自から写して看る

ひとあめ過ぎたあとの池のつつみ　露はまだ乾あがらない
農家の桑ややまぐわの木に　まだ春の寒さがのこっている
村のみこが　石をたてて　神のすがたにかたどったのがあり
おさない子らは　泥をまるめて　丸薬をつくって　あそぶ
柳の木蔭　二人の若いむすめが　口げんかをしながら中食の支度をし
花のそばでは　一ぴきの犬が　旅人の馬に向かって　ほえかかる
私は詩を口ずさみつつ歩いてきたが　君に聞かせるすべはないから
いなか宿のすずりを借り　じぶんで書いて　読んでみる

注　(1)常寧　湖南省の県の名。衡陽の西南にある。寧遠県はさらにその西南にあたる。
(2)東渓　許介之の別号であることは楽氏の集の中に証がある。

周密

一二三二―一二九八。字は公謹。号は草窓（そうそう）、四水潜夫、弁陽嘯翁（べんようしょうおう）など。済南（山東省）の人であるが、呉興（浙江省湖州市）に住み、淳祐年間（一二四一―一二五二）義烏県（浙江省）令（県長）であったが、南宋滅亡ののちは仕えなかった。詩集は今存しないが、著書は多く、詞集は「蘋洲（ひんしゅう）漁笛譜」二巻、または「草窓詞」一巻が伝わっている。

89 夜帰（やき）

夜深帰客倚笻行
冷燐依螢聚土塍
村店月昏泥徑滑
竹窓斜漏補衣燈

夜深うして　帰客（きかく）　笻（きょう）に倚（よ）って行く
冷燐（れいりん）　蛍（ほたる）に依（よ）って　土塍（どしょう）に聚（あつ）まる
村店（そんてん）　月昏（くら）く　泥径（でいけい）は滑（なめ）らかなり
竹窓（ちくそう）　斜（なな）めに漏（も）らす　補衣（ほい）の灯（ともしび）

夜ふけに帰ってきた私は　竹のつえをたよりに歩く
つめたい燐の光が　ほたるにくっつき　田のあぜに集まる
村の店のあるあたりは月がほのぐらくぬかるみに足をとられそうだが
竹格子の窓から斜めにもれてくる　着物をつくろう夜なべの火かげが

90 西塍秋日即事(1)

絡緯(2)聲聲織夜愁
酸風吹雨水邊樓
堤楊脆盡黄金縷
城裏人家未覺秋

絡緯　声声　夜愁を織る
酸風　雨を吹く　水辺の楼
堤楊　脆け尽きたり　黄金の縷
城裏の人家は未だ秋を覚えず

あちこちのくだむしの声声は　夜の愁いを織りなす
ぞっと肌にしみこむ風が雨を吹きつける　川ばたの二階家
どての柳の　こがねの色の糸すじも　すっかり　弱りはてたのに
町の中の人たちは　まだ秋が来たと　さとってはいない

注　(1)西塍　地名、たぶん杭州の西馬塍のこと。(2)絡緯　くだむし、くだまき、きりぎりすよりやや小さい。

文天祥

一二三六―一二八二。字は履善また宋瑞。号は文山。江西廬陵（吉安県）の人。宝祐三年（一二五五）の進士。のちに丞相（宰相）となり、宋が亡びたとき、元の軍に捕えられて今の北京に送られ、幽囚三年、元に仕えることを最後まで拒み、死刑にされた。詩集は「文山先生全集」二〇巻の中に収められる。

91 揚子江(1)

幾日隨風北海游(2)
回從揚子大江頭
臣心一片磁針石
不指南方不肯休

幾日か　風に随って　北海に遊び
回ること　揚子大江の頭よりす
臣が心は　一片の磁針の石なり
南方を指さずんば　肯て休まず

なんにちかのあいだ　風のまにまに北海のほうへ流されていた
ふたたび　揚子江の河口をまわってゆく
わたくしの心は　一つの磁石の針と同じことだ
南をさすまでは　けっしてやめないのだ

注　(1)徳祐二年（一二七六）、元の軍が南宋の都臨安（杭州）をおとしいれた時、文天祥は捕虜となったが、護送の途中、鎮江（江蘇省）で脱出し、通州（南通）から船に乗って温州（浙江省）に向かい、福安（福建省福州）において即位した端宗皇帝の行在に達した。全集中の「指南録」四巻はこの途上の詩を集め、本篇はその一首である。この年閏三月の作。揚子江はもともと揚州より下流の名で長江全体の名ではない。(2)北海は北海口のこと。「指南録」の「北海口」と題する詩によると、揚子江の河口に大きな浅瀬（のちの崇明島）があり、南と北とに川筋がわかれていた。その北の口を北海口といったのらしい。

92　金陵驛（きんりょうえき）(1)

草合(2)離宮轉夕暉
孤雲飄泊復何依
山河風景元無異
城郭人民半已非
滿地蘆花和我老
舊家燕子傍誰飛

草は離宮に合（がっ）して　夕暉（せっき）　転ず
孤雲　飄泊（ひょうはく）　復何（またいずこ）にか依（よ）らん
山河　風景　元（も）と異なる無し
城郭人民　半（なか）ばは已（すで）に非なり
満地の芦花（ろか）　我と和（とも）に老い
旧家の燕子（えんし）　誰に傍（そ）うてか飛ぶ

従今別却江南路
化作啼鵑帯血歸

今より　江南の路に別れ却りて
化して啼鵑と作りて　血を帯びて帰らん

離宮は草むして　夕日の光が　移ってゆく
一きれの雲よ　空をさすらい　どこへ身をよせるのか
山や河　風と光　それらは　昔とちがいはない
城のすがた　住まう人人　そのなかばは　すっかり変わった
大地をおおう　あしの花も　私と同じく老いはてた
旧家のつばめは　今は誰をもとめて　飛び来るのか
これから私は　江南の土地に別れて去る　もし帰っても
血をはくほととぎすに　化身しているだろう

注（1）祥興二年（一二七九）宋が亡び文天祥はまた元の軍に捕われて北へ送られる途上の作。金陵は今の南京。指南後録中に収められる。（2）草合　合は舎となっているテクストがある。草舎は草ぶきの家の義。ただしかりに宿る意かも知れない。離宮は南宋の離宮。南宋では南京は陪京といわれ、皇帝の行宮があった。

93 除夜（じょや）(1)

乾坤空落落
歳月去堂堂(2)
末路驚風雨
窮邊飽雪霜
命随年欲盡
身與世倶忘
無復屠蘇夢
挑燈夜未央

乾坤（けんこん）　空（むな）しく落落たり
歳月（さいげつ）　去って堂堂たり
末路　風雨に驚き
窮辺（きゅうへん）　雪霜（せっそう）に飽（あ）く
命は　年に随って尽きんと欲し
身は　世（よ）と与（とも）に　倶（みな）　忘る
復（また）　屠蘇（とそ）の夢　無し
灯（ともしび）を挑（かか）ぐれば　夜（よ）未（いま）だ央（なかば）ならず

あめつちのあいだに　したしむべきものもない
歳月は　これ見よがしに　去ってゆく
一生のすえを　はげしい風雨におどろかされたが
今遠い国の果てで　雪や霜を　十分すぎるほど味わっている
命は　すぎゆく年とともに　もうやがて　つきてしまう
この体も　世の中のことも　何もかも　忘れよう

家族たちと　屠蘇をのむ夢は　見ないであろう
灯心をかきたてたが　長い夜は　まだまだ半分にもならない

注　(1)至元十八年（一二八一）の大みそかの夜。北京獄中での作。(2)堂堂　論語子張篇に見えることば。ふつう「容儀の盛んなさま」と注されるが、論語稽求篇によればごうまんな様子であり、「相対して近づき難き」ことである（論語古注集箋）。だから、「高不可攀（よりつけないこと）」と訳する人もある（楊伯峻氏「論語訳注」）。

94　正氣歌(1)（正気の歌）

天地有正氣
雜然賦流形
下則爲河嶽
上則爲日星
于人曰浩然
沛乎塞蒼冥
皇路當淸夷

天地　正気　有り
雑然として　流形を賦えらる
下っては則ち　河嶽と為り
上っては則ち　日星と為る
人に于いては　浩然と曰い
沛乎として　蒼冥に塞つ
皇路の　清夷なるに当たっては

含和吐明庭　和を含んで　明庭に吐く
時窮節乃現　時窮まって　節　乃ち現れ
一一垂丹青　一一　丹青に垂る

天地のあいだに「正しい気」が存在する
その顕現には　さまざまな形が与えられる
ひくいところにあるのは　黄河や五岳の名山
たかいところにあるのは　太陽や星辰
この気が人間にあるとき　浩然の気とよばれ
大空のすみずみまで　みちわたるのだ
皇帝の政治が　正しく平和であるとき
その温和なすがたは　朝廷に花さく
世の中が窮迫してくるや　節義の士となって現われ
その一つ一つが　歴史に長く伝えられる

在齊太史簡　斉に在っては　太史の簡
在晉董狐筆　晋に在っては　董狐の筆

在秦張良椎　　秦に在っては　張良の椎
在漢蘇武節　　漢に在っては　蘇武の節
爲嚴將軍頭　　厳将軍の頭と為り
爲嵆侍中血　　嵆侍中の血と為る
爲張睢陽齒　　張睢陽の歯と為り
爲顏常山舌　　顔常山の舌と為る
或爲遼東帽　　或いは　遼東の帽と為り
淸操厲冰雪　　清操　氷雪よりも厲し
或爲出師表　　或いは　出師の表と為り
鬼神泣壯烈　　鬼神も　壮烈に泣く
或爲渡江楫　　或いは　渡江の楫と為り
慷慨呑胡羯　　慷慨して　胡羯を呑む
或爲擊賊笏　　或いは　賊を撃つ笏と為り
逆豎頭破裂　　逆豎　頭　破れ裂く

（春秋の）斉の国では（崔杼の弑虐を正しくしるした）史官の簡
また　晋の国では（史官の筆を曲げなかった）董狐があった

さらに　秦の時には（故主のため始皇に投げつけた）張良の椎
漢の世では（匈奴へおもむき使命を守りぬいた）蘇武の節
（三国の）将軍厳顔は　敵にとらえられて　断頭をおそれず
（晋の）侍中嵆紹は叛逆者司馬衷に殺されたが血は衷の上衣を染め
（唐の）張巡は睢陽を死守し賊軍に歯を砕かれてののしりをやめず
（同じく）顔杲卿は常山を守り舌を切られるまで賊を非難しつづけた
あるいは遼東に住んだ（三国の）管寧のごとく　白い帽子をかぶり
けがれぬみさおは　氷や雪より清らかに
あるいは出師の表をたてまつった諸葛亮のごとく
鬼神も　その壮烈に　泣くほどだった
また（東晋の）祖逖は　長江の中流へ船を乗り出し　かいをたたき
侵略者のえびすを　ひとのみにする意気ごみを示したし
（唐の）段秀実は（謀反した朱泚を）しゃくで打って
反逆者の頭に　ひどい裂傷をおわせたのであった

是氣所旁薄　　　是の気の　旁薄する所
凜烈萬古存　　　凜烈として　万古に存す

當其貫日月
生死安足論
地維頼以立
天柱頼以尊
三綱實係命
道義爲之根

其の日月を貫くに当たっては
生死安んぞ論ずるに足らん
地維　頼って以て立ち
天柱　頼って以て尊し
三綱　実に命を係け
道義　之が根と為る

この正気を一身にあつめた人人の
はげしい魂は　永久にのこっている
その気がたかくあがるや　日と月をもつらぬく
生と死などは　論ずるかぎりではない
大地をささえる四つのつなも　この力でつなぎとめられ
天をせおう柱も　このおかげで　たかくそびえ立つ
君臣・父子・夫婦の倫理を維持するもの
すべての道義の　根元である

嗟余遘陽九

嗟　余　陽九に遘い

隷也實不力
楚囚纓其冠
傳車送窮北
鼎鑊甘如飴
求之不可得
陰房闃鬼火
春院閉天黑
牛驥同一皂
雞棲鳳皇食
一朝蒙霧露
分作溝中瘠
如此再寒暑
百沴自辟易
哀哉沮洳場
爲我安樂國
豈有他繆巧
陰陽不能賊

隷也　実に力めず
楚囚となって　其の冠を纓がれ
伝車　窮北に送らる
鼎鑊　甘きこと飴の如し
之を求むれども　得べからず
陰房　鬼火　闃たり
春院　天の黒きに閉ず
牛驥　一皂を同じゅうし
鶏栖に　鳳皇　食す
一朝　霧露を蒙らば
分として　溝中の瘠と作らん
此の如きこと　寒暑を再びす
百沴　自から辟易す
哀しい哉　沮洳の場の
我が安楽の国たること
豈に　他の繆巧有らんや
陰陽も賊う能わず

顧此耿耿存
仰視浮雲白
悠悠我心悲
蒼天曷有極
哲人日已遠
典型在宿昔
風簷展書讀
古道照顏色

此の耿耿たるものの存するを顧み
仰いで　浮雲の白きを視る
悠悠として　我が心　悲しむ
蒼天　曷んぞ　極まり有らん
哲人　日に已に遠きも
典型　宿昔に在り
風簷　書を展べて読めば
古道　顔色を照らす

ああ　私は国運の衰えに出あい
部下のものたちも　努力をおしんだ
かくて囚人となって　冠のひもをむすんだまま
駅馬車で　北のはてに　送られてきた
鼎で煮られた古人のうきめも　私にとって苦しいものではなかった
それでさえ　容易に　えられはしない
日かげの室には　さびしく鬼火がまたたき
春とはいえ　中庭は　くらくとざされている

牛と名馬とが　同じ槽(おけ)からかいばを食い
にわとり小屋に鳳皇がすむようなものだ
霧や露のいたぶりにたえかねて　或る日　死ねば
このむくろは　どぶに棄てられる運命だ
かようにして　ふた年(とせ)の月日をかさねたが
悪病さえも　よりつこうとはしないらしい
悲しいことだ　泥の広場（死刑場）が
私の安楽の国(さと)であるなどとは
私はべつに妖術を心得ているわけではない
陰陽の変化も　体をそこなうことはできぬのだ
ただかがやきを失わぬ何かが私にあると考えつつ
目をあげて　空にうかぶ雲の白さに　しばし見とれた
私の心の鬱屈(うっくつ)した悲しみは　とけない
青空よ　どこに　きわみがあるのか
哲人たちはもはや遠い過去の人人ではあっても
人のかがみとなった行為は　つい昨日のことのようだ
風の吹きつけるのきばに出て　書物をひもとけば

古人の「道」は　私の顔を明るく照らす　60

注　(1)やはり北京獄中の作。至元十八年（一二八一）と推定される。

汪元量

生歿年不明。字は大有。号は水雲。銭塘（浙江省杭州市）の人。琴師として南宋の宮廷に仕えていたが、宋が亡びた時、皇太后・皇后に随い、北京に至った。のち道士となって帰った。「湖山類稿」五巻および「水雲集」一巻がある。

95　湖州歌(1)（湖州の歌）（その一）

丙子(2)正月十有三
撾鞞伐鼓下江南
皐亭山(3)上青煙起
宰執相看似酔酣

丙子の正月　十有三
鞞を撾し　鼓を伐って江南に下る
皐亭山上　青煙起こり
宰執相看て　酔うて酣なるに似たり

ひのえねの年　正月の十三日
小鼓・太鼓を打ちならし　敵は江南に攻めくだって来た
皐亭の山の上に　青いのろしの煙がたちのぼったとき
宰相たちは顔を見あわせ　酔いがまわった人のようにものも言えなかった

注　(1)この名は民謡になぞらえたのであろうが、元の軍はまず湖州（浙江省）に駐屯して宋の皇帝の降服を受けたから、その地名を題とした（銭鍾書氏説）。(2)丙子　宋の恭宗の徳祐二年（一二七六）。(3)皐亭山　杭州の東北二十里（約十二キロ）にある山の名。

96（その三）

殿上群臣嘿不言
伯顔(1)丞相趣降箋
三宮共在珠簾下
萬騎虬鬚遶殿前

殿上の群臣　黙(もく)して言わず
伯顔丞相(はくがんしょうじょう)　降箋(こうせん)を趣(うなが)す
三宮(きゅう)　共に珠簾(しゅれん)の下(もと)に在り
万騎(ばんき)の虬鬚(きゅうしゅ)　殿前を遶(めぐ)る

殿上に居ならぶ百官は　おしだまって　ひとことも口にしない
バヤン丞相のほうからは　はやく降服の文書を出せと催促して来る
太皇太后以下のお三方は　たまのみすの内に　おいでになるが
赤いひげを食い反らした敵の騎兵は数知れず御殿をとりまいている

注　(1)伯顔　バヤン。侵入軍の司令官であったモンゴル人。世祖の左丞相。

97（その十）

太湖風捲浪頭高
錦柁(1)搖搖坐不牢
靠着篷窓垂兩目
船頭船尾爛弓刀

太湖の風は浪頭を捲いて高し
錦柁　揺揺として　坐すること牢ならず
篷窓に靠着して　両目を垂るるも
船頭　船尾に　弓刀は爛たり

太湖のなか　風はつよく　なみがしらをまきあげる
錦のかじもゆらぎ　船にすわっていても　ぐらぐらする
とまの窓に身をよせて　両眼をふせてはいても

へさきから　ともまで　立てならべた弓や刀がぎらぎら光る

注　(1)柁は舵と同じ。

98（その十七）

暁鬢鬅鬆懶不梳
忽聴人説是南徐(1)
手中明鏡抛船上
半掲篷窓看打魚

暁鬢(ぎょうびん)　鬅鬆(ほうそう)たれども　懶(らん)にして梳(くしけず)らず
忽(たちま)ち聴く　人の「是れ南徐(なんじょ)なり」と説(い)うを
手中(しゅちゅう)の明鏡(めいきょう)は　船上に抛(なげう)ち
半(なか)ば篷窓(ほうそう)を掲(かか)げて　魚(うお)を打つを看(み)る

朝おきて　ほつれたびんに　くしを入れるのもものういとき
だしぬけに「南徐へついたぞ」という人声が聞こえた
手にしていた鏡を　船の中へほうりだし
とまの窓を少しあけ　魚をとる漁夫をながめる

注　(1)南徐　南朝時代の古い地名。今の江蘇省鎮江市。

99 （その四十五[1]）

銷金帳下忽天明
夢裏無情亦有情
何處亂山可埋骨
暫時相對坐調笙

銷金（しょうきん）の帳下　忽（たちま）ち天明（てんめい）
夢裏（むり）　情（じょう）無きも　亦（また）情有り
何（いず）れの処の乱山（らんざん）か　骨（ほね）を埋（うず）む可き
暫時（ざんじ）　相対（あいたい）して　坐（ざ）して笙（しょう）を調す

きんぱくをおしたとばりの中　気がつくと　夜はあけた
夢のうちのつれなさも　さめてののちは　なつかしい
いずこの山の荒地に　わが骨がうめられるかは知れないが
今しばし　たがいに向きあってすわり　笙の音をしらべている

注　(1)これは運河を北上するときの情景として歌われている。湖州歌はすべて九十八首。「水雲集」に収める。

蕭立之

生歿年不明。一名は立等、字は斯立。号は氷崖。寧都県（江西）の人。淳祐十年（一二五〇）進士。元との戦さに加わったことがある。「蕭氷崖詩集拾遺」三巻がある。

100 送人之常徳(1)（人の常徳に之くを送る）

秋風原頭桐葉飛
幽篁(2)翠冷山鬼啼
海圖拆補兒女衣
輕衫笑指秦人溪
秦人得知晉以前
降唐臣宋誰爲言
忽逢桃花照溪源
請君停篙莫回船
編蓬便結溪上宅
採桃爲薪食桃實

秋風　原頭　桐葉飛び
幽篁　翠冷やかにして　山鬼啼く
海図　拆き補う　児女の衣
軽衫　笑って指さす　秦人の渓
秦人は晋より以前を知るを得たれども
降りし唐　臣となりし宋を　誰か為に言わん
忽ち　桃花の渓源を照らすに逢わば
請う君　篙を停めよ　船を回らす莫れ
蓬を編み　便ち　渓上の宅を結び
桃を採って薪と為し　桃の実を食せよ

山林黄塵三百尺　　山林　黄塵(こうじん)　三百尺
不用歸來說消息　　用いず　帰り来たって　消息(しょうそく)を説くことを

秋風のたちそめた原野を　きりの葉がとびまわり
深い竹やぶのみどりはつめたく　山の精の泣き声がする
子どもたちの着物はつぎはぎだらけ　絵もようもつづかないが
君は軽いひとえのまま　ゆかいげに　秦(しん)の人が住んだ谷へ向かう
山にかくれた秦のひとは　晋より前は　知っていたとしても
唐が降り　宋が敵国の臣となったと　話して聞かせるものはなかろう
ももの花びらが浮かび　谷の奥への路をおしえるのに　万一出あったら
君はそこへ入りこんでとまりたまえ　船をもどしちゃいけない
いばらを編んで　その谷あいに　すみかをつくっていたまえ
ももの枝を折ってたきぎにし　ももの実を食べればいいじゃないか
山林の外は　黄色いほこりが三百尺もまい上がる世界だ
けっして帰って来て　様子を知らせてくれるには及ばない

注　(1)常徳　今の湖南省に属し、桃源県に近い。陶淵明の「桃花源記」にいう桃源の洞穴はここにあったと言われていた。（2）海図　着物のもよう。杜甫の「北征」の詩に出ている。

101 第四橋（だいしきょう）(1)

自把孤樽擘蟹斟
荻花洲渚月平林
一江秋色無人管
柔艣(2)風前語夜深

自（みず）から孤樽（こそん）を把（と）りて　蟹（かに）を擘（さ）いて斟（く）む
荻花（てきか）　洲渚（しゅうしょ）　月（つき）　平林（へいりん）
一江の秋色（しゅうしょく）　人の管する無し
柔櫓（じゅうろ）　風前　夜の深きに語る

ひとり　一本のとくりを取り上げ　かにのみをむきながら酒をつぐ
川原の砂地には　おぎの花　平らな林の上にかかる月
この大川の秋景色を　気にとめようとする人もない
ぎいぎいきしむ櫓（ろ）の音が夜ふけの風にまじり物いいたげに聞こえている

注　（1）第四橋　詩集の前後の作から考えると、これは今の蘇州付近の橋。（2）艣は櫓に同じ。

解説

一

政治史上の宋代は太祖の建隆(けんりゅう)元年（九六〇）に始まり、衛王の祥興(しょうこう)二年（一二七九）に終わる。この約三百年間は女真(ジュルチン)民族の金国の大挙侵入のため中国の北半分の領土が失われた「靖康(せいこう)の変」、欽宗(きんそう)の靖康元年（一一二六）をさかいめとして、それ以前を北宋とし、高宗が江南に移った建炎(けんえん)元年（一一二七）以後を南宋とする。北宋と南宋はこの帝国の領域の大きさが変化したのであるが、国力の縮小という点では、唐代が安禄山(あんろくざん)の反乱の起こった天宝(てんぽう)十四年（七五五）をさかいとして前後に二分されるのに似ている。ただし、唐詩は前後二期をさらにそれぞれ二分して四期にわけ、初唐・盛唐・中唐・晩唐とする習慣があるが、宋詩にはそのような確立した区分法はない。そこで以下には、旧来の名称どおり北宋あるいは南宋とよぶにとどめ、それ以上こまかく分期を設けないことにする。

詩の外形上のわくは唐代において、完成し確定した。一句の長さは五言または七言を原則とし、一首の句数は、絶句（四句）、律詩（八句）、古詩（長短不定）の三類であることは、唐詩も宋詩もかわりはない。もっとこまかな制約、たとえば平仄・押韻・対句などの点でも、宋代にあらたにできたと考えられるものはない。つまり、外形の上では、宋詩は唐詩のひきつづきだ、と言えるのであって、二世紀以後（魏晋）の詩人たちが五言詩をきそって作り始めたときのように、あるいは唐の初め（七世紀）の詩人たちが七言詩の制作にうちこんだときのように、新たな形式への熱情は、もはや見られない。宋代の作家たちの詩に与えた変化は、外形よりも実質にあった。だから、唐詩と宋詩のちがいは一見ただちに目につくものではなく、ゆっくり読みくらべて始めて、しだいにわかってくる性質のものであり、その説明はたやすいことではない。文字にたとえてみれば、唐と宋の詩のちがい方は、金文や篆書と隷書や楷書とのちがいではなく、同じく楷書や行書で文字をかきつつ、時代によって異なるようなものである。そのちがい方はきわめて微妙なものであることを、くりかえしておことわりしておきたく私は思う。

しかし私は詩の実質を論ずるに先だち、宋詩をめぐる外部的なことがらを簡略にしるしておこう。宋代約三百年間、まず目につくことは、詩人とその作品との巨大な数量である。

この点に関し、これまで、わが国でいささかの誤解があったと思われる。唐詩の作者数は約二千人、「全唐詩」に収める作品は約四万八千首である。これはすでに相当な数であって、今日まで伝わる唐より以前（漢魏六朝）の詩の総数をはるかにこえ、唐代において、いかに詩がさかえたかの一面を示すであろう。しかしながら、宋詩の数はそれよりいっそう大きい。作者の数は六千八百人以上であり、作品を概算することはむつかしいが、「全唐詩」に収められた数の何倍かに達することは間違いない。宋代における詩の普及度が唐代に及ばないという人があるが、それは誤りであって、詩を作る人はいちじるしくふえていた。これは無視すべからざる事実である。

作詩者のいちじるしい増大は、おそらく詩の読者の数の増大にともなっている。読者の数を計算する方法はないが、印刷の技術が進歩し、出版物が多くなるにつれて、古人の詩集だけではなく同時代人の作品集も続続印刷された。蘇軾（蘇東坡）の詩文集は生前すでに何度か印刷されて、ひろく読まれていた。詩はけっして作者とその周囲の少数の人人のあいだでのみ存在していたものではなかった。

詩はすでに古典的な様式（genre）であったから、これを作るには一定度の高い教養を必要とした。ただ唐代においても、それ以前とほぼ同様に、作詩はやや職業的な傾向を有し、ことに唐の前半（七六〇年以前）は、諸王（皇族）などの有力者をパトロンとして詩人のグループが形成される場合が多かったが、宋代ではもはやかかる現象はほとんど見られない。目につくことは、むしろ、名だかい作家を中心とし、その門人の集団という形で詩人の群ができることである。この傾向も、唐代中葉以後にすでに現われ始めていた。韓愈（八世紀後半）の友人および門人たちの一群がその目だった例である。これは宋代にあっては、いっそう顕著になる。蘇軾の門人に「蘇門四学士」とか、「蘇門六君子」とかよばれた人人があった。それらの詩文集はやはり印刷された。この傾向は「詩社」の結成となって、やがて流派を形づくるようになる。十二世紀、北宋の末から南宋の初めにかけて成立した「江西派」は、中国の文学史上で最初につくられた詩の流派である（この以前にも、幾人かの詩人をまとめて何何派とよぶことがあるが、それは文学史の叙述の便宜のための名称であって、その詩人たちが意識して自からよんだものではない）。「詩社」は各地に小さな団体としてつくられていたようであって、北宋の末頃、十一世紀後半に、詩社の同人に質屋・酒屋・小間物屋の主人らが加わっていた事実が知られている（「蔵海詩話」）。このように市民のあいだで作詩者が現われる傾向は南宋に入っては、ますますひろがり、いわゆる「江湖派」は多数の詩人を擁していたが、この派の詩集の出版者であった陳起は、杭州の書店の主人で、かれ自身が詩を作る一人でもあった。十三世紀のことである。そしてこの派の詩人には伝記の不明なひとが少なくないが、経歴が明らかでないのは高級官吏でなかったからであり、したがってまったくの市民であった可能性がある。

　このほか、仏教の僧侶が俗人と同じような詩を作ることは、早く南朝（五世紀）からあり、唐代でもその例は乏しくなかったが、宋代では更に多い。女性にも作詩者はあった。けれどもその数は男性に比べるとはなはだ少ない。宋詩は唐詩よりもいっそう男性的であると言えるであろう。このことは詩の内容とも無関係ではない。

以上のことから一つの小さな結論をひきだすことができる。宋代の詩の作者には、例外は少なくなく、無視すべきではないけれども、概して言えば高級官吏がおもな部分を占めることである。もちろん父親は高級官吏であったが、本人はやや地位が低かったなどの場合は相当あるにしても、有名な詩人は、たいていまったくの下級官吏や純粋の市民ではなかったのである。宋代の詩（および一般に文学）の状況は次のように言いあらわせるであろう。すなわち、詩の作家と読者の総体は一つの三角形にえがきうるものであって、その頂点に高名な詩人があり、底辺に近づくに従って無名の作家と広大な読者層とがある。この三角形は、宋代の社会全体の構成とほぼ相似であるが、ただ社会の最下層にある農民（小作人あるいは農奴）は文字の知識を有しないから、いちおう右の図形から切り離すべきであろう。しかしこの三角形の底辺はたえずひろがっていた。実際の社会の底辺は、むろん、文学の底辺よりずっと大きかったのであるが、唐代にくらべれば、文学の底辺はよほどひろがっていたと推測される。

ひとことつけくわえるならば、唐代の文学者の層は社会全体の中では、少しくかたよっており、また貴族の最上層および官吏の最上級を占めることは、むしろまれであった。そして貴族や高官は詩を作らないのがふつうであったのに、宋代では高級官吏は詩人とはいえないまでも詩を作らないほうが少ない。作詩は知識人の教養としてはもっとも一般的であった。

二

詩の内容・実質については、宋代では、恋愛を主題とする作品が唐代より減少したことが一つの特色をなす。中国の古典詩は、もし最古の「詩経」にまでさかのぼるならば、恋愛がその大きな主題をなしたし、直接の起原である後漢時代の五言詩も、その代表的な作品「古詩十九首」は男と女の愛情をのべたものであった。詩は恋愛の抒情から出発したと言える。それらの作品は実際に特定の相手に対する作者の感情の告白であるよりも、設定された状況のもとでの架空の想像の産物であった可能性が強い。五言詩はもともと作者不明の歌謡から発生したのである。文人が詩を机の上で作るようになったのち、題材はひろがったが、恋愛に関する限り、事情はおおむね同様であった。南朝の恋愛詩の選集である「玉台新詠集」十巻は大体そのような作品ばかりでできている。唐代にあっても、原則的には変化がなかった。李白は少なからぬ恋愛や愛情の詩を作ったが、その大部分は架空のものであろう。晩唐の李商隠(りしょういん)の作もまたそうである。ただし、唐代では少数の作家を除けば恋愛はもはや詩のおもな内容ではなくなりつつあった。それに代って、三好達治氏の言うように友情の表明が大きな地位を占めていた（「新唐詩選」）。

宋代の詩では、恋愛はいよいよかたすみへおしやられてしまった。この意味での抒情詩的性質は、唐代よりいっそう薄く弱くなったわけである。その理由の一つは、「詞」という新たな韻文の様式が唐末から五代に起こり、宋代で極盛に達し、この様式は恋愛をそのおもな内容とし、詩はその機能の一部をこの「詞」（こうた、はうたなどと訳される）へ譲りわたしたからである。とはいえ、詩の抒情的性質がまったく失われたのではない。本書に収めた例でいうと、晏殊の「寓意」（二七―二八ページ参照）はまだ宋詩が特色をあらわす以前の作品であったが、すでに宋詩の諸性格を完全にそなえた作家王安石の「君 託し難し」（七八ページ参照）は棄てられた女の嘆きを詠じた。もっとも注釈家が説くごとく、実は王安石が皇帝を怨む気持を託したとも解せられる。これに類する表現は唐代にもあった。南宋の陸游の「姑悪」の鳥の詩（二三五―二三七ページ参照）も、やはり離縁された妻をあわれむのであって、この作には王安石のごとき「寄託」はおそらくない。かれは家庭の事情で、最初の妻と離婚し、晩年に至ってその妻をおもう詩を幾首か作った（二四六―二五二ページ参照）。恋愛とは言えないかもしれないが、北宋の梅堯臣は死んだ妻をおもう詩をいくつも作った。「哀しみを書す」（三八ページ参照）は、その一例にすぎない。けれども、同じく亡妻をおもう情を、蘇軾のごときは「詞」にうたって（「江城子」乙卯正月二十日の夜、夢を記す）、詩には作らなかった。この詞は本書に収めなかったから、前半だけをここに録する。

十年生死兩茫茫
不思量
自難忘
千里孤墳
無處話凄涼
縱使相逢應不識
塵滿面
鬢如霜

十年　生死　両つながら茫茫たり
思量せざれども
自から忘れ難し
千里の孤墳
凄涼のおもいを話するに処無し
たとい相逢うとも　応に識らざるべし
塵は面に満ち
鬢は霜の如し

（全篇は拙著「蘇軾」下、岩波書店、『中国詩人選集』二集6に収めた）

つまりこのたぐいの愛情、「凄涼のおもい」を表現するには、詩より「詞」のほうがもっと適切な様式だと考えられたらしく思われる。唐詩における、かの白居易の「長恨歌」に比すべき作品を、宋詩に求めることはむつかしい。皇帝の宮中の奥ふかく秘められた愛の物語を詩に書きつづることは、臣下のなすべきことでないと考えられたため（南宋の洪邁の「容斎随筆」にその説がある）だけではなかった、と私は思う。ただし、唐の王建の

「宮詞」にやや近いおもむきを有する作は、汪元量の「湖州の歌」九十八首であって、その数首を本書に収めた（三二七―三三一ページ参照）。これは南宋の都杭州が陥り、皇太后らが蒙古軍にとらえられ、北へ連れ去られたとき、多数の宮女がその船にのせられて同じく北へ送られた。その悲しみを、その一行に従った音楽家汪元量が代ってのべたものである。

恋愛・愛情のうたが詩からおおかた影を消した事実は、宋詩の特色の一面と深い関連をもつ。そのことを次に論じよう。

三

中国の詩は長いあいだ、恋愛詩に限らず、悲哀をその主題としていたとも言える。六朝で言えば、魏の曹植（一九二―二三二）をはじめ、阮籍（二一〇―二六三）、劉宋の謝霊運（三八五―四三三）、その他の詩人、唐代においても、杜甫を代表とする多くの詩人は、おもに悲哀をみつめ、これを詩の内容とした。異色ある詩人、陶淵明（三六五―四二七）唐代では李白・韓愈などはむしろ例外的であった。その韓愈が「歓愉の辞は工みなり難く、愁苦の辞は好なり易し」（「荊潭唱和の詩の序」）と言ったのは、かれもまた悲哀をうつす文学はよろこびと快楽をうたう場合よりもすぐれた作品を多く生むことを承認するものと解しうるであろう。

宋代になってからも、その初期にはなお前の時代のなごりが尾をひいていた。真宗の世の宰相であった楊億（九七四―一〇二〇）と劉筠（?―一〇二四）らの詩は「西崑体」とよばれたが、かれらの唱和した作品をあつめた「西崑酬唱集」二巻をよめば、すべて李商隠の律詩の完全な模倣にすぎないことがわかる。きらびやかな文字をちりばめた美しさはあるけれども、

満目の離愁　頻りに馬を駐め
一春の幽夢　祇だ鴉に驚く　（劉筠「無題」）

とか

多情　悲秋の意を待たず
祇だ是れ傷春　鬢　已に糸となれり　（楊億「涙」）

のように、心ぼそい思いを叙するにとどまる。新しみはどこにもない。だから、本書にはこの西崑体の作を収めないことにした（宋祁や晏殊をもこの一群の末に数える説があるけれども、私は晏殊の作を一首だけ収めておいた）。

宋詩の特色が明白に示されるのは、十一世紀後半の欧陽修・梅堯臣らにおいてである。欧陽修は韓愈の散文を好み、いわゆる（宋代）古文運動の中心人物となったひとであるが、詩においても韓愈にふかく傾倒した。そして杜甫を好まなかった。かれは悲哀におぼれることを作詩の場合ははなはだきらったのである。ただしかれの散文はその著述「五代史記」のいたるところで見られるように感傷の強いものであるし、またかれの「詞」はその様式

にふさわしい感傷性を有する。たぶんかれは詩と「詞」とをできるだけ切り離そうとしたのであって、「詞」に盛りこまれるべき感情は、詩には入れないようつとめたのであろう。これは詩と「詞」の内容の完全な分離であった。唐の白居易は自身の作を編集するにあたり、「感傷」と「閑適」の二類に分った。白氏の「感傷」には種種の面があるとしても、悲哀を主とする。欧陽修はそのような面をできるだけ詩から「詞」へ移してしまったのであった。だから、かれは詩をほとんど友情と「閑適」の主題にしぼろうとしたとも言える。「閑適」は心のくつろいだ状態である。つまり詩は悲哀にまけまいとする心を表現するものとなった。

ここに至って、宋詩は楽観主義の哲学へ接近する。この楽観主義は欧陽修の門人であった蘇軾(そしょく)によって徹底的に言い表わされ、それがかれの詩を特色づけるとともに、やがて宋詩全体の性格をも決定する。蘇軾の詩には明るさと健康とがみちみちていて、唐詩のある種の作品が見せるようなじめじめした暗さはどこにもない。本書に収めた十数首はかれの詩の全面をつくすものではないが、きびきびしたなめらかな調子とともに、かれの明朗濶達な精神をうかがいうるであろうと思う。

人間の善意を信じ、幸福な生活はどんな境遇の中にもあると考えたかれは、いかなる不運にも屈しなかった。かれは流罪人となったことが二度ある。その二つの期間は、かれの文学の光りがもっとも輝いたときであった。唐の詩人で刑罰をうけたり左遷されたりしたひとの作品はたいていそのやりきれなさを訴えていて、楽天と号した白居易でさえ免れない。江州に左遷された時の作「琵琶行」は、「天涯淪落の人」である薄命の女の物語に託して自己の悲しみを語った。蘇東坡が黄州に流されていた約五年間に、そのような作品はない。かれはこの土地で始めて知りあった人人の好意によろこびを覚える。

数畝の荒園は　我を留めて住せしめ
半瓶の濁酒は　君を待って温む　（一一七ページ参照）

ささやかな畑といささかの酒、その中に見出される幸福がかれの心を占領している。それは世の中から見すてられた自分を憐れむというだけではない。もっと大きな心のひろがりがある。

東坡の詩には擬人法を用いることが非常に多い。この点でも、かれは宋詩の一面を代表する。

多謝す　残灯の　客を嫌わずして
孤舟　一夜　相依るを許すことを　（一一五ページ参照）

このように自然物あるいは無生物が人間と同じく感情を有するものとして表現することは、唐詩にもすでに見えてはいるけれども、宋詩に特にいちじるしい。そして東坡の場合、擬人法はおおむね無生物を人に対する善意を示すものとしてうたう。

山に倚る脩竹　人家有り

道に横たわる清泉は我が渇を知れり

は、かれが流罪を許され黄州を去って、弟蘇轍のいた筠州へ旅行する途中、とある農家に泊まったときの作の二句であるが、「山ぞいの竹やぶに村びとの家があり、路を横ぎる清らかな泉は私ののどのかわきを知っていたかのようだ」というとき、かれは自然の善意に向かってよろこびを述べつつ、実は見知らぬ旅人をこころよく泊めてくれた農夫への感謝をもひそかに表わしたと解しうる。かれの詩の擬人法は、人情の温かさをすなおに受ける心がまえを、そのまま無生物にまで延長したのだと言えるであろう。

擬人法は東坡以前では王安石（一〇二一―八六）にあり、南宋では楊万里（誠斎。一一二七―一二〇六）にもっとも多い。

風も亦吾が寺の遠きを愁うるを恐れて
殷勤に雨を隔てて　鐘声を送る　（二六四ページ参照）

のごときも、やはり善意あるものとして自然をみる態度を保っている。

擬人法は、しばしば童話的な発想となる。つまり、やや稚気をおびたものいいである。にもかかわらず、中国では「詩経」のごとき古代歌謡には見られず、漢代の民謡だという「楽府」にわずかの例があるのを除けば、六朝時代の詩にもごくまれで、かえって唐詩より以後、ことに宋代に至ってきわだって多く現われるのは偶然ではない。それは宋代の人人の理智的思考と矛盾するものではなくて、かれらの思想を一貫している楽観主義の一側面であり、おそらく人間と文化との自然に対する優越感から出ているであろう、と私は考える。もしも優越感というのが言いすぎならば、ここには人間と自然との調和が意識されていると言ってもよい。少なくとも違和感はほとんど見られないのである。そしてまた庶民への親近感もその底にはあった。「詞」の原型である唐代の俗謡（「敦煌曲子詞」）にこの擬人法があらわれていることも見のがせない。

四

蘇軾の詩にあらわれたかれの哲学を論ずることは、おそらく宋代の哲学一般について語ることを不可避にする。そのことは私のよくするところではないけれども、いささか触れておきたいことがある。それは詩人ではなかった哲学者張載（号は横渠。一〇二〇—七七）の「西銘」である。

> 乾を父と称し、坤を母と称す。予茲に藐焉とちいさし。乃も混然として中処す。故に天地の塞れるは吾その体、天地の帥は吾その性。民は吾が同胞、物は吾が与なり。大君なる者は吾が父母の宗子、その大臣は宗子の家の相なり。……凡そ天下の疲癃残疾、惸独鰥寡、みな吾が兄弟の顚連して告ぐるなきものなり。時において之を保つは、子の翼なり。楽しんで且つ憂えざるは、孝に純なるものなり。……富貴福沢は、将に吾の生を厚うせんとするなり。貧賤憂戚は、庸って汝を成に玉にするなり。存すれば、

吾　事に順う。没するは、吾が寧んずるなり。

ここにいうところは遠く荘子の「天地万物と一体となる」思想をうけ、それをもっと具体的にして、天地間のすべての物と人間との関係を大家族の家庭になぞらえようとするのである。それは空論のように聞こえるかも知れないが、実は民族主義的な主張の表明でもあった。かつて銭穆氏が六朝時代の哲学を個我の自覚、そして宋代の哲学を「大我の自覚」と規定したとき（『国学概論』）、その大我とは漢民族の一体感をさした。張載は銭氏のいう「大我」を最も明白に言いあらわした一人であった。民族主義的感情は唐代の杜甫が詩の中でくりかえしうたうところのものであるが、その他の詩人ではかならずしも顕著ではなかった。しかし韓愈の散文などでは強くあらわれていた。かれが仏教を排撃したのも、主として民族的感情から出ていたと思われる。この点は宋代に入っては多くの文学者・詩人の共同の主張ともいうべきものになったのであり、機会あるごとに詩の中にもうたわれる。宋代の知識人たちは一般に仏教の哲学に深い関心を有したけれども、民族主義の熱情がそれによって弱められることはなかった。張載は嘉祐二年（一〇五二）、程顥（明道）、蘇軾（東坡）および蘇軾の弟蘇轍とともに文官任用試験に合格した進士であるが、蘇軾兄弟にくらべいっそう純粋な儒家の哲学者であった。詩における民族主義の傾向は南宋に入るや、いちだんと高まるのであるが、そのことはのちに触れる。

理智的思考には、なお種種の面がある。張載の「西銘」からひきだされるもう一つの点は、やはり国民全体との連帯感がもたらしたものであるが、社会の暗黒面に対する反省である。正義と不正とをはっきり区別し、社会の不正・不公平へのいきどおりを詩において吐き出すことは、唐の詩人にすでに少なからぬ前例がある。宋代の作品にも、この態度は同様に示される。本書に収めた二、三の例をあげると、王禹偁（九五四―一〇〇一）の「雪に対す」（一三ページ以下参照）がその早いものであり、やや遅れて王令（一〇三二―五九）の「餓者行」（八五ページ以下参照）や（雑詩）（八七ページ以下参照）、呂南公の「寿を願う勿れ」（八九ページ以下参照）また唐庚（一〇七一―一一二一）の「囚を訊す」（一七九ページ以下参照）などがある。

　かような社会詩の系列は南宋に入ってもつづくが、北宋の末年（一一二六）、金国の大軍の侵入がもたらした混乱を経験した詩人たちは、そのいきどおりを敵軍およびその侵略の素地をつくった政治家へ向けた。呂本中（一〇八四―一一四〇?）の「兵乱後雑詩」（一九〇ページ以下参照）はその一例である。

　万事　翻覆多し
　蕭蘭　真を弁ぜず
　汝は　国を誤りし賊為り
　我は　家を破りし人と作る　（一九二ページ参照）

劉子翬（一一〇一―四七）の「朱勔の園に遊ぶ」（二一三ページ以下参照）もまたこの列に

数えるべきであろう。楊鍾義氏の「歴代五言詩評選」（巻十五）にはこの詩を録したあとに、清の翁方綱（一七三三―一八一一）のつぎのことばを引く。

宋人の学は、全て理を研すること日に精にして、書を観ること日に富きに在り。これに因りて事を論ずること日に密なり。熙寧・元祐（神宗皇帝の世）のころの、一切の人を用い政を行える如きは、往々にして史伝の載するに及ばざる所あり。而るに諸公の贈答議論の章（作品）に於いて、略その概（あらまし）を見る。茶・馬・塩の法（専売制度）、河渠（治水と運輸）市貨（商業）の如きに至るまで、一一みな推析すべし。南渡（南宋）よりしてのち、武林（杭州すなわち南宋の都）の遺事、汴上（開封、北宋の都）の旧聞、故老・名臣の言行、学術師承の緒論淵源、詩に借りて以て考拠に資せざるは莫し。而うして其の言の是非得失と、其の声の貞淫正変と、亦従りて互いに按うべし。（「石洲詩話」巻四）

もし宋代の詩を歴史の記録の不備を補うべき資料としてのみ見ようとするならば、ひとはあるいは失望するであろう。けれども、宋代の知識人の精神生活を知ろうとする人が、詩をすてかえりみないわけにはゆかないであろう。それはいわゆる「社会詩」の諸作品に限ったことではない。

南宋の時代は、かつての宋の国土のなかばを金の軍隊のふみにじるにまかせた時であった。国を愛し人民の苦難をいきどおる人人の心は、何にもまして詩に表現された。この点では、唐代の後半の詩人たちよりも南宋の詩人たちはいっそう悲しむべき境遇にあった。南宋の亡国に至って、その悲しみは極点に達した。文天祥（一二八二死）は詩人として第一流でなかったかも知れないが、その「正気の歌」が長く広く読まれた理由はあった。侵略者たる異民族に仕えまいとのかれの決意は、宋代知識人の正義への信念にささえられていたのであった。

五

宋ひとの世界観の大きさを論じたついでをもって、いささか言及したいことがある。それはかれらの自然観の特色である。まず一例をあげよう。黄庭堅（山谷。一〇四五―一一〇五）に「演雅」と題する一篇がある。この題の意味についてはのちに説明するが、この詩は次の四句で始まる。

桑蠶作繭自纏裹　　桑蚕は繭を作って自から纏裹し
蛛蝥結網工遮邏　　蛛蝥は網を結んで工みに遮邏す
燕無居舎經始忙　　燕は居舎無くして経始するに忙わしく
蝶爲風光勾引破　　蝶は風光の為に勾引し破す

かいこはまゆをつくる、それは自分の身をまといくるんでしまうのだし、くもはあみをはってほかのもののじゃまをし、捕えようとする。つばめはきまったすみかはなくて、しじゅう巣をつくるのにいそがしく、ちょうちょうは春の景色にいざなわれてゆくらしい。以下、馬のしっぽにくっついてゆく蠅(はえ)、一生石臼の中をぐるぐるまわっている蟻(あり)、湯をわかす音を聞きながら（殺されるとも知らず）人の血を吸う蝨(しらみ)、大きな家ができたと知っておめでとうとさえずる雀等等、この詩にはおよそ四十種ほどの鳥や虫がうたわれ、最後の二句では、

江南野水碧於天　　江南の野水　天よりも碧(へき)なり
中有白鷗閑似我　　中(うち)に白鷗(はくおう)の我よりも閑(かん)なる有り

長江の南（この詩は山谷が郷里に近い江西省太和(たいわ)県にいたころ、元豊(げんぽう)五年（一〇八二）前後の作だという）、野なかの水路、その色は空よりあおく、そこにいるかもめは私よりなおのんびりと飛ぶ、と結ぶ。

この詩に関し、注目すべきことが二つある。ひとつは生物へのこまかな観察とそれら生物のいとなみは、いったい何のためかという疑問とである。これは相表裏することなので、ここではいっしょにして論ずる。自然物を観察し記述するのは何も宋代に始まるのではない。しかし、それは唐代まではおもに実用的な見地からなされたのであって、おおむね薬物学の書物「本草(ほんぞう)」に包括されているのは、そのためであろう。宋代では自然物の観察・記述が薬物学などから独立した。いろいろな動植物の多数の変種を記載した「梅譜」「菊譜」「竹譜」その他の書物が著わされた。欧陽修の「洛陽牡丹記(らくようぼたんき)」は簡単だけれども、そ

の早いものであり、かれには同じく洛陽の牡丹の品種を題とする詩もある。それは宋代の園芸術の発達と関連したものであって、人工的に新しい品種がたくさん造り出されたし、鮒から金魚が造られたのも宋代のことであるらしい。

この観察を単なる好事のあそびにとどめず学問的にしたいと望んだひとたちは、これを「本草」すなわち薬物学の範囲におくことに満足しないで、経学の一部門である「爾雅」の学問にむすびつけようとした。陸佃の「埤雅」二十巻や羅願の「爾雅翼」三十二巻などの書名はそのような意味をもっている。鄭樵（一一〇四―六〇）のぼうだいな著書「通志」の「二十略」のなかに「昆虫草木略」とよぶ部分（二巻）は、直接「爾雅」へのかかわりを明言しないけれども、やはり同様の志向から出ている。黄山谷の詩の題「演雅」はこの観念にもとづくのである。「爾雅」はもともと経書の注解を集めた語彙にすぎなかったが、鳥・獣・草・木・虫・魚などの分類は万物を秩序づけるものと考えられた。「演雅」とは、「爾雅」に収められた個々の単語（物名）の注解を補い、さらに敷衍するわけである。

生物の観察は、それだけに終わるならば、当時の人人にとっては、ただ趣味・道楽にすぎない。宋ひとの思想の特色は、生物のいとなみがこの世界にとって何の目的を有するかを問いたずねる点にあった。朱熹（一一三〇―一二〇〇）によって大成された哲学にあっては、このような思索は、いわゆる「格物致知」である。宋ひとは極めてさかんな好奇心と知識欲に富み、そこからなされた労作は沈括（一〇三一―九五）の「夢渓筆談」二十六巻が代表するように、科学的なしごとと称してさしつかえない価値をふくむけれども、自然物（あるいはもっとひろく万物）の理をきわめるとは、単にわれわれのいう経験的自然法則を明らかにすることで終わるとは考えられなかったのである。さきに引いた張載の「西銘」の世界観にあっても万物の人間を中心としての位置が問題であった。このことを最も明白に示す例は、宋の哲学（朱子学）をまず学んだ明の王守仁（陽明。一四七二—一五二八）が若いころ「竹の理を格せんとし」て思いなやみ、病気になり、ついに断念したとの挿話をあげることができる。つまり、かれは竹にはなぜあんな性質があるのかを極めんとして思索をかさねたのであった。かれは結局ちがった途から、別の哲学を立てねばならなかったが、その最初にえらんだのは明らかに宋の哲学者と同じように思索することであった。黄山谷は朱熹や王陽明のごとき学者とは異なる詩人ではあったが、やはり宋ひとらしい強い好奇心と深い疑問とを詩において表明したと言える。

　黄山谷が投じた疑問は、もともと答えることが困難なものである。そして最後の二句は詩としての結びではあっても、結論とは言えない。いや、自然物に限らず、かれの一生の作品はすべて疑問の投げかけに終わったとも言えるかも知れない。杜甫は「識り易し　浮生の理」（「秋野」五首の第二首）と歌ったけれども、山谷はそう言わなかった。張載は「万物と一体となること」をきわめて肯定的に述べたが、山谷はおそらく張載のことばをやすやすとうのみにはしなかったであろう。宋ひとの詩の哲学性は、いろいろな角度からとらえるべきであろうが、このような点から近づくことも可能である。「演雅」の詩は動物の名が多くて訳出に困難が少なくないため、私は本書に収めなかった。けれども、この詩は漢の司馬相如（前一七九―前一一七）の「上林の賦」などの或る部分に見られるごとき、物名の羅列だけで作られたモザイク（たとえ、それらが名前だけで特殊な詩的言語として魔術力をもつにもせよ）ではなかったのである。

つけくわえて言えば、唐の韓愈は「爾雅　虫魚に注せしは、定めて磊落の人に非じ」（「皇甫湜の公安園池の詩を読み、其の後に書す」）といい、嘲笑するに似た言辞をもらした。山谷が晩年に「演雅」の詩をかれの選集からけずり去ったと伝えられるのは（南宋の任淵の「山谷詩集注」の目録に見える）、あるいは韓愈のことばを意識したためでもあろうか。だが、山谷のこの詩は別の見方をすれば、自然物――鳥や虫など――の生態から人間との類比を取り出し、鳥や虫を論ずるとみせて、実は人間の生き方の種種相を描こうとしたものだとも考えうる。最後の鷗は、あくせくと動きまわる生物（実は人間）のいとなみに超然たる、いわば無目的の生こそ真の生だというのであろうか。それにしても、ひとつひとつの生物の生態についてのことばには、何か異様な執念がつきまとっているように、私には感ぜられる。

さらにもうひとつ附言すれば、さきにあげた「埤雅」の著者陸佃（一〇四二―一一〇二）は詩人陸游の祖父であり、王安石の門人であった。王安石には「字説」という著書があり、今は伝わらないから、その内容を臆測すべきではないが、やはり「爾雅」の学問の一つの発展であることにまちがいはない。黄庭堅は、その詩学において、後に述べるように王安石の説を継承したと見るべき点があるのと同様、爾雅についても王氏の学説に暗示を得たのかも知れない。

とにかく宋代の詩人たちが巨大な自然物とともに小さな生物に対してもっていた関心はたいへん強いものであった。楊万里の「寒の雀」（二七二ページ参照）や「凍えし蠅」（二七〇ページ参照）、ことに後の例は一茶の俳句をおもわせる。また葉紹翁の「夜 所見を書す」（三二〇ページ参照）における促織、周密の「西塍 秋日即事」（三一四ページ参照）における絡緯など、例ははなはだ多い。黄山谷にも「人は一馬に騎って 鈍なること蛙の如し」（「稚川 晩に進叔を過［と］わんと約す…」）の句がある。馬の足の遅いのをかえるにたとえたのは、唐詩にはちょっとない奇抜な表現であるが、かような句が生まれたのも偶然ではない。

六

宋代の数ある詩人の中で、大家と称すべきものは、清末の曽国藩（一八一一―七二）によれば、北宋の蘇軾（蘇東坡）と黄庭堅（黄山谷）および南宋の陸游（陸放翁）の三人である（曽氏が編選した「十八家詩鈔」は、宋代ではこの三家の作のみを録する）。蘇・陸の二家を推すことはおそらく異論がない。清の乾隆帝が侍臣をして「唐宋詩醇」を編集させたとき、唐の李白・杜甫・韓愈・白居易の四家に次いで、宋では蘇・陸二家にとどめたのは、すなわちこの意であった（詩醇は一七五〇年につくられた）。黄山谷を特に高く評価するのは清末の風気であるけれども、清の初期においてすでに王士禛（士禎、士正とも書く、号は漁洋山人。一六三四―一七一一）は「阮亭古詩鈔」を編し、三家のほかに、欧陽修と王安石および二晁（晁補之と晁沖之）を加えた。王漁洋は古詩（宋人では七言古詩）のみを選んだのであるが、そののち姚鼐（一七三一―一八一五）は漁洋にならって「五七言今体詩鈔」を著わしたとき、宋代の七言律詩だけを取って三巻とした。楊億ら、いわゆる西崑体（さきに略述した）の詩と王安石の作を中心とした一巻、蘇東坡と黄山谷の詩を中心とする一巻、および陸放翁を中心とし、南宋の二、三人を加えた一巻とである。以上を合わせて考えると、宋詩の三大家のほかでは、北宋において欧陽修、王安石の二人を名家とすべく、私見によればさらに梅堯臣をこれに加えるべきである。南宋では陸放翁のほか、おそらく楊万里（誠斎）を加えればよい。そこで以下には欧・梅・王・蘇・黄・陸・楊の七人の作家を中心として詩のスタイルの移りゆきを略述し、その他の詩人および詩派についても言及することとする。

宋の初め約六十年間（九六〇―一〇二〇）は文学の諸部門において、おおむね前の時代

（晩唐および五代）のひきつづきであった。五代の一国南唐の大臣で、この国が亡びたのち宋の太祖に仕えた徐鉉（九一六―九九一。八ページ参照）はその一例である。この時期の作家には王禹偁（九六四―一〇〇一）のごとき新鮮な感覚の詩風を現わし始めた人もあったが（「村行」一二ページ参照）、いまだ詩壇の主流をなすには至らなかった。また魏野（九八〇―一〇二〇）や林逋（林和靖。九六七―一〇二八）のごとき処士の詩人すなわち官吏とならなかった隠逸詩人を出したことはやや注目に値し、五代から宋初へかけての儒学が朝廷よりはむしろ道士の手で維持されたことと合わせて考えるべきである。林逋は儒者であるというよりむしろ道士と称すべき人であった。かれの梅花を詠じた詩（一三ページ参照）はことに名高いが、かれが一生妻をめとらずにすごしたことと、その非社会的傾向とは儒学よりも道教に近いものであった。この時期には仏教の僧侶の詩人の一群もあって、その九人の作を集めた「聖宋九僧詩」は一〇〇八年に刊行されたと言い、その中でもっとも名をえた恵崇は一〇一七年に死んだ人で、かれらの詩はだいたい中唐・晩唐の風を学んだものであった。「清苦」の評は九僧のみでなく、林逋らにもあてはめることができる。

　真宗皇帝の景徳年間（一〇〇四―一〇〇七）を中心としてもっともさかえた文学は西崑体とよばれた。この名は前に少しくふれたごとく楊億が編した「西崑酬唱集」二巻にもとづく。この集は銭惟演・劉筠ら十五人と楊億とが唱和した律（詩および絶句）二百四十首あまりから成る。九僧らが唐の賈島・姚合らの作を模倣したのに対し、この一派の詩人たちは李商隠の詩を学ぶことに全力をついやした。典拠ある華麗な文字をつらねた対句から構成された律詩は装飾的な精巧さをそなえているが、その内容はそこはかとなき悲哀をうたい、しばしば空疎である。

詩句の工麗なる一例をあげるならば、劉筠の「蟬」に「翼薄くして乍ち宮女の鬢を舒ぶ」の句がある。女の鬢の毛のうすくすきとおるほどにそろえたのを蟬の羽にたとえて「蟬鬢」とよぶが（南朝の梁の元帝の詩に見える）、劉筠は蟬の羽から宮女の髪を連想したのであって、奇警と称せられる。この一群の詩人たちの唱和は、同じ形式の作品をやりとりすることによって競争し、技巧を磨いたのであった。しかしそれは宮廷内でおこなわれたから、きわめて狭く小さい世界の描写に終始したのは当然であった。

これらの詩人（西崑体以外の作家をふくめて）が作り出したこの時期の文学の空気は平和な温暖の気分にみちている。魏野の詩の句に

　閑に惟だ　聖代を歌い
　老いて流年を恨まず　（「友人の屋壁に書す」）

という、かれらの作品に悲痛のひびきはない。それは宋の国力がもっとも充実し安定していたためでもあるだろう。「西崑酬唱集」には入らなかったが、西崑派の流れと見なされている晏殊（九九一―一〇五五）の「寓意」の一聯

　梨花　院落　溶溶たる月

　柳絮　池塘　淡淡たる風　（二七ページ以下参照）
および宋祁（九九八―一〇六一）の作（未収）などにも、なおこの太平ののどかな気分が見られる。

　宋詩がその真の特色をあらわに見せるのは、仁宗皇帝の治世、とくに慶暦年間（一〇四一―四八）に入ってからである。このころ欧陽修（一〇〇七―七二）らの古文運動が起こった。それは唐の韓愈らの古文の精神を継承し復活したものであり、これ以後は流暢達意の散文がおこなわれることとなった。それは散文の領域での事であったが、それと平行して詩においても古体詩の復活が欧陽修らを中心として熱心に主張された。詩人として欧陽修ともっとも親しかったのは梅堯臣（一〇〇二―六〇）と蘇舜欽（一〇〇八―四八）であり、この二人の詩風について述べた欧の作品一首を本書に収めた（「水谷の夜行　子美・聖兪に寄す」四二ページ以下参照）。子美と聖兪は二人のあざなである。

　其の間　蘇と梅と
　二子　畏愛すべし
　篇章　縦横に富み
　声価　相磨蓋す　（四四ページ参照）

二人の名声に甲乙はない、というのは事実であったろう。蘇舜欽は「気猶雄」で、「時

有りて顚狂を肆ままにす」、感興がわけば狂気のように筆を走らせる。しかし

梅翁は清切を事とす
石歯　寒瀬に漱ぐ

ここに梅堯臣をとくに翁とよぶのは、欧陽修より年長だったからである（「我を視ることなお後輩のごとし」）。その詩の清らかなひびきは、つめたい急流に口をすすぐと歯にしみるおもいがする。蘇舜欽の雄壮なる豪気とは大いに異なるのである。そして

近詩　尤に古硬
咀嚼するに　嘬し難きに苦しむ

の二句は、梅堯臣の詩の特質をよく言いあらわしている。「古硬」の二字は適評であり、

初めは　橄欖を食するが如し
真味　久しゅうして愈いよ在り

その橄欖（オリーブにこれをあてるが、実は別の植物、中国では今もその実を食べる）のしぶく苦い味がゆっくりかみしめるうちに、いつしか甘さに変わるのにたとえたのは、一層巧妙な比喩である。たしかに梅堯臣の詩は一見したところ平淡であって、何の奇もないようであるが、熟読して始めてその深い情を知るというべきものである。律詩や絶句よりは古体詩に長じていた点もさきの西崑体の詩人とは異質的であった。

梅堯臣には「小さき村」（四〇ページ参照）のごとく、政治の貧困への批判、また「河豚魚」（三二ページ以下参照）のごとく、政治上の党派の無用な争いへの諷刺をこめた作がある。それらが杜甫以来の伝統的精神から出ていることは言うまでもないが、貧しい詩人として、政界の要路に立つ機会を終生もたなかったかれは、常に批判する者の側に在った。それにしてもかような内容は西崑体の詩人がけっして題材として取り上げなかったところのものである。かれの詩の題材はもともとはなはだ多様であり、昔から蝨を詠じた詩がないからといって、あえてその詩を作ったことはよく知られているが、この種の事物も宮廷詩人の筆端にのぼるはずはない。一言にして言えば、かれは宋初の宮廷詩人の一群から、なるべく離れたところに独自の詩風を立てたのであった。「哀しみを書す」（三八ページ参照）その他、早く死んだ妻謝氏を追懐する作はいくつもあるが、華やかな典故ある文字をつらねようとはせず、素朴とも言えるスタイルでこれを歌ったのである。だから、さりげないことばのうちに深い想いをもらすのは、かれの特技と言えよう。「香山寺に至りて秀叔に報ず」（三六―三七ページ参照）などはその例となる。子どもを思う父親の情愛はその行間ににじみ出ていて、読者の心を打つ。

欧陽修もまた古詩に長ずる。若いころ西崑体を学んだと見られる数首がその「外集」に収められるが、かれはむろんそれに満足していなかった。しかし、かれの詩は散文と同様に流暢であって、梅堯臣の「古硬」、あるいは渋さはない。

欧陽修の後輩である王安石（一〇一九―八六）は改革派政治家としての行動だけから見ても、その政策の当否は別として、北宋の傑出した人物にちがいない。しかも、かれの大きな理想と深い学識とは同じころの人人の敬意を払ったところのものであったが、かれの文学の芸術的な高さはその政治上の地位に劣らぬ価値があり、かれの反対者といえども、かれの文学を軽視したひとはない。欧陽修と曾鞏（一〇一九―八三）および王安石の三人は、散文作家として唐宋八大家の列にあるが、この三人がひとしく今の江西省出身であることは注目すべきで、五代のころ江南の地方でさかえた南唐の国（九三七―七五）がこの地域をもその文化圏内に収めていたことが想起される。五代の数十年間、中原の地域はしばしばトルコ系の民族（後唐など）や満州系の民族（遼）が領有したところであって、中国の伝統的文化はかえって、揚子江の下流（江南）もしくは上流（蜀）の諸地域で維持されていたのである。

王安石は散文において欧陽修と同じく韓愈を模範としたが、欧陽修よりはずっとひきしまった簡潔明快な文を作った。詩においても同様な特色をもつ。古詩の場合には七言より五言がすぐれている。かれの信念についてのなやみを述べた「吾が心」（七一―七二ページ参照）や、嫁にいったむすめに与えた「呉氏の女子に寄す」（六五ページ以下参照）などはその例である。五言四句の「自から遣る」（六二ページ参照）のごとき、五言絶句の佳作の多くない宋詩の中でひときわ目だつ。が、七言絶句にも朗誦にたえる名品は少なくなくて、かれが天成の詩人であることを示している。

荒煙　涼雨　人の悲しみを助く
涙は衣巾を染めて　自から知らず
東風　沙際の緑を除却すれば
一に汝が江を過るを看し時の如し　（六五ページ参照）

これもまた「呉氏の女子に寄せ」た詩であった。そのほか

緑陰　幽草　花時に勝れり　（「初夏即時」七三ページ参照）

や、

月は花影を移して欄干に上る　（「夜直」七四ページ参照）

のごとき佳句はきわめて多い。絶句はかならずしも唐詩のみの独占物ではないのである。

自身の哲学的政治的理想を詩にあらわすことは王安石の好んでしたことであった。たとえば、「兼幷の詩」（五言古詩）は、かれの政策の基本をなす貧富を平均せんとする考えを述べ

兼幷は乃ち姦回

大土地所有は罪悪だとまで極言した。この種の詩は比較的わかいころの作に多い。しかし中年以後は、しだいに仏教に心をひかれるようになった。「寒山拾得に擬す」二十首など

は、かれの禅仏教への関心をもっともよく示す。これは純然たる儒者として終始した欧陽修や梅堯臣の作にはまったく見られないところであって、王安石の詩のかような傾向は、次の時期の代表的作家蘇軾や黄庭堅に至っていっそう強く現われる。

我曾て　牛馬と為り
草豆を見て歓喜せり
又曾て　女人と為り
歓喜して　男子を見たり
我　若し　真に是れ我ならば
祇だ合に　長えに此の如くなるべし
若し　好悪　定まらずんば
応に知るべし　物に使わるるなることを
堂堂たる　大丈夫
物を認めて　己と為すこと莫れ　（「寒山拾得に擬す」其の二）

これは外物に執着して、それに本性をうばわれてはならぬとの戒めを説く。宋の李壁の「王荊文公詩箋注」巻の四では、この詩に注して、「円覚経」を引く。王安石がこの思想を老子や荘子の道家の哲学書からではなく、直接仏典から得ていることは確かであろう。

　王安石よりさらに後輩の蘇軾が宋詩の代表的作家であることは前に述べた。その生地眉山県（今四川省成都市に近い）は、長江の上流であって、五代のころ独立国蜀がこの地域にあり、戦乱に明けくれた中原の地とちがって、富みさかえ、文化のひらけた処であったことは、江西の場合とともに注意を要する。かれは父の蘇洵（老泉。一〇〇九―六六）および弟の蘇轍（一〇三九―一一一二）と合わせて三蘇とよばれ、三人ともまた唐宋八大家に数えられる散文の大家でもあった。ただし蘇洵は詩を多く作らず、蘇轍の詩は兄に比してやや劣る。が、この兄弟はほぼ同じころに詩を作り始めたのであり、弟は兄の文学のもっともよき理解者であった。兄弟のあいだでやりとりした詩の数は多く、それらはおおむね林語堂氏も言うごとくすぐれた作である。東坡が始めて任官し弟と別れるときの作「辛丑十一月九日……」と題した詩の訳は本書に収めたが（九一―九二ページ参照）、ここに別の一首の前半を録する。

　近き別れには　容を改めず
　遠き別れには　涕　胸を霑す
　咫尺して　相見ざれば
　実に　千里と同じ
　人生　離別無ければ
　誰か恩愛の重きを知らん
　始め我が　宛丘に来たりしとき

衣を牽きて　児童　舞えり
便ち知る　此の恨み有らんことを
我を留めて　秋風を過ぎしむ
秋風　亦已に過ぐ
別れの恨みは　終に窮まり無し
……………（「潁州　初めて子由に別る」）

一〇七一年、蘇軾が杭州の通判（副知事）に任ぜられ、そのとき陳州の教授であった蘇轍（子由は字）が潁州（今安徽省阜陽県）まで送って来て別れる際の作である。詩の中の宛丘は陳州をさす。

近いところへ別れるなら顔色を変えもしまい、遠く離れるとなっては涙が胸までぬらす。ほんとうは数尺のへだたりも、千里の遠さと違いはないのだ。まことに人生に別れの時がなかったら、愛情の深さにはおそらく気がつくまい。ぼくがこの宛丘にやって来て、（君の）子どもたちが着物のすそをひっぱって喜ぶのを見た時から、今のつらさは思いもうけていた。君はぼくを引きとめて、秋風の立つまで待たせた。秋風ももはや通りすぎていった。別れの悲しみはいつまでも尽きない。……

蘇軾の詩が、流れるような軽快な調子をもち、それが明朗健康なかれの世界観と分つべからざることは、すでに述べた。適度の諧謔をまじえることは、かれの詩の一つの特質であって、「石蒼舒の酔墨堂」（九六ページ以下参照）はその例とすることができる。

人生　字を識るは憂患の始め

という書き出しは、人を驚かせるが、

姓名　粗ぼ記せば　以て休む可し

名前さえ書けたら、それでいいのだ、と軽くつき放し、書道に苦心するなんて無用のわざだと言いつつ、それは実はかれの筆跡を欲しいという友人への謙遜の辞であって、巧みに相手を賞揚する。かれの「嬉笑怒罵の詞と雖も、皆誦すべし」（「宋史」蘇軾伝の語）とは、かような篇を読むとき、いかにもとうなずかれる。

かれの詩のもう一つの特色は、比喩の新奇さである。「新城の道中」（一〇七―一〇八ページ参照）における

嶺上の晴れたる雲は　絮帽を披ぶり

とうげにかかる白雲を綿帽子にたとえたのも、あまり前例はないが、

樹頭の初日は　銅鉦を挂けたり

木のこずえにさし出た太陽をどらのようだというのは、まったく新しい比喩である。どらというものが、すでに詩に現われることはなかった。この着想を蘇軾はあるいは仏典から得たかも知れない（中国文学報、第二冊、一九五五年の拙稿参照）。用語および典故の範囲を中国の古典に限らない点で、かれはきわめて自由な態度を取ったのである。これと関連し

て、かれの文学が老子および荘子の思想から多くの啓示をえたこと、ならびに仏典からも少なからぬ影響をうけたことを附言しよう。

蘇軾の才能は長篇の古詩に発揮された。しかし律詩には巧妙な対句があり、絶句の短小な詩形においても、抒情性に富む美しい作品がいくつもある。

扁舟　一棹　何れの処にか帰る
家は　江南　黄葉の村に在り　（「李世南の画く所の秋景に書す」一二四—一二五ページ参照）

この詩は「恵崇の春江晩景」（一二三—一二四ページ参照）と同じく題画の詩であって、実景ではないが、おそらくその画よりももっと生き生きと風景を想い浮かべさせる力がある。

一年の好景　君　須く記すべし
正に是れ　橙は黄に　橘は緑なるの時　（「劉景文に贈る」一三二ページ参照）

これらの数首は私の久しく愛誦した詩である。

蘇軾のいとこには画家として知られた文同（与可。一〇一八—七九）があり、門人には「蘇門の四学士」とよばれる秦観、黄庭堅、張耒、晁補之らがあり、陳師道（後山）も門人に数えられる。それらの人人の作品を少しずつ本書にも収めたが、ここでは特に黄庭堅（山谷。一〇四五—一一〇五）につき、いささか述べよう。かれは「江西詩派」の開祖である。江西派の名称は、かれが分寧（今江西省修水県）の人であるのによる。

宋詩が理智的であることは、すでに一端を述べた。その哲学性と機智（wit）とは表裏をなす。宋代の詩人は一般に唐の詩人よりも博識であった。このことは梅尭臣の作にもすでに見られるところであって、かれの詩は平淡ではあるが、古典の深い教養がそれを裏づけていて、屈折の多い思考もおそらくそれと関連する。博識を隠そうとしなかったのは王安石であって、蘇軾はこれに次ぐ。しかし、博識が詩の表現の複雑さを増加したのは、黄庭堅に至って極まると言うべきであろう。かれはありふれた典故を用いず、比較的よく知られた典故でもひねって使うことを得意とした。

典故を知らないと解しがたい例をあげよう。「王稚川の客舎に次韻す」にいう、

　五更の帰夢　常に短きに苦しみ
　一寸の客愁　多きを奈んともする無し

「山谷詩集注」（内集巻二）の任淵の注によれば、この第二句は北周の庾信の「愁の賦」に、「且つ一寸の心を将て、能く万斛の愁を容れんや」にもとづくという。庾信は、人の心臓はたった一寸ほどの大きさだのに、万斛（斛は容量、日本の石）のうれいを入れることはできぬ、と言った。ところが黄庭堅はこの二句を一句につづめ、「一寸くらいの（心には）旅のうれいは多すぎて、どうにもならない」という。つまり、一寸の二字と次の客愁の二字とのあいだにすきまがあって、そのすきまを読者は適当に補わなければならない

が、そのためには庾信の賦についての知識が必要なのである。もちろん「寸心」などの語は唐詩にもあるけれど、庾信の賦を知っていれば、いっそう了解しやすい。

典故はむつかしくなくても、やはり一句の造り方に、すきまがある例をあげると、「黄幾復に寄す」（一四〇—一四一ページ参照）に次の二句がある。

桃李の春風　一杯の酒
江湖の夜雨　十年の灯

それぞれの句の上四字と下三字とはたがいによく対応していて、完全な対句をなす。しかし、任淵の注によると（内集巻二）、二句とも過去の（黄幾復と作者とが）いっしょに遊び楽しんだことを追憶するのであり、それは今では十年まえになった意だという。これに従えば、上の句では、桃や李の花の下、一杯の酒に春を楽しんだ過去を述べ、下の句では、長江や湖に遊んで灯下に語り明かしたのは、もう十年の昔だの意となる。「江湖夜雨十年灯」、上の四字は第七字の灯の字に直接つながるのであり、十年の二字が挿入されて、その過去から現在までの時間が示されるわけである。とすれば、下の句はとくに複雑な構造を有し、句づくりが上句とは実は違う。もっとも、この解釈は複雑すぎるから、私は潘伯鷹氏の解説（『黄庭堅詩選』上海、一九五七）に従って上句は過去、下句は現在の状況として訳出した。すなわち、現在では黄幾復と作者とは長江や湖にへだてられ、すでに十年の歳月がすぎ去ったとの意とする。

諧謔（ユーモア）が博識によって裏づけられている例としてあげたいものに、「戯れに猩猩（しょうじょう）の毛の筆を詠ず」二首がある。その第一首にいう。

　政（まさ）に多知にして言語に巧みなるを以て
　身を失して　来たって管城公（かんじょうこう）と作（な）れり

これは七言絶句であって、まえの二句では、猩猩（猿の類）が酒に酔って南方の地で人に捕えられることを言う。この二句は、猩猩は人に似て知恵もあり、物をいうこともできるが、正に（政は正と同じ）そのゆえにつかまって、毛を取られ筆になってしまったことを言う。管城公は韓愈の文（「毛穎伝」）に見える筆を人に擬した名である。ところがこの二句には裏の意味がある。黄庭堅は別にこの詩のあとがきを作ったが、それによると、第一首は銭穆父（せんぼくほ）（銭勰〔せんきょう〕の字）に贈ったもので、銭勰が高麗（こうらい）（今の朝鮮）から得た猩猩の毛の筆を黄庭堅に与えた返礼であった。銭勰は当時蘇軾と同じく中書舎人（しゃじん）の官にあり、詔勅の起草が職務であった。だから、管城公は実はかれの職務をさす。つまり穆父は自身の本意に反して（「身を失し」）筆を弄する生活に明け暮れることとはなった、と揶揄（やゆ）したのである。これは双関の語（かけことば）である。この類は蘇軾の詩にもあるが、黄庭堅はとくに好んだ。

　黄庭堅の詩のうち句法のみならず、一首の構成（いわゆる篇法）において特別にかわったやり方のものを挙げよう。やはり七言絶句を例とする。

陽関の一曲　水は東に流る
灯火　旌陽　一釣舟
我自から只常日の酔の如し
満川の風月　人に替って愁う　（「夜　分寧を発し　杜澗叟に寄す」一三九ページ参照）

この第一句の「陽関一曲」の四字と「水東流」の三字とのあいだに大きな距離がある。上の四字を読んで、次に下の三字がつづくことは、ちょっと予想しにくい。平凡な作家ならば下の三字は「使人愁（人をして愁えしむ）」とでもするであろう。陽関の曲は送別の歌だからである。しかし、そう言ってしまえば、詩の意図はもはや述べつくされたことになり、あとのつづけようがない。「陽関の一曲　人をして愁えしむ」は絶句の最後の句にふさわしい。ところが、黄庭堅は「陽関の一曲」と主題を提起しておきながら、「水は東に流る」とそらしてしまう、陽関の別れの曲は（人を悲しませるはずのうただ、それだのに）水は（何も知らぬげに）東へ東へと流れ行く。」第三句に至っても、「我自から愁う」などのありきたりの語を下さない。「私はふだんにかかわらず酔っぱらっている。」第四句「うれわしげなのは、川原いっぱいの風と月。」私の哀愁を代りに表現してくれているのは、風と月だ、と結ぶ。この詩のおもしろさはまったく篇法の奇抜さにあると言うべきであろう。

宋の李覯（一〇〇九―五九）に次の絶句がある（「宋詩紀事」巻十九）。

人は言う　落日　是れ天涯なりと

望み　天涯を極むれども　家を見ず
已に恨む　碧山の相掩映することを
碧山　還た　暮山に遮らる

夕日の沈むあたり、あそこが天のはてだと、ひとは言う。私の目は天のはてまでながめやっても故郷の家は見えない。にくらしいのは青い山山が故郷を隠していることだ。だが、その山山のこちらにもまだ山があって、暮色の中で、故郷の山さえおおいかくす。これは曲折に富んだ表現である。けれども、なお黄庭堅の奇警には及ばない。かように黄詩は複雑な句法・篇法でできていて、難解なものが少なくない。本書には、なるべく多くの注釈を加える必要のない数首だけを載せたが、私の解釈は原作の真意を得たかどうか疑わしいものもある。

七

江西派が結成されたのは、黄庭堅の死後であるらしい。南宋初期（十二世紀後半）に最もさかえたのであった。その詩人たちの作品集「江西詩派」百三十七巻、「続派」十三巻が編せられたと記録にあるが（「文献通考」）、今は伝わらない。この派は遠く唐の杜甫を学ぶことを旗印とし、黄庭堅・陳師道・陳与義を三つの柱として、一祖三宗と称した（元の方回の説）。三人のうち南宋まで生存していたのは陳与義（簡斎。一〇九〇―一一三八）のみである。詩派の名称も、一祖三宗のごときよび方も、みな禅宗の祖師から弟子への流派に倣ったことは明らかで、禅仏教の考え方の詩への浸潤であった。黄庭堅にさきだち王安石は杜甫の詩を好み、世にひろめた人であった。王も黄も江西の人であるし、禅学を好んだ点も共通する。黄庭堅の詩学は王安石に導かれたところがあると思われるにもかかわらず、江西派が王安石を祖師の一人に数えないのは、あるいは南宋では王安石の新法党に対する強い反撥があったためかも知れない。黄自身は政治上は新法党の反対者であった。

陳師道や陳与義が刻苦して詩を作った態度は黄庭堅に近く、杜甫の詩を研究したことも同様である。けれども黄の奇警さは二人にはない。私が二人の作品を少しく読んだ印象からすると、ともに濃厚ではなく淡白というべき色調を有する。ただ蘇軾のごとき軽快な調子はなく、苦渋とやや陰暗な気分が支配的と感じられる。そして黄庭堅が有した諧謔味も二人には多く見られない。

陳与義が華やかな文字をつらねることを好まない態度は、その「墨梅（すみえの梅）」（二〇四―二〇五ページ参照）にもあらわれている。

意足って　求めず　顔色の似たることを

かれの作詩の苦心を見るべき例としては「春日」（二〇六ページ参照）の

忽ち　好詩の眼底に生ずる有り
句法を安排するに　已に尋ね難し

がある。これは詩人が自己を客観化したものと言える。唐代の中葉までは、このようなことは少なかった。盛唐以前の詩人が強烈な感情を詩において表明するとき、その余裕はなかった。詩を書きつつある人は、作詩そのことを自己から分離して考えることはありえなかった。かかる分離は中唐に至っておこる。賈島(かとう)らがこれである。それは蘇軾などにあっては、むしろ心の余裕を示していたが、陳与義の場合は、ふたたび苦吟そのことが詩材となった。それは「詩のための詩」を意味し、詩の世界の狭まりの結果であるかも知れないが、詩が詩人の生活における深まりも同時におこった。つまり作者の生活が作詩と密着し、それを離れえなくなったとも言える。これは江西派の一つの態度であった。

陳与義の五言詩ことに律詩には佳作が多い。その一例として「試院にて懐(おもい)を書す」(二一〇—二一一ページ参照)を挙げよう。

疎疎(そそ)たり　一簾の雨
淡淡たり　満枝の花

ここには濃厚な色彩はなく、刺激的な形容もないが、温和な語調のうちに明確な形象を造って、読者をひきつけ、五言の詩型に適合している。清末の詩家陳衍(ちんえん)はその「宋詩精華録」にこの詩を録し、「清朝の或る一派の詩人、特に厲鶚(れいがく)(樊榭(はんしゃ)。一六九二—一七五二)らが模倣につとめたのはこの種の詩境である」と言った。私も同感を禁じえない。

南宋において、江西派から学んだ綿密な構成とともに流暢濶達な語調と気分とを合わせて有する詩人は陸游（放翁。一一二五—一二〇九）である。江西派が一世を風靡したのち、志ある詩人はその殻から抜け出そうと努力したが、もっとも異色あるスタイルをうちたてたのは陸游であった。大家と目されるゆえんである。

かれの文学の師が曽幾（茶山。一〇八四—一一六六）であったことはよく知られている。曽幾は江西派の詩人であったが、陸游のその師への傾倒は「曽学士に寄酬し……」（二二一ページ以下参照）の一篇に現われている。だから、陸游が江西派の詩学をまず手がかりとして、習作し始めたことは疑いない。けれども、かれは江西派の理論にいつまでもこだわってはいなかった。のみならず、かれはもともと詩人として身を立てようとはおそらく考えていなかった。かれの志は女真民族（金）にふみにじられ、奪い去られた国土を回復し、宋帝国の全領域に皇帝がふたたび君臨する日を自分の目で見ることであった。かれはこの志を抱きつつ死ぬのであるが、臨終のときも、

王師　北のかた　中原を定めん日には
家祭　忘るること無かれ　乃翁に告ぐることを
（「児に示す」二五二ページ参照）

と遺言したほどであった。

かれの愛国の熱情は機会あるごとに燃えさかったのに、いくたびか挫折を経験した。当時の西北の最前線、宋と金との境界に近い興元（今陝西省南鄭県）から空しく後退し蜀の

成都へと剣門の山をこえた一一七二年、かれはろばの背で次のように吟じた。

　此の身　合に是れ　詩人なるや未だしや
　細雨　驢に騎って　剣門に入る　（「剣門道中にて…」二二八ページ参照）

ろばに乗った唐の詩人の逸話を憶いつつ、自分はとうとう詩を作るほかに能のない男になりはてたか、というのは、かれの悲痛な訴えであった。かれは戦士たることを望みつつ、結局は詩人として終わったのである。

かれの愛国的熱情のはげしさは、その万首に近い全集（「剣南詩稿」八十五巻）の随処にあらわれる。私もその雄壮の気ある一、二首を訳出した（「秋声」（二二九―二三〇ページ参照）、「憤を書す」（二四〇―二四一ページ参照）、「酔歌」（二五一ページ参照）等）。しかし、かれの詩の久しく愛誦された句は、もっとちがったところにあった。

　小楼　一夜　春雨を聴けば
　深巷には明朝　杏花を売る　（「臨安春雨初霽」二四二ページ参照）

の表わす都会の春のおちついた気分、

　重簾　未だ捲かず　香を留むること久しく
　古硯　微しく凹んで　墨を聚むること多し　（「書室明暖なり…」二四四ページ参照）

に見られるかれの書斎をめぐる静かな平和、

　市橋　担を圧して　蓴糸　滑かに

村店　盤に堆く　豆莢　肥ゆ　（「初夏　平水の道中を行く」二四五―二四六ページ参照）

のごとき、小さな町の風景。それらはおおむね晩年の作であるが、やや早いころの作の

山重なり　水複なって　路無きかと疑えば
柳　暗く　花明らかに　又一村あり　（「山西の村に遊ぶ」二三七ページ参照）

の句などと同じく、江南水郷ののどかさを写して、読者の心を明るくする。そして

斜陽　古柳　趙家の荘
鼓を負える盲翁　正に場を作せり　（「小舟にて近村に遊び…」二四六―二四七ページ参照）

の一首を読めば、われわれは陸放翁と共に「小舟にて近村に遊び」「舟を捨てて」、小鼓を打ち鳴らし、今しも「蔡中郎」の妻のあわれな物語をはじめた盲翁の芸能にひきつけられ、村人とともに一心に聞き入るかれの姿をありありと想い浮かべることができる。不幸な戦士ではあったが、かれは農民と苦楽をともにし、農村のとぼしくても幸福な生活の諸相をみごとにえがいた詩人であった。かれの律詩は随筆的風趣がゆたかであって、「村村、皆画本、処処詩材有り」（「舟中の作」）とうたったごとく、農村のスケッチはもっとも得意とした。それは宋代に随筆を散文で綴ることが盛んになった空気の詩的反映でもある。

田園詩人といえば、陸游とほぼ同時の范成大（一一二六―九三）の名を見のがすことはできない。かれは陸游が貧しい退職官吏として浙江省（今の紹興市附近）の片すみにくすぶっていたのとは違い、副宰相の地位にのぼった大官で、今の蘇州の郊外に別荘をもっていた。その「四時田園雑興」六十首はその別荘「石湖」での晩年の悠悠自適の生活から生まれたが、愛読者は多く、わが江戸時代にも、この六十首だけの翻刻がある。蘇州の正月のにぎわいを述べた「灯市行」（二五九―二六〇ページ参照）など一連の作のほか、都会のスケッチ「夜帰」（二五六ページ参照）のごとき

曲巷　声無く　門戸　閉じたり
一灯　猶照らして　酒壚　開く

愛すべき小品もある。この詩に限らず、夜道を歩くうち、ふと小さな灯火の光を見つけた喜びを書いた絶句は宋人の作にいくつもあり、私は煩をいとわず訳載した。日本でも暗夜の旅の心ぼそさは、つい先ごろまで誰しも経験したことであったが、宋の詩人はその点でわれわれのごく身近かな世界にいたと、私は感ずるからである。

陸游および范成大とならんで南宋四大家の一人に楊万里がある（誠斎。一一二七―一二〇六）。やはり江西省の出身。かれが江西派を始め学んだのにふしぎはない。附言すれば、この楊万里の別号誠斎は、陳与義の号簡斎、陸游の号放翁などと同じく、自己の人生の進路を明白にし、他人によってでなく、みずからの生き方を選ぶことを主張する意味を有す

る。これは宋の詩人に特有の態度であって、唐ひとはたいてい別号を有せず、白居易が楽天居士と号したのさえ例外的であった。仏教の僧や道教の道士の影響はあるにしても、宋ひとがいかに個性を重んじたかを見るに足りる。

楊万里は三十六歳のとき、江西派の詩の模倣をやめて、独立の詩人として立とうと決意した。それ以前の作はすべて焼きすてたという。詩は自己の性情のあらわれとして、自然にできるものだと信じたからである。けれども、「湘中館に題す」（二六二―二六三ページ参照）の末に言う。

　個の中に　句の在る有り
　語を下すこと　更に誰か曽てせし

詩は風景のうちにおのずから在る。それをことばにしたものがないだけだ、と断言するとき、かれはまだかつての苦吟の心を忘れてはいなかったであろう。この二句をさきの陳与義と比較すれば、二人は実は同じことの両面を言いあらわしたのだと考えることができる。

楊万里は俗語を大量に使用した詩人として知られている。それは事実である。かれが用いた俗語はすでに誰かが文字にしたものに限る、と銭鍾書氏が言うのは（「宋詩選注」四六―四七ページ参照）皮肉すぎるし、やや酷評である。俗語を書こうとする場合、すでに文字で書かれた先例があれば、それを使うのが自然であって、中国のような漢字を使用していた国では、そうするのが当り前であろう。近代の魯迅の例を引くまでもない。しかし、注意すべきことは、楊万里は俗語をそのまま使ったのみならず、俗語的発想で文語を駆使した点にある。この点で、私は故浦江清氏が宋の詞（詩余）について言ったことが（「浦江清文録」109ページ参照）宋詩の或るもの、とくに楊万里の七言絶句にあてはまると思う。浦氏は宋の詞は俗語のリズムにのせて文語の「詞藻」（詩的単語）を適当にならべたものだという。二七〇ページの「凍えし蠅」や「秋に感ず」（二六九ページ）などはその例であり、二七二ページの「寒の雀」などでは俗語をただちに使う。「特地に」（わざと）の類がそれである。かれの詩が、わが一茶に似ているのは、その題材だけではなかった。俗語的ということは、すなわち庶民的ということでもあるからである。ただ、かれの詩は（ことに絶句を）多く読めば、あまりにも同類の発想と言いまわしが重複して現われすぎる感を免れない。そして五言古詩などに案外の佳作が見られる。

陸游の死（一二〇九）の前後は、南宋四大家の時期の終末である。これ以後の詩は一般に言ってふるわない。それは江西派の細緻で奇警な詩風がもはや勢力を失ってしまった時であって、「四霊派」と「江湖派」とがあいついで詩壇を独占した。この二つの派の詩の共通点は平易なスタイルである。つまり高踏的な江西派の作品の難解さは、おそらく市民層を中心とする読者から敬遠され始めたのであろう。

四霊は四人の詩人の総称である。徐照、徐璣、翁巻、趙師秀。この四人はみな字に霊の字をつけた。たとえば徐照は霊暉、趙師秀は霊秀など。これは申し合わせて、そうしたらしいが、理由はわからない。(補注) 四人とも永嘉（浙江省温州）の人であるから、永嘉の四霊ともいう。みなその土地の学者葉適（水心。一一五〇―一二二三）の門人であり、徐璣（一一六三―一二一五）は師に先だって死したが、他の三人もほぼ同じ年輩であろう。この一派の最も好んだのは唐の賈島と姚合であり、五言律詩を作ることに苦心した。その詩の世界は狭小であり、好んで用いた文字は清・寒・円・秀・遠などである。清といい遠というのは他から隔絶した境地をいい、その世界は小さいから秀であり、それ自身で完結しているから円であり、この世界に安住するためには困苦をしのばねばならぬが、それが寒である。これらの性質は、ほとんど賈島の詩に示されていた。趙師秀の名句

野水　地よりも多く
春山　半ばは是れ雲なり　（「薛氏の瓜廬」二八六―二八七ページ参照）

も、なお遠くそれから脱し得たものではなかった。この派の詩が一時的にもせよ流行したのは、読者の現実逃避の願望に適合したためであるかも知れない。

「江湖派」の名がどうして生じたかは不明であるが、「江湖」の二字は朝廷に対し、在野のひとを意味する。つまり詩はふたたび処士――市民――の手にもどりつつあった。この派は雑多な詩人の集合であって、一定の主張を共有したかどうかも明らかでない。その作品を集めた「江湖小集」九十五巻、「後集」二十四巻（「四庫全書総目提要」に見える）など

があり、梁崑氏の計算によれば、作者は百人以上だという（「宋詩派別論」民国二十七年、上海）。杭州（南宋の都）の書店の主人陳起がこれら詩集の出版者であり、自身も詩人であったことは前にふれた。陳起は一二五一年には生存していたという（方回の「瀛奎律髄」〔えいけいりつずい〕巻四十二）。

梁崑氏はこの派の代表的作家として、姜夔（白石）、戴復古（石屛）、劉過、高翥、劉克荘（後村）の五人をあげる。このうち姜夔はもっとも早く（一一五五―一二二〇）范成大とも交わった。高翥も晩年の陸游を訪うたことがある。劉克荘（一一八七―一二六九）だけは高級官吏であって、五人の中で最も栄達した人であり、他はおおむね仕官しなかった人ばかりである。江湖派は概して市民の詩人の集合であったといえるが、戴復古のごときは職業的文人であった。おそらく、大官や市民の富豪などに文を売って生活していた。その点では、かれこそ江湖派の代表と言うべきであろう。ただし気骨ある詩人であったことは作品にもあらわれ、国家の衰えをなげく作もある。若いころから旅に出て、南は福建省から梅嶺をこえて広州（カントン）、桂林（広西省）に至り、西は洞庭湖に遊び、東に帰って淮南（江蘇省北部）にしばらくいた。江湖に放浪すること五十年、一二四八年またはそれ以後まで生存した。

　七十の老翁　頭雪白
　江湖に落在して　詩冊を売る

の句がある。かれがかかる職業的詩人に甘んじ、その生活に安んじていたらしいのは、なぜか。かれが尊敬したのは杜甫と陸游であるが、杜甫について

憶着す　当年の杜陵の老
一生　飄泊せしも　也た風流

などといい、飄泊放浪の生活をうらやむべきもののように言う。それはこの時代には詩を売っても暮らすことができたからではなかろうか。考えてみれば、官吏にならなければ人なみの暮しさえできないのは、唐以後の中国社会の一つの欠点でもあったのである。かれの詩自体はとくにぬきんでた高いものとは言えないが、その世に処する態度は、なかなか興味がある。江湖派には、一体に、その見かけに似ず気骨ある作者が少なくなかった。南宋の最後の宰相となって、蒙古軍への抵抗をやめなかった文天祥の如き人物がやはりこの派ともっとも近かったと考えられるのは、故なきことではない。

最後に本書にえらんだ詩の原典について一言する。私は最初、清の呉孟挙・呂留良の編した「宋詩鈔」（百六巻）の大部分を読み（民国二年、上海影印本、最近台湾で復刻された）、故陳衍氏の「宋詩精華録」（民国二十六年、上海）を参考しつつ、時に個個の作家の集から得たものを加えて訳注にとりかかった。そのうちに銭鍾書氏の「宋詩選注」（一九五八年、北京）が出版され、通読して啓発されることが大きかったので、とくに私がこれまで注意

しなかった作家のものをその中から抜き書きした。だからこの選訳は、銭氏に負うところがきわめて多い。ただ訳注にあたり、銭氏の注解はたえず参照したが、その説に同意できないところもあったから、なるべくそのことは附記しておいた。大体の訳稿を書きおえてから、とくに南宋の作品はなるべく個個の集にあたって本文を確かめたが、その異同は一一注記しない。その他、潘伯鷹氏の「黄庭堅詩選」(一九五七年、上海)を始めとし、最近の注釈家の説もできるだけ参照した。すべて、ここで深い感謝を表明する。王安石・蘇軾あるいは陳師道・陳与義など南宋の注があるものも、できる限りは参照につとめたが、詳しい注を加えることができなかったのは遺憾である。それらの書名は作者の小伝のうちに言及しておいた

補注〔三八三ページ参照〕
私は、「永嘉四霊(えいかしれい)」とよばれる詩人の一群が、なぜ霊の字をかれら自身の別号の一字としたのか、長らくその理由を解するに苦しんだ。最近ふと気づいたのは、それは南朝の大詩人謝霊運(三八五―四三三)の名まえから取ったのであろうことである。これは臆測にすぎない。しかし、謝霊運は、いわゆる「山水の詩」を創始した人であったうえに、外ならぬ永嘉に太守(長官)となって、在任中に、この地の風景の美しさをたたえた詩を書いた。四霊派の詩人たちが、かれらの生地にゆかりがあり、おまけに風景詩の開祖でもある

古人の名にあやかろうとしたことは、大きな可能性がある。もしこの推測があたっているならば、江西派が杜甫を祖師とし、いわば「詩の神様」あつかいしたのに対抗して、かれら四人は杜甫よりもっと古い大詩人をかつぎ出して自分たちの神様にしようと考えたのだ、と言えるであろう。（一九六七年一月しるす）

詳細目次

范成大

あとがき

　この小さな詩選を一冊として公けにするにあたって、まず読者の宥恕を乞わなければならないのは、詩のえらびかたが私の好みに偏しすぎたことである。たいへん身勝手な言いかたになるが、私はきらいな詩を一首も収めなかった。もっとも私も長らく教壇に立ち、文学史を講じたことも何度かあって、吉川幸次郎博士のことばを借用すれば「偽善的」に心ならずもなっていた。有名詩人を全然無視することはちょっとできない。しかし宋代で十人をこえる代表的「大」詩人の作でも、興味のもてない詩はのせなかった。それに私のまずしい語彙では、とうてい翻訳できない作の場合は敬遠するほかはなかった。それらは将来、もし私にその力ができたら、改めて取り組み、少しでも不備を補いたいと思う。むかし銭稲孫氏はダンテの詩を抜粋漢訳して「神曲一臠（れん）」と名づけられた。それにならって言えば、この書物も「宋詩一臠」と題すべきであったろう。

　校正刷を読みかえしつつ気がついたことは、いわゆる叙景の詩が特に多いことである。そして感傷的でありすぎる。だが三四年前に私は或る本の中でアミエルの日記から次の引用を読んだ。土居寛之氏の訳文を借用すれば、「どんな風景も、それは人間の心境である。」このスイスの哲学者のことばを少しねじ曲げて私は弁解の辞にしようと思う。南宋のころから「景（すなわち風景）」と「情」は詩論家の好んで取りあげるものであり、やがて景と情の融合が詩家最上の境地だと説かれるようになった。この問題を私は別に少しくわしく論ずる機会があるはずであるが、ここでは一端にふれるにとどめる。何にしても、私は中国の山水画を愛するように、叙景の詩に対しても偏愛の情をおさえることはできないのである。そして風景ののべかたからも、宋代の詩と唐代あるいはそれ以前の詩との違いをうかがうよすがはあると考える。

約三年と少しのあいだかかって翻訳を終えた二百首ほどが、四年前に「世界文学大系」の一巻の中で刊行された。それはほんとうにしあわせであったと私は思う。二十年ほど前から宋詩と取っ組んでいて、学校で講義もしたが、やっと少し宋詩全体の形がおぼろげに見えて来たような気がしていたからである。私が益をうけた書物は吉川博士の「宋詩概説」を始めとし、大体その名を「解説」に書きしるした。このたび一冊の本として新たに印行されることになったのに、多くの改訂を加え得なかったのは私の怠りであるけれども、前の誤植を訂正したほか、詩の訳文が一行そっくり脱落していたのを補ったなど、僅少の修補をした。誤字などについては今鷹真君の指摘に負うところが多い。竹之内氏をはじめとする筑摩書房の編集者諸氏などの厚意と、あわせて感謝を表明し、ならびに私の解釈の誤りを読者諸賢が遠慮なく教示して下さるよう希望する。

昭和四十二年二月四日　京都小松原の小廬にて

小川環樹　識

ちくま学芸文庫版解説

佐藤　保

このたび、小川環樹氏編訳の『宋詩選』筑摩叢書74が、ちくま学芸文庫の一冊として刊行されることになったのは、まことに喜ばしい限りである。

周知のごとく、かつてわが国では、中国古典詩――いわゆる漢詩――の愛好者は、唐詩に偏している、と言われてきた。確かに、唐詩に関して言えば、明・李攀龍(りはんりょう)編とつたえられる『唐詩選』をはじめとして、多種多様の唐詩の選集が巷にあふれていたし、現にいまでもあふれている。これに対して「宋詩選」の類は、目にする機会さえまれで、おおいにバランスを欠いた状況がずっとつづいていた。

ところが近年――とは言っても、すでに半世紀も前のことになるが――わたしの見るところ、一九五〇年代後半から一九六〇年代初頭にかけて、この状況に変化が見られるようになった。すなわち、宋詩への関心の高まりである。この宋詩への関心を引きだした直接的な要因は、一つは、一九五八年九月、中国において銭鍾書(せんしょうしょ)氏の『宋詩選註』が刊行されたことであり、二つには、わが国で、昭和三七年（一九六二）一〇月、岩波書店版「中国詩人選集二集」1として、吉川幸次郎氏の『宋詩概説』が出版されたことである。さらに「中国詩人選集二集」には、『宋詩概説』と同年もしくは翌年にかけて、あいついで梅堯臣（ばいぎょうしん）（一九六二）・王安石（おうあんせき）（同）・蘇軾（そしょく）（同）・黄庭堅（こうていけん）（一九六三）・陸游（りくゆう）（一九六二）など宋詩人五人の作品が選ばれて、次々に刊行され、宋詩研究の活性化を確実に示すことになったのである。

このような状況のなかで、小川環樹氏は銭鍾書氏の『宋詩選註』が発刊された翌年四月にはいち早く書評にとりあげ、「今日までのすべての選本のどれよりもすぐれていると言うことができる」（小川環樹著作集第三巻、「銭鍾書『宋詩選註』評」）と高い評価をくだし、いっぽう、吉川幸次郎氏と共に「中国詩人選集一集」及び「同二集」の編集・校閲に当ったり、みずから蘇軾上・下の訳注に参加するなど、わが国の宋詩研究の最も優れた主導者のひとりであったのである。因みに、銭氏の『宋詩選註』はいま宋代詩文研究会によって日本語四冊に訳されて、平凡社の東洋文庫に収められている。

まず、ちくま学芸文庫に入る筑摩叢書版『宋詩選』の成書の過程から見てみよう。

筑摩叢書74『宋詩選』の原本は、筑摩書房の旧版「世界文学大系」中の一本、『中国古典詩集』7Bである。同書に収録されている中国古典詩とは、唐・宋二代の詩と宋代歌曲の「詞」(詩余または長短句ともいう)の三種であり、そのなかの「宋詩」の「訳詩」と「解説」(「宋詩について」)が抽出されて、筑摩叢書版の『宋詩選』になった。いま、原本の内容を知るために、『中国古典詩集』7Bの「奥付」と「目次」をあげておこう。＊印を付したものが『宋詩選』に移った部分である。

【奥付】
発行年　昭和三八年(一九六三)一月三一日
訳者代表　小川環樹

【目次】

解説　宋詩について　小川環樹＊
宋詞について　村上哲見
唐宋詩年表

かくして、原本発行の四年後、昭和四二年（一九六七）三月一〇日、「僅少の修補」（『宋詩選』「あとがき」）が施されて、初版第一刷の筑摩叢書74『宋詩選』が、誕生した。原本と『宋詩選』のあいだには、収録の詩人および訳詩とも、差異はまったくない。

北宋　詩人　三〇名　訳詩　一〇〇篇
南宋　詩人　二九名　訳詩　一〇一篇

『宋詩選』の選詩の基準については、同書の「あとがき」の冒頭に、著者は次のように記している。

> この小さな詩選を一冊として公けにするにあたって、まず読者の宥恕（ゆうじょ）を乞わなければならないのは、詩のえらびかたが私の好みに偏しすぎたことである。たいへん身勝手な言いかたになるが、私はきらいな詩を一首も収めなかった。（中略）宋代で十人をこえる代表的「大」詩人の作でも、興味のもてない詩はのせなかった。（傍点筆者）

これらの言葉は、一見、傲慢非礼の言辞と受け取られかねないが、長いあいだ中国古典詩に親しんで来た著者の自負と自信が言わしめている言葉としてとらえるべきであろう。事実、著者の宋詩との出会いはたいへん古く、次のような言葉が、著者の中国文学論集『風と雲』（朝日新聞社　昭和四十七年〔一九七二〕一二月）の「あとがき」には、記されている。

私は昭和三十三年（一九五八）から宋詩の選訳にとりかかり、三年間に南・北宋を合わせて二百一首を選注した。（中略）しかし宋詩の大略について講義を始めたのは、昭和二十一年（一九四六）、仙台（東北大学在職中、筆者注）においてであった。京都（京都大学　筆者注）に移ったのちも大学でふたたび宋詩を講じ、ほかに広島大学でも（昭和三十二年〔一九五七〕冬）短期間に講述したことがある。それらの講義の稿本を要約し、新たな見解をも加えて、この概説は成った。

ここで言う「概説」とは、原本以来うけつがれている「解説　宋詩について」とほぼ同一の文章を指し、『風と雲』では「宋代の詩人と作品の概説」というやや長い篇名が付けられているが、上文で述べたように、「僅少の修補」を除けば、三者はいずれも同じ文と言っても、さしつかえはまったくない。

① 中国古典詩集　7B　解説　宋詩について
② 筑摩叢書　74『宋詩選』　解説

③『風と雲』宋代の詩人と作品の概説

そして、「解説」または「概説」は総じて七つの小節に分けられていて、専門性のきわめて高い宋詩のさまざまな特質や広がりなどを懇切丁寧に説いている。その実証的な論調から受ける印象は、まるで大学院の演習に参加しているかのような気分になることであり、さながら演習室での興奮を追体験するかのようなここちがするのである。まことに「宋詩の大略」を知るための貴重な書籍の一つと考える。

最後に、小川氏の訳詩について一言(ひとこと)記しておきたい。

一般に詩歌を訳すときには、詩歌に訳すのが最も普通のやり方であろう。いわゆる、「詩は詩に訳す」は翻訳の最も基礎的なルールだからである。筑摩叢書版『宋詩選』は初出の段階から口語自由詩に訳しており、小川環樹氏と共に『蘇東坡詩集』の注解に当たっている山本和義氏は「本文の訳詩は先生の「詩人」としての才をうかがうに足る「美」をそなえており、ながく中国の古典詩を訳すものの範となるであろう」(小川環樹著作集第三巻解説)と、たかく評価する。しかしながら、訳詩の評価は、決して容易ではない。

中国古典詩をよむ場合、通常は原詩・訓読・通釈または訳詩という一組の形で詩の注釈は行われており、訳詩を必須とはしないのが現状である。しかし、中国古典詩のおもしろさの享受は多様であり、決して翻訳の方法のみに関係するものではなく、むしろ訳者の工夫こそが重要と、わたしは思う。このことについて、小川氏自身がどのように考えていたのか、わたしはまったく知らないが、少なくとも、訳詩には句読点をまったく用いず、通常なら読点を打つべき箇所を「一字あき」（空格）にするという方法で、すっきりとした紙面を作り、詩の理解に必要な、自由な主体性を引き出す効果が期待できるのではなかろうか。『中国古典詩集』の場合、唐詩担当の四人の訳者がみな訳詩に句読点を用いているのに対して、小川訳にはひと工夫が加えられているのである。

小川環樹氏の工夫をみるために、最後に一例だけ挙げておこう。

湖上に飲せしが初めは晴れ後は雨ふれり（その二）　蘇軾

水光　瀲灩として　晴れて方に好し
山色　空濛として　雨も亦奇なり
西湖を把って　西子に比せんと欲すれば
淡粧　濃抹　総て相宜し

さざなみを浮かべた水の光は　晴れた日の　こよない美しさ
きりのように山をとざした　雨のけしきも　またひときわのながめ

西湖のすがたを　そのかみの西施（せいし）に　たとえて見ようならば
あわきよそおい　濃い化粧　なべてみな　風情（ふぜい）がある

令和三年（二〇二一）三月

【贅言】わたしはかつて大修館書店の「漢文教室」において、中国古典詩の日本語訳の現状と問題点などを「中国詩の翻訳」と題して三回に分けて発表したことがある。掲載誌は昭和四十八年（一九七三）一月第１０５号・同五月第１０６号・同十二月第１０８号の三誌、この問題に興味をおもちのかたはぜひご覧いただきたい。

（さとう・たもつ　お茶の水大学名誉教授）

本書は一九六七年三月二十日に刊行された
筑摩叢書版にもとづいたものである。

専制国家史論　足立啓二

封建的な共同体性を欠いた専制国家・中国。歴史的にこの国はいかなる展開を遂げてきたのか。中国の特質と世界の行方を縦横に考察した比類なき論考。

暗殺者教国　岩村忍

政治外交手段として暗殺をくり返したニザリ・イスマイリ教国。広大な領土を支配したこの国の奇怪な活動を支えた教義とは？　（鈴木規夫）

増補 魔女と聖女　池上俊一

魔女狩りの嵐が吹き荒れた中近世、美徳と超自然的力により崇められる聖女も急増する。女性嫌悪と礼賛の熱狂へ人々を駆りたてたものの正体に迫る。

ムッソリーニ　ロマノ・ヴルピッタ

統一国家となって以来、イタリア人が経験した激動の歴史。その象徴ともいうべき指導者の実像とは。既成のイメージを刷新する画期的ムッソリーニ伝。

資本主義と奴隷制　エリック・ウィリアムズ　中山毅訳

産業革命は勤勉と禁欲と合理主義の精神などではなく、黒人奴隷の血と汗がもたらしたことを告発した歴史的名著。待望の文庫化。　（川北稔）

中華人民共和国史十五講　王丹　加藤敬事訳

八九年天安門事件の学生リーダー王丹。逮捕・収監後、亡命先で母国の歴史を学び直し、敗者たちの透徹した認識を復元する、鎮魂の共和国六〇年史。

増補 中国「反日」の源流　岡本隆司

「愛国」が「反日」と結びつく中国。この心情は何に由来するのか。近代史の大家が20世紀の日中関係を解き、中国の論理を描き切る。　（五百旗頭薫）

世界システム論講義　川北稔

近代の世界史を有機的な展開過程として捉える見方、それが〈世界システム論〉にほかならない。第一人者が豊富なトピックとともにこの理論を解説する。

インド文化入門　辛島昇

異なる宗教・言語・文化が多様なまま統一された稀有な国インド。なぜ多様性は排除されなかったのか。共存の思想をインドの歴史に学ぶ。（竹中千春）

中国の歴史　岸本美緒

中国とは何か。独特の道筋をたどった中国社会の変遷を、東アジアとの関係に留意して解説。初期王朝から現代に至る通史を簡明かつダイナミックに描く。

大都会の誕生　喜安朗／川北稔

都市型の生活様式は、歴史的にどのように形成されてきたのか。この魅力的な問いに、碩学がふたつの都市の豊富な事例をふまえて重層的に描写する。

共産主義黒書〈ソ連篇〉　ステファヌ・クルトワ／ニコラ・ヴェルト　外川継男訳

史上初の共産主義国家〈ソ連〉は、大量殺人・テロル・強制収容所を統治形態にまで高めた。レーニン以来行われてきた犯罪を赤裸々に暴いた衝撃の書。

共産主義黒書〈アジア篇〉　ステファヌ・クルトワ／ジャン＝ルイ・マルゴラン　高橋武智訳

アジアの共産主義国家は抑圧政策においてソ連以上の悲惨を生んだ。中国、北朝鮮、カンボジアなどでの実態は我々に歴史の重さを突き付けてやまない。

ヨーロッパの帝国主義　アルフレッド・W・クロスビー　佐々木昭夫訳

15世紀末の新大陸発見以降、ヨーロッパ人はなぜ次々と植民地を獲得できたのか。病気や動植物に着目して帝国主義の謎を解き明かす。（川北稔）

民のモラル　近藤和彦

統治者といえど時代の約束事に従わざるをえなかった18世紀イギリス。新聞記事や裁判記録、ホーガースの風刺画などから騒擾と制裁の歴史をひもとく。

台湾総督府　黄昭堂

清朝中国から台湾を割譲させた日本は、新たな統治機関として台北に台湾総督府を組織した。抵抗と抑圧と建設。植民地統治の実態を追う。（檜山幸夫）

増補 大衆宣伝の神話　佐藤卓己

祝祭、漫画、シンボル、デモなど政治の視覚化は大衆の感情をどのように動員したか。ヒトラーが学んだプロパガンダを読み解く「メディア史」の出発点。

ユダヤ人の起源　シュロモー・サンド　高橋武智監訳　佐々木康之／木村高子訳

〈ユダヤ人〉はいかなる経緯をもって成立したのか。歴史記述の精緻な検証によって実像に迫り、そのアイデンティティを根本から問う画期的試論。

宋名臣言行録　朱熹編　梅原郁編訳

北宋時代、総勢九十六名に及ぶ名臣たちの言動を大儒・朱熹が編纂。唐代の『貞観政要』と並ぶ帝王学の書であり、処世の範例集として今も示唆に富む。

資治通鑑　司馬光　田中謙二編訳

全二九四巻にもおよぶ膨大な歴史書『資治通鑑』のなかから、侯景の乱、安禄山の乱など名シーンを精選。破滅と欲望の交錯するドラマを流麗な訳文で。

十八史略　曾先之　今西凱夫訳　三上英司編

『史記』『漢書』『三国志』等、中国の十八の歴史書をまとめた『十八史略』から、故事成語、人物にまつわる名場面を各時代よりセレクト。（三上英司）

アミオ訳 孫子〔漢文・和訳完全対照版〕　守屋淳監訳・注解　臼井真紀訳

最強の兵法書『孫子』。この書を十八世紀ヨーロッパに紹介したアミオによる伝説の訳業がついに邦訳。その独創的解釈の全貌がいま蘇る。（伊藤大輔）

和訳 聊斎志異　蒲松齢　柴田天馬訳

中国清代の怪異短編小説集。仙人、幽霊、妖狐たちが繰り広げるおかしくも艶やかな話の数々。日本の文豪たちにも大きな影響を与えた一書。（南條竹則）

フィレンツェ史（上）　ニッコロ・マキァヴェッリ　在里寛司／米山喜晟訳

権力闘争、周辺国との駆け引き、戦争、政権転覆……。マキァヴェッリの筆によりさらにドラマチックに彩られるフィレンツェ史。文句なしの面白さ！

フィレンツェ史（下）　ニッコロ・マキァヴェッリ　在里寛司／米山喜晟訳

古代ローマ時代からのフィレンツェ史を俯瞰することで見出された、歴史におけるある法則……。マキァヴェッリの真骨頂が味わえる一冊！（米山喜晟）

ギルガメシュ叙事詩　矢島文夫訳

ニネベ出土の粘土書板に初期楔形文字で記された英雄ギルガメシュの波乱万丈の物語。「イシュタルの冥界下り」を併録。最古の文学の初の邦訳。

メソポタミアの神話　矢島文夫

「バビロニアの創世記」から「ギルガメシュ叙事詩」まで、古代メソポタミアの代表的神話をやさしく紹介。第一人者による最良の入門書。（沖田瑞穂）

ちくま学芸文庫

宋詩選（そうしせん）

二〇二一年五月十日　第一刷発行

編　訳　小川環樹（おがわ・たまき）
発行者　喜入冬子
発行所　株式会社　筑摩書房
東京都台東区蔵前二―五―三　〒一一一―八七五五
電話番号　〇三―五六八七―二六〇一（代表）
装幀者　安野光雅
印刷所　株式会社精興社
製本所　加藤製本株式会社

ISBN978-4-480-51047-1 C0198